远方的脚印

乔迈作品选

乔 迈 ◎ 著

长春 出 版 社

全国百佳图书出版单位

图书在版编目（CIP）数据

远方的脚印：乔迈作品选 / 乔迈著. —— 长春：长
春出版社，2025. 1. —— ISBN 978-7-5445-7598-0

Ⅰ. I217.2

中国国家版本馆CIP数据核字第20244P0C91号

远方的脚印——乔迈作品选

著　　者　乔　迈
责任编辑　于　雷
封面设计　宁荣刚

出版发行　长春出版社
总 编 室　0431-88563443
市场营销　0431-88561180
网络营销　0431-88587345
地　　址　吉林省长春市南关区长春大街309号
邮　　编　130041
网　　址　www.cccbs.net

制　　版　长春出版社美术设计制作中心
印　　刷　长春天行健印刷有限公司

开　　本　880mm×1230mm　1/32
字　　数　300千字
印　　张　14.875
版　　次　2025年1月第1版
印　　次　2025年1月第1次印刷
定　　价　69.80元

目 录

第二辑 散文、随笔、书序

第四辑　电影文学剧本

第 一 辑
歌词、诗

思 乡 曲

春风吹，春草媚，
朵朵白云送雁归。
雁儿还知恋故土，
可怜我少小离家老大不能回。

秋风起，秋草黄，
木叶萧萧落重洋。
木叶还有归宿地，
可叹我举目无亲前途茫茫向何方。

对明镜，白发新，
愁煞天涯沦落人。
梦里亲人声声泪，
热血男儿怎能寄人篱下终此身！

【1963 年，我刚到吉林省歌舞剧院不久，就接到副院长兼创作室主任朱广庆布置的任务，说省有关部门指示，元旦前夕，要在福建开展广播宣传，要我们创作相应歌曲配合，朱院长命我尽快写出 3 首歌词来。这是其中一首，另两首已无法追忆。曲子由朱院长所作。】

枪杆子里面出政权

刀对着刀，枪对着枪，
革命的人民齐武装。
帝国主义拿着刀，
我们也要拿起枪。
彻底摧毁旧世界，
人民的力量不可阻挡。
枪杆子里面出政权，
枪杆子里面出政权。
无产阶级闹革命，
全靠斗争求解放。

刀对着刀，枪对着枪，
革命的人民齐武装。
豺狼本性不会变，
反动派不打不会亡。

历史教训千千万，
坚决握紧手中枪。
枪杆子里面出政权，
枪杆子里面出政权。
无产阶级闹革命，
全靠斗争求解放。

革命的歌儿唱起来

同志们哪大家一齐来，
革命的歌儿唱起来。
歌唱我们伟大的祖国，
歌唱社会主义新时代；
歌唱斗争，歌唱胜利，
歌唱全世界人民团结起来。

革命的歌声飞四海，
革命的歌曲人人爱。
唱得劳动热情高万丈，
唱得新人新事排成排；
唱得欢乐，唱得豪迈，
唱得革命的花朵遍地开。

迎 宾 曲
（舞蹈《迎宾舞》插曲）

彩虹万里鲜花开，
战友相逢春满怀。
蝴蝶齐展翅，
孔雀彩屏开。
青山曼舞河欢笑，
只为贵宾今日来。

春风笑迎贵宾来，
锦绣河山添光彩。
红雨洒人间，
玉帛连阡陌。
友谊花朵飞天下，
万紫千红处处开。

毛主席的著作是宝中宝

千般好来万般好，
毛主席的著作是宝中宝。
革命它指挥，
斗争它领导；
照亮万人心，
指出阳关道。
沿着主席的话儿走，
高山大海挡不了。
沿着主席的话儿做，
翻天覆地能办到。

千般好来万般好，
毛主席的著作是宝中宝。
五洲擂战鼓，
四海起风暴；

敌人发了抖，

朋友拍手笑。

按着主席的话儿走，

条条都是阳关道。

按着主席的话儿做，

胜利红旗满天飘。

【以上4首歌词（《枪杆子里面出政权》《革命的歌儿唱起来》《迎宾曲》《毛主席的著作是宝中宝》）的曲作者分别为韦虹（省歌院长）、朱广庆、胡正斌（省歌作曲家）、高铉（省歌作曲家），曾在"在长（春）艺术表演团体现代剧目观摩演出"（1964年4月）和"长春市各族各界青年纪念'五四'运动45周年晚会"上演出。】

打　场　歌

（小合唱）

往年进场院，

钟儿敲得欢，

屯东屯西，喊的叫的，笑的闹的，

像点了一挂鞭。

书记队长头前走，

社员们齐下火龙关。

小石磙，大木锨，

连枷打，杈子翻，

秕糠飞满天，尘土起狼烟。

大姑娘都成了白毛女，

小伙子恰似个白眉仙。

小婶子送饭跑折了腿，

老大爷直喊腰腿酸。

冬月里铺场腊月里打，

打到正月还没完，

眼看就三月三。

今年进场院，
可是不一般。
屯里屯外，不忙不乱，不急不颠，
像过的礼拜天。
听不见马嘶又人喊，
只见那车子一溜烟。
小电碾，大风扇，
脱粒机，转得欢，
一条流水线，万把珍珠翻。
大姑娘系上了花围脖，
小伙子都穿上了尼龙衫，
婶子大娘拍着手笑，
老爷子个个乐颠颠，
齐夸这农业机械化好，
省工省力省时间，
远景到了眼前。

【《打场歌》由朱广庆作曲，获吉林人民广播电台民歌创作比赛优秀作品奖（1980 年）。】

清 凌 河
——五女返乡（小歌舞）

时间：7 月

地点：长白山区

景物：群山，大河，松柏，野花

人物：少女 5 人（中学毕业生）

　　　少女之父 5 人（山里人）

【幕启】

【幕后伴唱】

清凌河之歌

清凌河，弯又弯，

一座大桥驾上边。

清凌桥一二三四有五孔，

映到水里五只环。

环里装着杨和柳，

环里装着地和天。

五个姑娘桥上过，

中学毕业回家园。

【歌声中少女们登场】

少女们的歌

少女们：（齐唱）七月里，绿满山，

昨天学生今社员。

毕业回乡心欢喜，

一路上看不够好河山。

柳叶青，杏叶圆，

松柏叶子尖又尖。

处处蜜蜂穿针舞，

纷纷山雀叫声欢。

农村天地海样阔，

任我飞来任我旋。

河里有水不愁鱼，

人有知识用途宽。

行行走，路盘盘，

清凌桥头在眼前。

桥上走来人几个，

准是爸爸来接咱。

少女甲:（白）你们看哪，有人过来了。

少女们:（白）是爸爸来接咱的呀！

少女乙:（白）咱们躲起来吧！

少女们:（白）躲起来吧！

【少女们下，老人们登场】

老人们的歌

老人们:（齐唱）走过了也是岭，

路过了也是桥。

接闺女哪怕累疼了腿和腰。

老人甲:（唱）老人们说的好——

老人们:（白）说什么了？

老人甲:（白）这人要是上了岁数啊，

（唱）猛虎脱筋狮子褪了毛。

老人们:（唱）这话可过时了。

单说咱张三哥，

六十都挂了梢，

　　　　　　　这几年身板越发好。

老人乙：（唱）老弟们夸奖了！

老人们：（唱）多亏了世道好！

老人乙：（唱）公社是灵芝草。

老人们：（唱）这可是讲对了！

　　　　　　　说的也是对呀，

　　　　　　　道的也是好。

老人甲：（唱）说得腰腿不疼了。

老人们：（唱）老哥们拿起脚，

　　　　　　　接闺女要赶早。

老人丙：（唱）慢一慢小雀们可就飞回了。

老人们：（唱）那可是不得了。

【老人们走场，少女们上，躲在老人们身后】

少女们：（齐声大叫）爸爸！

老人们：（佯怒）这丫头！

少女们：（学老人样）这爸爸！

少女和老人们的歌

少女们：（唱）爸爸接我来呀，

老人们：（唱）接我的女儿乖。

少女们：（唱）供我几年书，

老人们：（唱）成了大秀才。

少女们：（唱）爸爸呀，你说的是哪里话来？

老人们：（唱）咱闺女小嘴真是乖。

少女们：（唱）女儿的翅膀还没硬啊，

老人们：（唱）穿山能过海。

少女们：（唱）女儿的年纪小啊，

老人们：（唱）山小树成材。

少女们：（唱）爸爸呀，你夸得叫人家磨不开。

老人们：（唱）哎，有啥磨不开！

少女们：（唱）爸爸还要多领路呀，

老人们：（唱）路要自己开。

少女和老人们：（齐唱）路要自己开呀，路要自己开。

少女们：（白）爸爸，快走吧，我妈在家该着急了。

老人们：（白）快走快走，还得爬山呢。

过　山　歌

第　一　歌

少女们：（唱）走上岭，步步高，

　　　　　　　　拐弯抹角好像上九霄。

老人们：（唱）九霄云外有仙女，

少女们：（白）仙女？

老人们：（唱）仙女们要把天地来改造。

少女们：（白）仙女在哪儿呀？

老人们：（白）远在天边——

少女们：（白）近——

老人们：（唱）近往爸爸身边瞧。

　　　　　　　仙女们中学毕业家还没到——

少女们：（唱）爸爸呀，尽和女儿开玩笑。

老人甲：（唱）仙女哪有咱的闺女好。

老人们：（白）对了！对了！

第 二 歌

少女们：（唱）二道岭，峰连峰，

　　　　　　　山高崖陡路难行。

老人们：（唱）说什么山高路难行，

　　　　　　　革命人不怕万里长征。

少女们：（唱）爸爸呀，咱爷俩的话儿两边拧。

老人们：（唱）正是哪，将军不下马，各自奔前程。

少女们：（唱）女儿说的是啊，

　　　　　　　山高自有好风景，

　　　　　　　路难才见骏马和雄鹰。

老人甲：（唱）咱们的闺女真聪明。

老人们：（白）聪明！聪明！

第 三 歌

少女们：（唱）三道岭，大改变，

　　　　　几天不见盖起一座疗养院。

老人们：（唱）傻闺女脑瓜转得慢，

　　　　　那是公社的水电站。

少女们：（唱）水电站，真好看！

老人们：（唱）你要是喜欢就来当个技术员。

少女们：（唱）女儿我还差得远，

　　　　　先得到庄稼地里去锻炼。

老人甲：（唱）这孩子说的真叫关键。

老人们：（白）关键！关键！

第 四 歌

少女们：（唱）往前走，又回头，

　　　　　四道岭上歌儿荡悠悠。

　　　　　爸爸那年送我进城上学校，

老人们：（唱）拉着你的手来拍着你的头。

少女们：（唱）爸爸说，开天辟地头一回呀，

老人们：（唱）草甸子飞出金翅鸟。

少女们：（唱）女儿不是金翅鸟。

　　　　　要学那衔泥燕子给咱家乡盖高楼。

老人甲：（唱）闺女说的真是好，

　　　　　看起来咱的脑瓜有点旧。

老人们：（白）落后！落后！

第 五 歌

少女们：（唱）五道岭，喜事多，

风吹树叶唱的什么歌？

老人们：（唱）唱的是前年七月一，

天大的喜事来到清凌河。

少女们：（唱）毛主席在这里停下车，

和咱社员把话说。

少女甲：（白）毛主席说什么了？

老人甲：（白）说的可多了！

老人们：（唱）河里的鱼，游过来听；

少女们：（唱）林中的鸟，支棱耳朵。

老人们：（唱）百句千句暖心话，

少女们：（唱）句句说在咱心窝。

老人们：（唱）更有一句最金贵——

老人甲：（白）人民公社好！

老人和少女：（齐白）人民公社好！

少女们：（白）后来呢？

老人们：（唱）毛主席，上了车，

少女们：（唱）上了车，奔东坡，

老人们：（唱）奔东坡，山唱歌，

少女们：（唱）山唱歌，鸟来和，

老人们：（唱）鸟来和，日不落，

老人和少女：（齐唱）日不落，一派红光照大河。

红光照亮天和地，

　　　　　　　照得咱粮满坡来鱼满河。

老人们：（白）闺女们，天不早了，麻溜走吧。

少女们：（白）走起来呀！

【少女和老人的舞蹈】

【幕后伴唱】

少女们的歌

走一山，又一山，

虎走云霞鹰走天。

清凌桥头立誓愿，

建设家乡勇当先。

要学这，奔腾向前长流水，

不做那，靠岸漩涡懒向前。

要学这，山头松柏长年绿，

不做那，山下娇花怕风寒。

【幕落】

【《清凌河——五女返乡》1963 年 11 月写于永吉县河湾子公社，1964 年省歌排演，朱广庆、胡正斌作曲，曾在"在长（春）艺术表演团体现代剧目观摩演出晚会"（1964 年 4 月）上演出。】

我们是光荣的人民教师

书声琅琅，歌声飞扬，

校园里洒满灿烂的阳光。

满腔热情，满怀理想，

培育那一代新人茁壮成长。

（副歌）

我们是光荣的人民教师，

肩负着工农兵的希望。

忠诚党的教育事业，

阔步前进在毛主席的革命路线上。

红心似火，壮志如钢，

工农兵是我们学习的榜样。

五七指示，指引方向，

教育革命的道路无限宽广。

（副歌）

我们是光荣的人民教师，

肩负着工农兵的希望。

忠诚党的教育事业，

阔步前进在毛主席的革命路线上。

雄鹰展翅，万里飞翔，

革命接班人天天向上。

迎着斗争，向着胜利，

三大革命熔炉中百炼成钢。

（副歌）

我们是光荣的人民教师，

肩负着工农兵的希望。

忠诚党的教育事业，

阔步前进在毛主席的革命路线上。

【《我们是光荣的人民教师》创作于 20 世纪 70 年代，长影作曲家张棣昌作曲，入选《战地新歌》。】

毛主席派我们到这儿来

毛主席派我们到这儿来，
战火丛中扎营寨。
革命哪怕千重险，
英雄的战歌唱起来。
劈山岳，跨江海，
战风暴，扫障碍。
为了消灭万恶的美国狗强盗，
哪怕赴汤蹈火海。
修起铁路通向千里外，
让胜利的列车开过来。
我们是毛主席的铁道兵，
永远为革命把路开。

毛主席派我们到这儿来，
党的教导记心怀。

国际主义责任重，

要把世界重安排。

血可流，心不改，

头可断，志不衰。

为了消灭万恶的美国狗强盗，

哪怕赴汤蹈火海。

修起铁路通向新世界，

让天下的人民路上来。

我们是毛主席的铁道兵，

永远为革命把路开。

【1965 年 10 月至 1966 年 10 月，省歌奉命组建小分队，前往越南，支援越南人民抗美斗争，朱广庆为队长，马林为副队长，队员刘文华、陈官凤、金捷文、张鹏弟、侯秀峰、卫长青、刘汉臣、白且直、王秀英、韩春梅和我共 13 人，列编为铁道兵某师三大队文化工作队。在北京整装待发期间，朱队长给我出了这个题目:《毛主席派我们到这儿来》。我军"援越抗美"，在当时是秘密行动，所以只能用"这儿"代替"越南"。行前，周恩来总理在全国政协小礼堂为我们送行，各队汇报演出准备的节目，听到我们这首歌，周总理鼓掌，各队都来抄曲谱，后来这首歌就传唱到了赴越的各铁道兵部队，我下连时，听战士们拉歌都在唱这首歌。】

悲歌唱彻天边月

（广播剧《宝镜湖》主题歌）

上邪！
恰似这泰山崩摧东海裂！

宝镜碎，寒光咽，
匠人死，明星堕。
虎啸龙吟因悲切。
又只见江心水涌浪千叠——
千叠浪流不尽人间血。
何时节，妖氛尽扫风雨歇，
碧海青天照彻朗朗月！

镜虽缺，光不灭，
身虽死，志不绝。
烈火青铜铸魂魄。
又怎能摧眉折腰污芳洁。

保芳洁，甘拼这一颈血。

但求得千秋正气交相接，

悲歌慷慨照彻天边月。

【《悲歌唱彻天边月》由朱广庆作曲，吉林人民广播电台制作，1981 年。】

风雨浏阳河

（小叙事诗）

安源到铜鼓，
山高流水长，
毛委员当年从这儿过，
遇险张家坊。

当年九月九，
九九是重阳，
糯米蒸酒甜如蜜，
蛋花扑鼻香。

大路天上绕，
小路云中藏，
荆里棘里几人走，
踏出路一行。

草鞋蓝布褂，
黑发密又长，
桐油雨伞肩上挎，
不似种田郎。

一声呼哨响，
风起尘土扬。
刹时云黑天变色，
团丁赛虎狼。

流水高声喊，
白云也惊慌，
青山垂首送领袖，
被解去浏阳。

此时湘鄂赣，
工农皆武装，
秋收起义万事备，
剑拔弩也张。

干柴待火种，
枫叶盼秋霜
千军万马等统帅，
荷戟在彷徨。

三里一茶林，

五里一莲塘，
十里走过棕树岗，
行行到浏阳。

心急面不急，
暗暗想主张，
站在山顶放眼望，
群山似海洋。

耳听流水响，
如闻战歌昂，
三军等我发号令，
怎敢误辰光！

眼望青竹林，
似见列刀枪，
此时一刻胜千金，
千金难补偿。

情急智谋生，
抓钱撒路旁，
笑看团丁齐争抢，
我自走匆忙。

忽地枪声乱，
虎狼追凶狂，

后有追兵前有河，
无奈暂躲藏。

夜幕垂四面，
秋风阵阵凉，
雨打衣衫腹无食，
苦难一身当。

荒山宿红日，
大野拥栋梁。
次日青天生五彩，
送他到营房。

霹雳震天响，
烈火燃八方，
从此革命踏新途，
挥师上井冈。

犁头大旗美，
梭镖闪闪光，
秋收起义成佳话，
百年有余香。

《新村》杂志，日期不详

草原新村赋

被誉为"草原新村"的通辽县大林公社保安大队，像一颗明珠镶嵌在科尔沁草原的白云深处。

昔闻保安苦，

风沙猛于虎，

年年春来无有春，

但见黄沙卷白土，

空有西辽河中浪，

淘不尽，遍野荒凉，

世代悲苦。

有土不能耕，

无草怎能牧，

千里荒原一棵树，

谁敢住！

而今我来保安，

但只见——
方方正正绿秧田，
郁郁葱葱参天树，
林带成网土变金，
沙坨顶上建苗圃，
池中鱼，滩头鹿，
牛群羊群难记数，
更闻汽笛鸣声脆，
绿野中，
有拖拉机昂首阔步。

保安好，
美画图！
昨夜荒凉，
今朝锦绣，
何来这天工神斧？
试问陪行干部，
笑指红旗迎风飞舞处。
君不见——
那道道清渠坝，
坚挺着保安人的气骨；
这片片黑土地，
浸润着保安人的汗珠。
哦！

却看此时风道口，
保安人又展宏图：
千条铁臂云中举，
沙漠变色群山舞。
巨石上，
大字横书：
向沙漠要地要粮！
誓将荒原变宝库！

壮志撼河山，
使我血脉奔突，
心潮起伏，
激动的泪水不及擦，
按纸膝头奋笔书，
诗情如鹤排云上，
长歌草原新村赋。

周总理门前的一张大字报

"文化大革命"期间，周恩来总理昼夜操劳，有时一天只能睡两三个小时，1967 年 2 月 3 日，周总理身边工作人员贴出一张大字报。

多少次含着热泪的请求，
多少回充满激情的苦劝，
总理呀，请稍微、稍微休息一下吧，
请多少、多少增加一点儿睡眠。

回答依然是夜以继日地工作，
朝霞升起了，台灯还没有熄灭……

多少回端上撤下，早点已经变成夜宵，
多少回撤下端上，热饭已经变成冷盘，
总理呀，请暂时、暂时停止一会儿工作吧，

请略微、略微给吃饭留一点儿时间。

结果仍旧是废寝忘餐地工作，
茶杯里喝一口玉米糊，汽车上吃半块饼干……

警卫战士看到他的剑眉越来越浓了，
医生宣布他的心脏已经发生病变了，
云隙明月不忍看他新添的白发，
路畔银灯默默注视他日渐消瘦的容颜。

是啊，就任凭钢筋铁骨也得保养呀，
就算是铜铸的身躯也不能整日地运转呀……

焦急万分的同志们啊，快想个好办法，
哪怕是采取一点小小的革命手段，
比方说，就像那回，他在车上睡着了，
司机就故意绕弯儿，开得又稳又慢。

好啊，办法想出来了，
一张大字报贴在总理办公室门前……

周恩来同志，我们要造你的反，
请你改变现在的工作方式和习惯，
请你为党和人民注意身体，

这是我们的请求，也是人民的意愿。

这是一张充满深情的大字报呀，
全国人民的心意倾注在字里行间……

大字报前泪光闪闪，
大字报上签名满满：
有敬爱的叶帅、聂帅、陈老总，
还有邓大姐、李富春、李先念……

还有周总理身边的所有人，
还有午夜的繁星，破晓的云烟……

看着这前来签名者的阵容，
就知道问题已经急迫到何等关键；
听听这字字有声的恳求，
就明白事情已经如何再不能拖延。

可是，革命的大字报贴出去了，
我们的总理能不能照办呢？
总理说：我老了，为党工作的时间有限，
肩上的担子只能增加，不能稍减。

结果依然是夜以继日地工作，

朝霞升起了，台灯还没有熄灭；
结果仍旧是废寝忘餐地工作，
茶杯里喝一口玉米糊，汽车上吃半块饼干……

直到那不知疲倦的心脏停止了跳动，
直到那伟岸的身躯在花丛中长眠。

但他终止了他那永不停歇的工作了吗？
不，祖国的青山绿水可作证见：
他正在田野上催促棉桃结籽、稻穗扬花，
他正在江河里推动大船运行、涡轮旋转。

但他从此和我们永别了吗？
不，祖国的春花秋月可作证见：
晨风如水，传送着他爽朗的笑声，
晚霞似锦，映照着他率真的笑颜。

他把整个生命献给了人民大众，
他的生命远远超过了时间的极限；
他用满腔热血浇灌生命之花，
他的热血已经化作长流不息的清泉……

就像他那无私无畏的献身精神，
永久地启示我们怎样度过人生的华年。

就像那张深情的大字报，

不断地唤起我们深深的怀念。

【本文发表于《吉林日报》1978 年 3 月 5 日。此前一天，在中共吉林省委宣传部、长春市委宣传部合办的"纪念敬爱的周总理诞辰 80 周年诗歌、音乐会"上，由长影刘柏弘、潘淑兰朗诵此诗。】

检阅（外一首）

春天来了，历史哗—声翻开崭新的一页，
号角响了，科学大军唰—声排成整齐的队列。
我们脚步咚咚，和工农兵踏着同一的节拍，
我们雄心勃勃，跟党和国家一样地壮怀激烈。

问我们的目标吗——占领科学高地，
从微观世界到广阔无垠的宏观世界。
为了所向披靡地向胜利进军，
我们满怀豪情接受党和人民的检阅。

窗　口

人说，科学家窗口的灯光通宵不灭，
直到红日跃出大海，光华消尽永夜。
这话说得对呀，倘若有谁不信，
就去问天上的明星，云间的新月。

因此人又说，科学家是耗电的能手，
不啊同志，这话可是稍欠贴切。
不信吗，请看他们献给祖国的礼物，
就知道，夜夜燃烧的分明是他们的心血。

《吉林日报》1978 年 5 月 1 日，全国科学大会后作

化工城的脚步声（外一首）

是什么、是什么声音充盈了我的耳轮？
像江流浩荡、暴雨倾盆、春雷隐隐，
很细切，仿佛十万只蜜蜂在花间飞舞，
极宏大，就像九千匹骏马在大地上驰奔。

啊，化工城，又如一支硕大无比的交响乐队，
气魄那样雄大，意境这般深沉。
我看到了，我理解了，深深地弯腰致敬，
你是、你是化工城新长征的践踏足音。

你 早

漫步化工大道，朝霞在天空燃烧，
分不清是朝霞燃烧，还是彩云缭绕。
一处处厂门大开，大街上人流如潮，
我禁不住大声问候：化工城啊，你早！

化工城轰然作答，以严峻的声调：
说什么早啊，我们已经迟到，
君不见卫星飞驰、电子奔突、激光闪耀，
我们要追上时间，必须三步并作一步跑。

《江城日报》1978 年 10 月 3 日

通化杨靖宇将军陵园（外一首）

此地有幸长眠着一位伟大的战士，
谁来这里都会涌起绵绵情思。
追念往昔，它是一部生动的历史，
度量今日，它是一把闪光的尺子。

老的来温习革命者的坚贞情操，
小的来认识人生的真正价值。
树皮、草根和破絮珍藏着宝贵的启示，
无论过去、现在或将来，都需要忘我和无私。

通化江东路

江东路像一条新开的河，
从山城的胸前奔腾流过。
树影如堤，人流如水，车行如船，
街灯辉映着星光，高楼依傍着云朵。

江东路，从前属于它的是狭窄寂寞，
江东路，今天呈现出的是宽阔红火。
我之所以略谙它的前世今生，多生关切，
因为我在通化上过三年高中，常从此过。

松江河林业局（外一首）

喂，请问这一片森林有多宽多大？
——哦，九十里云雾九十里烟霞，
隔河望得眼睛酸，看山跑死马，
但是伐木工人仍嫌它太小太狭。

是啊，新干线要枕木，新工地要脚手架，
新长征列车要桥梁好长趋天涯。
那么，再扩大十倍、一百倍够吗？
不，林业工人对祖国的爱它装不下。

夹皮沟金矿

山里有黄金，水里有黄金，
就连空气里都有黄金的颜色闪耀。
日里淘黄金，夜里筛黄金，
就连睡梦里都看见黄金在微笑。

据说金属里边顶数它用处最小，
但在今日世界顶数它价值最高。
等着吧，有一天我们用黄金盖间厕所，
然后宣布：物尽其用的时代已经来到。

以上几首记游诗刊发于《长白山》杂志
1980 年第 1 期

丰满大坝（外一首）

流水因为受阻获得了更大力量，
大声呼号着冲破这堵高墙。
为了光明和力不惜粉身碎骨，
步履坚定，始终朝着一个方向。

于是，激涌的水流催得涡轮旋转，
无生命的钢铁发出有生命的火光，
它是沉滞和黑暗的不可调和的敌人，
有它就有马达轰鸣灯火辉煌。

白山电站

今天这里还是森林、山谷，
明天就要变成一座亮晶晶的大湖，
车行的土道将化作船行的水路，
土拨鼠的家要成为鱼和小蟹的新屋。

蓄水才能发电，垒坝才有平湖，
在变革中求得社会进步人民幸福。
假如人类从不触动大自然一根毫毛，
那么时至今日也许还在和猩猩为伍。

《春风》1980 年第 7 期

清　明　祭

不用剪松枝柳叶，
也不必把酒酹荒野。
今日清明祭，
且把悲歌暂咽，
且将泪雨暂截。
"捷报飞来当纸钱"，
先烈们，早有言相约。

告先烈：
昨宵风雨已然歇，
照青天，又是朗朗明月。
花明楼前花重开，
红于赤日皎似雪；
挂甲屯里将军重披甲，
百战沙场心犹热；

梅岭诗，更觉情切，

梅园竹，愈显芳洁，

浏阳河，倍见清洌，

雨花台矗起众英烈，

却又见洪湖水浪涌浪叠。

千重浪，淘不尽十载英雄血，

堪告慰，四凶已覆灭。

今日里春光恰逢好时节，

先烈遗愿正化为宏图伟略。

大漠上，百川泻，

绿野中，奔马跃，

亮银铃唱不够的云雀，

锦花团舞不完的蜂蝶，

征帆儿又在浪尖上穿梭，

车轮儿又在大路上穿越，

哺万物有暖融融的朝阳，

润大地有甜丝丝的雨雪。

先辈们高风亮节，

后来人壮怀激烈，

春华秋实交相接。

堪告慰，

新长征全线告捷。

不用剪松枝柳叶，

也不必把酒酹荒野，

今日清明祭，

谨献上这心香一瓣诗半阕，

还有那纷纷扬扬的漫天飞雪。

《长春日报》1980 年 4 月 4 日，清明，

此前两天，本城大雪

延 边 赋

梦里曾踏延边路，
心随彩凤关山度，
今日到延边，
果然似曾相识处处。

美延边，
山山水水入画图！
山情厚，
水意足，
民风朴，
见你犹似见故人，
忙把心事倾吐。
却怎的，
满腔话语说不出，
满腹情思道不出，

唯有这，
心潮起伏！
心潮起伏！

金达莱，
红了山谷，
不畏石上苔，
风中土，
昂昂藏藏，
开向高处低处。
真好花！
一副相思肝胆，
一种坚贞气骨。

红深处，
叶异枝殊。
有长坡白桦，
树底蘑菇，
美人松，
婆婆娑娑，
真个长袖善舞，
纤腰一束。
绝壁寻人参，
围山得狡兔，

更举眼，

见云中鹰，

山头鹿，

偌大一只东北虎！

好产物，

一见便倾心，

爱你非凡吞吐。

松花江，

奔流汩汩，

来处高，

挟带长白山顶雾，

去处幽，

松花松子抛一路，

真好江，

如翔如舞，

濯时润如脂，

喝来甜似乳，

呀！那白帆儿风中悬，

渔歌儿浪里出，

又何来一双雨燕，

翻飞间，云卷云舒，

怎不叫人羡而且妒。

放眼望，

极南幅，

见一片峥嵘彩云，

嵌在天高地迥处，

原来是长白主峰，

雪甲冰盔，

玉雕银铸，

莽莽横千古。

更有神异天池，

造就了，

多少美丽传说，

何等动人典故——

仙女呀！

可记得你我曾相识相慕？

问今日，

俏身躯你正为谁洗沐？

秀发儿谁在为你拢梳？

怎禁这，

岁月催人人将老，

美姿容尚在否？

热情肠还有无？

几时重相亲，

方不负，

往日情怀，

今番指顾。

爱延边，
更爱人情风俗。
少女红裙，
老人白袍，
均能惹我诗愫。
性格厚如山，
心灵热似炉，
殷勤待我远来客，
争把新事讲述。
为问人勤否？
但见家家饱暖，
村村富庶。
更喜这，
春日恰逢阳和节，
青苗拔节东风护，
大山上树也青，
荒原中草也绿，
叫天子唱不够的欢歌，
蜜蜂儿酿不完的甜露，
亮马蹄又在古道上翻飞，
彩蝶儿又在新湖边狂舞。
朝阳照千山，

细雨润万物。

女儿窈窕，

男儿英武，

阿妈妮的大酱汤，

就着辣白菜，

更有冰凉冷面，

大快我口，

大饱我腹，

待到米酒唇边过，

渐觉后劲儿足，

此时跳起"嗡嘿呀"，

才知道何谓铿锵奔放朝鲜族。

好延边，

国中姝，

延边在我心头驻，

莫道今日分别，

必定终生恋顾。

《诗人》杂志 1980 年 10 月号

看京剧《白山红霞》《杨靖宇将军》

将军勇武偏先殁，
却踏笙歌艺苑行。
铁岭绝崖风瑟瑟，
荒林野陌火蓬蓬。
如虹意气今何在，
似彩华年几度逢？
舞罢玉龙唱易水，
万家低首拜音容。

长　白　山

——献给国家安全战士

是天外飞来的奇峰，
还是落地生根的巨灵？
缈缈冥冥，如幻却真，
这般亲近，又似陌生。

十万年神话传说，
天荒地老谁个永恒？
八千里烟波浩渺，
霜重雪寒你更年轻。

哪怕是风雷掣电雨脚倾盆，
足根坚定你只是不摇不动；
说什么云海千重雾罩迷津，
冷眼向洋你看得愈亮愈清。

啊长白山，峰上之峰，

坚石你的骨，太阳你的情。

因为有你这擎天一柱，

我们的大地才得这般安宁。

《国家安全》杂志 1991 年 2 月号

新调相见欢·香江

我家香江昨日水，

三分波涛三分泪，

另有三分前赴后继英雄血，

怒涌呼号，慷慨歌悲；

另有三分早熬干，

化作那，

江心石立，

江上云垂，

江畔树偎。

盼回归，

不得归！

香江香江几曾香，

呀！点点滴滴都是苦滋味。

我家香江今日水，

三分豪气三分媚，

另有三分不舍昼夜欢喜歌，

感天泣地，百转千回，

另有三分化衷情，

此时也，

一谢邓公，

二庆国瑞，

三慰先辈。

胡不归？

既来归！

百年香江今始香，

嘿！东方之珠明朝更壮美。

《长春日报》1997 年 7 月 2 日

新调补金瓯·汶川大地震

山河破碎余心碎！

天也泪垂，

地也涕飞，

水也呜咽，

云也低徊，

举国同一哭，

世人共我伤悲。

但念家园毁——

家园毁，

犹能建；

人做鬼，

呼不归。

纵使我泪尽继之以血珠坠，

如此国殇，

嗟！

哀难平，

痛难慰。

山河破碎心不碎！

上者不畏，

下者无摧，

往者已矣，

生者崔嵬，

亿万同赴难，

奋起慷慨雄威。

悲固不堪悲，

悲后齐扬眉——

金瓯缺，

众手补，

家园毁，

从头垒。

哪怕它震后继之以天河坠，

如此中国，

噫！

恸歌罢，

壮歌回！

《新文化报》2008 年 6 月 6 日

为国家无线电台所属台站作碑志

953台"和谐连接碑"碑志

环此地皆山也。山环水抱之间，危乎天线之侧，有九柱参差而共一体，若巨笙，天风徐来，訇然鸣如天籁者，"和谐连接碑"也。立碑者谁？ 953台也。碑形何似？像我台之精神也。念我台创建至今，屈指三十余载。

其命途多舛，或废或兴，宁不令人感慨系之乎！而终竟岿立不倒，至有今日之昌隆鼎盛，仰问昊天，俯询大块，孰为创业守业之宝耶？噫呼！金玉不足为贵也，铁石不足为坚也，雷电不足为畏也。鉴昔知今，岂非端赖于我全体职工之勠力同心也夫？信也，天地间和为贵，"和谐连接"真成功之母也。

赞曰：山环水抱九五三，

无线端赖有线牵。

和谐连接成一体，

伟业丰功指顾间。

542地球站"21世纪石雕"碑志

北望芦沟月，天地何壮哉！卡塞格伦翘首向天处，天音天画滚滚来。非天音也，非天画也，我站之卫星转发也。

我站之建，何多艰也。却忆当年，乙机房里，老骥请缨，愿效驰驱。几下几上，忧尽以喜。其时也，八月天，齐踊跃，人不眠。谁谓不眠？夜继日也。谁谓不餐？忘饥渴也。呼号惊天，众奋勇也。欢声动地，大功成也。

咦！此际乾坤一线牵，

弯弓响时箭冲天。

世纪石雕寄心愿，

昭我诸君永登攀。

731台雕塑碑志

咦！谁挽雕弓如满月，扣双箭，向云天，光影若环，电波若旋，其势若磐，蓦地里一飞冲天！此无它，盖我731台之雕塑也。念我台初创之时，即锐意进取。秉中央之决断，建台站于龙岩，筑钢铁般防线，净浩瀚之云天。已而星移斗转，时变我变，行"走出去"战略，图跨越式发展，东进西取，亦北亦南，敢掣鲸于碧海，复看翡翠于花前，虽百战而不殆，视艰苦为等闲，见几度云飞雾卷，经多少雨重霜寒，遂使当年小台站，翻为广电中坚。

赞曰：双箭齐飞大音传，

笑担日月在铁肩，

长天万里应让我，

无线健儿敢争先。

龙津明珠颂

闽西多山也，而奇迈尤胜。夫奇迈山，峰不高而势弗峻，近不及武夷之雄，远难并罗霄之威，而尤胜者，独拥龙津明珠也。龙津明珠者，我无线局 731 台也。

奇迈山下龙津河，奔流非水也，卅四年来，流不尽之热血悲歌也。忆昔红军征战地，偏是无线战士用武处。铁岭绝崖，好开路也；林深草密，宜扎营也；冷雨潇潇，烈炎焦焦，百炼铁骨钢心也。庶几，机房矗而晓月朗，天线举而峰岚秀。继而谋新图变，才见"9401"传佳讯，又闻"西新工程"凯歌还。把阴霾扫尽，大吕黄钟震长天。更喜昨日荒山峪，今成美丽家园。

噫！此真龙津明珠风采也。

文化墙礼赞

此地有名山胜水，月桂飘香，而"龙川晓月""登高独秀"皆千秋佳景也，历代骚人墨客吟咏犹存。至若红军遗迹、朱毛旧影、邓子恢不朽声名，更使天地增辉风云易色。自 20 世纪

60 年代以降，无线战士转战至此，三十余载披肝沥胆，其澄彻天宇之功，化荒凉为锦绣之利，宁不令人击节而叹之乎！

是以无文化墙之建，适不足彰其盛也。

是墙也，前护明珠，后倚奇迈，肩靠双箭冲天碑，襟带龙津河，昼听市井喧音，夜承星月甘露，尽得山川人文钟灵毓秀之气。

是墙也，置中华版图于中央，寓祖国在我心中，我在祖国心中，巍巍中华域中尽为我电波环护，于是鸽哨相约，翠羽相招，愈显太平宁静之盛世气象。

是墙也，雍容大方，厚重拙朴，居高而不自傲，蕴奇而不邀宠，象征我台职工干部，心昭日月之明，胸藏海天之阔，共创伟业，永不自满，恰如自闽西腹地腾飞之箭，其势也疾，其标也远。

美哉文化墙，壮哉文化墙！

面对此景，不可无诗，诗曰：

　　渺渺兮流光，

　　沐佳色兮未央。

　　耿耿兮余怀，

　　寄悠思兮天一方。

【21 世纪之初几年，余应国家无线电台管理局之邀，为其所属地方电台（站）写作"碑志"等文字，要求篇幅短小，亦文亦白。勉为其难，先后写了十来篇，多数没有保留下来，只存上述几篇。值得一提的是后来竟受到表彰，得一"嘉奖令"，内容如下：

嘉奖令广无发令字〔2003〕12号

局属各单位：近年来，随着无线局精神文明建设的深入开展和文化建设工程的实施，吉林省著名作家乔迈先生受我局之邀，先后为523台、501台、594台、542台地球站、呼市地球站以及953台、916台、731等台撰写了多篇碑志等文章。我局各台站分散在全国各地，乔迈先生热诚应邀，并奔赴一些地方赶写碑志。为做到准确无误，乔迈先生对各台站所报素材进行了认真研究，并对历史做了深入了解，同时结合各台站的实际情况、地理特点和人文景观，写出了寓意深刻、华彩横溢的碑文。乔迈先生精湛的文笔，热忱的奉献，为我局各台站的精神文明建设锦上添花，在增强了文化品位的同时，也使人们从碑志深刻的内涵中得以鼓舞和激励，尤其是在历史、文化、教育等方面，起到了教育作用。为感谢和表彰作家乔迈先生为无线局所付出的心血和做出的成绩，特予以通令嘉奖，并颁发奖金一万元。

无线电台管理局局长李天德

2003年8月1日〕

第 二 辑
散文、随笔、书序

松花湖上
——仿鲁迅先生《一件小事》

　　为了处理一件人事纠纷，我受命来到位于松花湖边上的小城，因此有幸利用星期天来游松花湖。

　　松花湖确实是很壮观的。远望青山，近看碧水，虽然比不得八百里洞庭那样朝晖夕阴，气象万千，但也不失水天空阔而别具风采。

　　"到上崴子有下的没有？帮我办点事。"忽然一个声音在我耳边响起来。转眼看去，原来船将靠近又一个码头了，乘客中站起来一位酱紫色脸膛的老人，显然，刚才的问话就是他发出来的。

　　"我下。"一个穿粉色的确良半袖衫，年纪约在十二三岁之间的女孩子，向老人转过乌黑的眼珠和淡淡的眉毛，像在问："老爷爷，您有什么事？"那老人抖抖索索伸手到怀里，摸出一个小纸包，又用骨节粗大的手指把纸包捏了捏，递给女孩说："这是二十块钱，一开春买猪羔欠的，你捎给老刘家。"

　　"哪个老刘家？有三家姓刘的呢。"女孩忽闪着亮晶晶的大眼睛问。

"西头，泡手沿，大杨树下边，木匠。"老人说。

女孩不再问，低头把钱揣好，仰着脸等船靠岸。

我犯了寻思：这老人和女孩子是什么关系？亲戚？熟人？邻居？显然都不是。

"今晚就送去，别等明儿个。"看女孩子跳上岸，老人又喊了一句。女孩回头微微一笑，算是回答，随即消失在了绿野当中。

船又拨开水头，向中心航线驶过去了。

"老大爷，您认识那女孩子？"我被好奇心驱使，终于忍不住问。

"你问那闺女？"老人抖抖索索地伸手遥指湖岸，突然哈哈大笑起来，"我知道你这位同志想的啥。城里人常这么问：'你们认的？'认得，又不认得。那孩子是我孙女，比孙女还亲呢。可要问她的姓名大号，我可说不上来，哈哈哈哈！"

"为什么？"我越发骇然了。

"为啥吗？咱乡下人就是这么个秉性。我有个亲戚在城里住大楼，听说左邻右舍门挨门住着，谁谁也不走动，旁人家失了火都不管。可咱这儿，百八十里，大家都是乡亲，大家都喝松花湖的水，有了事，都相帮着办，也不用问张三李四，姓甚名谁，也不用怕坑蒙拐骗。咱是庄稼人，学不来那些花花肠子……"

老人还说了些什么，我已经听不见了，我只觉得自己干部服下边的身体在往里缩，眨眼间就比那酱紫色脸膛的老人矮去了半个头。我不敢看他。他那双比湖水还要澄清的眼睛像能照彻我的肺腑。

　　客轮在行进，船头水声在响。云山苍苍，湖水泱泱，但我已经无心观赏了。刚才这一幕和这一席谈话使我的心变得沉静，也感到了某种充实。它给了我勇气，还有信心，对光明，对未来，对恢复几乎被"四人帮"摧残殆尽了的道德的信心……我想，明天上班，当能够解决了那件棘手的纠纷。

《长春日报》1982 年 7 月 22 日

石头上也能种蔬菜

以色列人说："石头上也能种蔬菜。"万里迢迢，他们跑到中国，真给种出来了。

以色列境内多沙漠山地，少良田沃野，还严重缺雨缺水，整个一个干旱沙漠国家。我国够缺水的了，以色列还不如我们，仅是我国人均水占有量的1/7。水是农业命脉，没有水就谈不到发展农业。然而就是这样一个国家，居然在中国办了一家"示范"农场，就在北京通县。前年夏天，因为写一本书，我曾到那里参观。也不过远远的一大片银色闪光物，驱车近了，才知道是塑料薄膜大棚。但不是我们农村通常可见的那种，它要高大得多，塑料薄膜质地极佳，好像玻璃。

这里主要出产的是蔬菜和花卉。

它那黄瓜翠绿欲滴足有2尺多长不像真的，倒像蜡像馆的陈列品；它那青椒沉甸甸的醋钵般大小，表皮细腻得像一碰就会破了；它那西葫芦不像西葫芦，个头大不说，一个个的形状和颜色全一样，长得像一个模子倒出来的。有一则民间故事讲：

有一个媳妇抱孩子回娘家，因为见老娘心切，她抄近道走一片菜地，不小心让什么蔓子绊了一跤，小媳妇爬起来，顾头不顾腚，捞起孩子接着跑。到了娘家，姥姥要看小外孙子，发现乖女儿抱来的是个西葫芦。如果现在有这样一个小媳妇，抄的近道是以色列示范农场，她就不会抱错她的小宝贝了，这里的西葫芦她抱不动。

这里出产的蔬菜，一般都往大里长，但也有往小里长的，我看见了一种比樱桃大不了多少的西红柿，一问，那小巧玲珑透明可爱的阿物儿果然芳名就叫樱桃番茄。我和别人都围着它赞不绝口，接待的人看我们嘴馋的样子，就每人给发了一个说："尝尝，尝尝没关系。"我真的尝了，只觉得又甜又酸又爽口，味道好极了。一问价，却要 30 元钱一斤。

这家农场的出产在市场上都是高价。据说西葫芦也卖 30 元一斤，大黄瓜也差不多少，青椒要 20 元一斤。康乃馨要 7 元钱才能买一枝。

他们的东西贵，是因为投入高。"示范"农场建有以色列温室和国产大棚两种规格的对比示范场。以色列温室每亩投资高达 5 万美元。干什么要那么多钱呢？因为使用的是高科技设备。建温室和大棚的镀锌钢骨钢架和玻璃一样的塑料薄膜都是世界领先的东西，不像我们农村的暖房拿土坯一垒，白膜一盖就完事。还有那种子，全由专门的制种公司为特定用户定向培育。最稀奇的是棚里面装备的电子信息仪即我们俗称电脑的，那是一个高精度和高智能化的程控系统，负责监控和调节温度、湿度、风级、日照和防虫网，特别是用来控制灌溉系统。

它的灌溉系统叹为观止。以色列人称之为滴灌，顾名思义，就是一滴滴灌，恰好和我们的漫灌成对照。那是一条条拇指粗细的塑料管蜿蜒伸到了根系下边，浅浅地埋着或不埋，管上有许多小孔，需要水了，电脑一声令下，小孔张开，水就一滴滴渗出。它的特点是有根须的地方才有水供应，别的地方就尽是干土。据说干土有个好处，就是不长草和不板结。它把肥料和农药也一并放到了水里，所以那不是水，是营养液。这种封闭的灌溉系统，有效地减少了沟渠漫灌过程、必不可免的蒸发和跑冒滴漏，水和肥的利用率据说可达80%—90%。

这样培育出来的植株，一棵棵都像小树，我惊奇地看到，青椒单株高达2米以上，樱桃番茄秧杆10米多长，葡萄藤般缠绕在钢架上。"母大子肥"，和我国几种蔬菜产量两相比较大致为（公斤／亩）：

	中国一般产量	以色列示范农场产量
西红柿	4000	13000
青 椒	2500	4000—5000
黄 瓜	5000—6000	10000
甜 瓜	500	4000

以色列温室种植技术是以色列人引以为荣的科技农业的典型体现。高科技要求的高投入及其所带来的产品高价值，我们一时还无法学习，我们现在重点是学它的节水技术。

我国和以色列一样都是缺水国家。我国人均淡水占有量仅为世界人均占有量的1/4，美国的1/5，苏联的1/7。产生于

2000多年以前的神话"夸父逐日"说的就是缺水的故事：中国男子汉夸父在时空中奔走，走得口干舌燥，一口气喝光了黄河，又喝光了渭河，不解渴，再去喝北海，结果没走到北海。闻名于世辉煌数代的"丝绸之路"一朝销声匿迹也是因为缺水。罗布泊曾是中亚最大的淡水湖，20世纪70年代还有可观的水，到80年代竟成了干湖。科学家彭加木不相信这大自然的奇珍会轻易地无影无踪，就一个人苦苦去找，结果他自己也无影无踪了，成了不解的自然之谜和人生之谜。黄河断流现象愈演愈烈，今年一开春长江就进入了枯水期。全中国都在叫缺水。没办法，天津市搞了"引滦入津"，吉林省在搞"引松（花江）入长（春）"，国家在考虑"南水北调"。伟大的中国龙实在是条"困龙"。

然而我们还在无节制地用水。农业上我们一直没放弃使用漫灌，大井、大泵、大口径水管子、大垄沟……呼隆隆水就过去了，不计较利用率。节水在中国，还停留在政府行为上，老百姓不大管。我国农业迫切需要改漫灌为滴灌。滴灌就是让每一滴水尽其所用，好像母亲给她心疼的孩子喂奶，所以以色列人又把他们的农业叫"精致农业"。

以色列国土狭小，土壤贫瘠，以色列人没有在严酷的自然环境面前听天由命，他们依靠高科技力量，创造了举世闻名的沙漠农业奇迹，成为拥有世界上最发达的现代农业技术和农业产业的国家。其水平比美国还高出一大截。以色列的农业技术和农业产业，早已走出国门，出现在包括美国、意大利和澳大利亚等发达国家在内的70多个国家和地区。我国是引进以色列农业技术较晚的国家，1993年，以色列已故前总理拉宾访华时，亲自向李鹏总理提出建议，李鹏总理欣然采纳，决定就在北京近郊建设这座农场，并且规定其性质为"示范"。

《学问》杂志1999年第3期

老照片与青春中国

　　前些天，一家报社的编辑找我，希望发我一张老照片忆旧。我就翻箱倒柜随便找出一张给了他们，后来听到的反应出乎意料：竟同声叫好。问为什么叫好？原来照片上的我穿的一件衬衫是带补丁的——现在在中国，要找这样一件衬衫不容易了。

　　试看眼下我们长春，分明已经 4 月了，鬼天气依然乍暖还寒，不错，"春捂秋冻"的老规矩还在，但有几个人认真守那老规矩？少女们首先急不可耐了，不管天气怎么样，薄衣短裙早已上身，露脐装也时而晃晃悠悠招摇过市。少妇们不让少女，还有中妇和老妇，少男、中男和老男，老不让中少，"老来狂"比比皆是。我老伴就是一个。她退休了，居然参加到省老干部活动中心的中老年模特表演队去，到处扭来扭去——如今的我们中国大地，竟仿佛一座表演时装的大 T 台，哪里找得到一件带补丁的衬衫？

　　我那张照片上还有我老伴。她穿一件灰不溜秋平领三扣涤卡外衣，那家报社编辑部的年轻人一致笑嘻嘻评价为"土"。少见多怪！他们哪里知道，当年她那件衣服也很新潮呢！那是我上北京，跟朋友要了一张"工业券"，花35元钱在大栅栏买的。在中国，20世纪70年代初期的35元钱不是个小数目，那时我一个月的工资才55元，我老伴42元。我把那件衣服给她买回来，她穿去上班，她的女同事个个羡慕得眼睛发蓝，说李老师好福气。如今要找她那样的衣服不容易了。而且那时候她不是老伴是小伴，人不到30岁，长得也俊，用《红楼梦》的说法，"一副美人胚子"，正该大穿特穿的时候。但是我只给她买得起35元一件被如今的年轻人揶揄为"土"（拿现在的眼光看，他们的评价没有错）的衣服。

那时中国人差不多都这么穿，因此那些西方人来了，就大惊小怪管我们叫"灰色"蚁群，西方人也有点少见多怪，殊不知，还有比作为"灰色"蚁群更难为的日子呢。

以我这样的年龄，只能是这个世纪的一半的见证人。别的没看着不敢说，日本人侵略中国东三省我是赶上了，那景象真是惨不忍睹，人们衣衫褴褛。破到什么程度呢？一律是夏天露皮肉冬天露棉花。露棉花还算不错的，毕竟是有棉花可露，问题是多数人身上并无半丝半缕。我打记事起，一家人穿的就是所谓"更生布"，也就是再生布。叫布是好听的说法，其实连麻袋也不如。我长到七八岁了，记忆中，冬天棉裤里没套过别的，因此一条棉裤就成了虱子窝。每每晚上，我妈妈我姐姐就给我翻过来捉，捉不过来就咬，一边咬一边恶狠狠骂："你咬我儿子（弟弟）我就咬你。"

中国人只配穿更生布的时代一去不复返了，在这个世纪之中。

中国人被称作"灰色"蚁群的时代也一去不复返了，在这世纪的最后二十几年。

我们失去的太多了，我们正在拼命追回无衣时光，因此我们看得到乍暖还寒天气里的薄衣短裙露脐装和偌大的中国 T 台。20 世纪不会笑话我们，更不会笑我们"老来狂"。老而能狂是人生的福气。五千年的中国够老的了，让我们狂起来吧，让我们狂回到少年时光去，在将至的 21 世纪，让世界看我们美色绝伦的青春中国。

《长春日报》1999 年 4 月 23 日

青春是什么

"五四运动"已经80岁，"五四"依然年轻，因为"五四"是青春的节日。

青春是什么？

青春不是黄金、美色、华屋、轻骑和朱门酒肉；不是狂言、轻诺和放荡不羁；青春也不是光亮无皱的前额、精心修剪的指甲、飘逸长发和血脉奔涌的手与手臂、强劲的胸大肌和肱二头肌。

青春有情，然而青春易逝。

有一位我们尊敬的前辈，年轻时文采风流，有骄人成就，有健美体魄，总之，凡是人所能够有的他都有，除了"文革"那几年，他一直生活得十分令人眼热。但他一天天老了下去，当年他能高唱"安得壮士挽天河"，现在却无法挽青春于既逝。我曾有幸和他一块儿出席一个活动，那天发生的事我终生难忘。他比我们都有名，我们都比他年轻。他受到所有人的尊敬，所有的人他都艳羡不已。看着我们大家，老同志喟然长叹，他说：

"我愿意拿出我所有的财产，包括名声和地位，来换你们的年轻，你们愿不愿意？"我们都大声表示愿意，但我们都不知道用什么办法实现这种交换。

青春是什么？

青春不是财产、名声和地位；不是可以放到盘子上去进行交换的等价物。青春不是天上的月亮，盈了又亏，亏了还盈；不是郊原的野草，绿了又黄，黄了还绿。青春也不是我们北方晴空中的雁阵，排列有序，年年高唱生命的壮歌，今秋去了明春还会重来。

青春无价，然而岁月难寻。

谁都能够拥有青春，谁都将失去它，今天的青年无一例外要变成明天的老人。谁都不愿意让青春逝去得太快。女作家谌容想出过一个办法，叫"减去 10 岁"。还有一位女作家也想出一个办法，叫"不想年龄"。这两种办法无疑都带有极大的主观随意性，远不如我们的古人夸父的办法好。青春夸父不是幻想把年龄往小里压，而是追求把日子往长里扩，为此他大步流星去追赶太阳。太阳神坐着 6 匹马拉的车子飞跑，夸父追不上，但他到底迫近了太阳，他紧追着太阳奔跑，他的太阳就永不落山，他追求到了青春生命的延长。但他不得不为此付出代价。他的代价就是被表面温度达 6000 摄氏度的太阳烤得口渴难耐，他一口气喝干了黄河和渭河，掉头去喝北海时，他走不动了，他倒了下去。在倒下去的一瞬间，他奋力把手杖扔了出去，想拉住太阳。手杖深深地插进黄土地，化为一片桃林，灼灼其华。桃林是不屈服于命运的英雄夸父的纪念碑，虽然他失败了。

青春是什么？

青春是大江中的流水，浩浩荡荡，渺渺烟波，无限风光，多少从容，一旦奔泻而去永远不会回头；青春是大山里的富矿，金银铜铁锡应有尽有，然而开采一点就少一点，绝不会再生，如若再生，除非等到下一次天翻地覆以后，那可能需要数十亿年光景。

青春是今日，此时，肯定不属于明天。但青春可以与明天汇合在一起。与明天汇合在一起的青春是不老的青春。

有人问一位圣者："滴水怎样才不会消失？"圣者回答说："把它放到大海里边去。"让我们投入到大海里边去吧。

青春是一滴水也可以是整个大海，青春是一粒沙也可以是全部辽阔的大地，青春是一片云也可以是云所在的那片浩瀚的天空；青春是你我他，是你我他紧紧依傍着的国家、民族和我们脚下这块热土；青春是你的追求、我的期待、他的向往，是你我他灵魂之所系的全体人民和人民的奋斗与创造、光荣、梦想、爱和永不衰竭的热情。如此的青春，比夸父逐日更清晰地勾画出了一条生命的延长线，我们可以用这多出来的青春生命为社会建功立业。如此的青春，是不老的青春。

从前的一首歌唱道："青春万岁，同志，我们和你同路向前，让青春所预想的一切，像在美丽的歌曲中那样实现。"

青春是什么？

青春是美丽的歌曲，是歌中之歌，它那迷人的旋律具有永久的魅力。但这支歌是不容易唱好的。它排斥轻薄、甜腻和虚夸，不喜欢矫饰，只把它的青睐给了真挚和诚实、尊严和责任感、自强自立自重以及万难不屈的个性。这种个性就是 1919 年的"五四"和在那场使山河易色的伟大运动中走在民族前列的中国青年。"五四"因而成为前所未有的青春的节日。

　　谁能唱好青春之歌，真正的青春就属于他。

《河北日报》1999 年 5 月

玉龙雪山：可遇不可求

去云南自然要去看玉龙雪山。那时号称"云南通"的老作家冯牧先生还在。一路上他总是谈古论今，三句话不离玉龙雪山，把我们一群人胃口吊得高高的。有时候天空不是很晴，冯牧就念叨，说若是去看玉龙雪山，千万不要阴天才好，不然的话，机会可就错过了。我们不知道玉龙雪山有多么好看，听他反复讲，初时不以为然，后来听得多了，知道一定是好，就也盼着天晴。

我们对于自己不熟悉的事物，会有兴趣，却不一定有感情。冯牧是带着感情色彩谈云南山水的，我们难与他比。

住进丽江宾馆，我们正忙着安顿，却听见冯牧快乐的声音响起来："可以看，可以看了，推开窗子就可以看了……"快乐之情溢于言表。我们知道他欢呼的是玉龙雪山。为了不辜负他的热情，我们赶紧打开窗子看，果然见到灰蒙蒙的远方天际，露出白亮亮的一个角，白亮中间夹杂着鲜艳的蓝色，虽然好看，却不是山的全貌，便觉得有点兴味索然。冯牧依然兴奋得很，一间屋一间屋地走，一间屋一间屋地指给我们看，我们就也做出很看出了名堂的样子。

终于要切近地游览玉龙雪山了，我们驱车直向目的地进发，冯牧还在念叨天气——天不是很阴也不是很晴，云影在天，天如伞盖地似圆盘，空气里有湿气弥漫，玉龙雪山仿佛一位千娇百媚的美人儿，知道有远客来访，就愈加珍重芳姿，不肯轻易将玉容示人。

但我们的兴致都好，到达山脚下边，就欢呼着要去爬山。一大群牵着马的纳西族男孩女孩围了上来，说玉龙雪山很高的，你们爬不上去，还是骑马吧，又安全，钱也不多。我们几个岁数大的，心便有些活，年轻些的就说"那有什么意思？"很不屑地扫了我们一眼，几个人就转身噌噌往上爬。

殊途同归，我们骑马的和他们步行的，几乎同时到达山脚，那里是一处面积很大的平地，当地人称之为"坝子"，平坦极了，都铺着绿莹莹的小草，一望无际。我们忙乱着照相，或站或坐，背景都选了仍在云雾里边深锁着的玉龙雪山。虽然深锁着，我们也兴奋。我们知道，大凡游览，人的兴致往往并不在乎景的本身，景也只是事情的缘起，人的情感释放大半是在旅途中也就是在过程中，有了过程，也就是有了本质，所以古人有"乘兴而来，兴尽而返"的说法。不过我们这次游玉龙雪山，也不完全是过程，如果真的那样，就让冯牧先生太失望了。

他本已是失望了，和我们一块儿快快返程。肯定是他的执着惊动了天地，天地不忍，天地有情，于是云散雾开而真龙出，那是在我们的车子就要驶离玉龙雪山视野的时候。

还是他首先发现了异常，他的一声惊呼带起了满车的惊呼。

还有什么能比失去以后的获得更令人珍视的呢！我们紧急刹车，乒乒乓乓开门下车，满天空一片亮色，满大地一片辉煌，周遭一阵欢腾。此时遥遥北望，万山独一娇的玉龙雪山正缓缓撩开面纱，向世界嫣然回眸一笑，她的灿烂笑容顿使人间万象失色，使我们受宠若惊。惊愕之余，我不禁叹息：唉，前人的体会差矣，此雪山虽然银妆裹体，玉色满身，然而哪里会是一条龙，分明是一位薄薄轻纱遮不住雪肤花容的睡美人，此时美人春睡乍起，揽衣推枕却正娇羞无限，你看，她那条柔曼轻纱还在胸前松松地缠着呢。

归途中，我们都兴奋地议论不休，独有此雪山的第一号崇拜者冯牧不动声色，他闭目冥思，良久以后轻轻说："可遇不可求，可遇不可求啊。"我们听了，似懂非懂，便一齐点头说："可不是。"这么说了以后，就有些惭愧，认识到自己浅薄，尤其是听到冯牧讲，就连台湾同胞都想着这处好风景。有一位教授名叫李霖灿，据说在玉龙雪山脚下住过四五年，并著有《纳西古国文化史》，好像是去年或者前年还写了信来，说鬓已成丝，只怕今生无缘再见，遥寄白发一束，请求把它埋在玉龙雪山脚下，以了他的夙愿。看来这次我们能来到这里亲睹玉龙雪山芳容，真的是此生有幸了。

《文汇报》1999 年 5 月 20 日

归兮归兮胡不归

千年更迭之际，历史送给中国一件礼物——澳门回归。

历史不会轻易垂青任何一个民族，但是一个民族的凝聚力和韧性，却可能征服历史。

"回归"是 20 世纪末在中国出现频率较高的具有特殊意义的一个词，它的深刻性也许下一个世纪的中国人会体会得更透彻。

近代历史对具有几千年古老文明的中华民族是相当严厉的。香港被英国人侵占是 1842 年的事，台湾遭荷兰人和西班牙人入侵后，其间虽有伟大的民族英雄郑成功雄师东渡怒逐入侵者，但日本人又在 1895 年强行"进入"（现在的某些日本人喜欢把侵略叫作"进入"）。而澳门被迫离开中华母亲怀抱却早得多，那是 1553 年明朝嘉靖年间的事，迄今已垂垂四百余年矣。

当年以晾晒货物为名登陆上岸并进而占据澳门四百余年的葡萄牙人来自一个极小的国家，领土和人口连中国的零头都赶不上，但在 15 世纪、16 世纪，它是响当当的海上强国。有点儿意味深长的是，那时中国的航海实力也并非十分逊色，郑和率领强大的舰队远航世界，是1405年明朝永乐三年的事，比哥伦布航海早半个世纪。郑和指挥建造了当时世界最大的远洋船，可乘千余人。郑和下西洋，到过非洲东岸、红海和伊斯兰教圣地麦加。郑和的船队浩浩荡荡，最多时达62艘。这样的航海实力如果按照正常逻辑再发展一个多世纪，也就是在欧洲一些国家的远征船队频频造访东方大陆，急切希望把握中国底细的那个时候，澳门的命运应该是另外一种轨迹。但是历史却画出了一个问号，皇上派郑和劳神费力七下西洋，干什么去了呢？这个问号似乎不应该出现，但这正是问题的一个症结所在。永乐皇帝朱棣夺取了侄儿建文帝的宝座，生怕他还活着，给自己添麻烦，就到处找，陆上找不着，就让郑和到海上找，捎带着，也跟当地人交换丝绸、瓷器和茶叶。搞贸易是好的，但前一个动机即朱棣的主要动机，用老百姓的话说，就是不干正事了。朱棣这种不干正事的思维方式为后世埋下了祸根，不把富国强民当作主要工作，再厚的老本也有吃光的时候，而弱国焉有"外交"？一个民族的韧性应该有一部分是体现在它的反思能力上。在澳门与祖国相隔离的四百余年沧桑岁月中，中华民族对自身的反思能力日趋增强了。

澳门，别称莲岛。以莲花的意象出现于中国地理版图上的这块莲花宝地，承袭了一个古老民族的精神气节，它虽然背负了四百余年的屈辱历史，但同时也可谓见证中华民族凝聚力的热土。欧洲传教士是紧随航海商船之后登临此地的。而今，圣保罗教堂徒留的前壁，状如中国的牌坊，历史似以某种巧合在做着惊人的暗示。妈阁庙的香火袅袅，至今不绝，不难想见，那支撑着妈阁庙的朱红立柱熔铸了多少华夏儿女的恋母之心！

新的千年晨光渐露，拂去四百余年的风尘，澳门特别行政区区旗终于以莲的意象飞扬于南疆的朗空。归来的莲岛正以莲的气节激荡着华夏大地上的万水千山，丰盈着中华民族的精神和魂魄，历史重新对中国绽开笑颜。如果说澳门回归是历史在20世纪献给中国的最后一件礼物，那么，它还有一件原本要献的礼物，终于决定留给下一个世纪了——莫非那件礼物过于贵重，它不肯轻易出手？

台湾，中国的宝岛，你做好准备了吗？

《长春日报》1999 年 12 月 20 日

两个天池

我们中国有两个天池。一个在新疆的天山，一个在吉林的长白山。一个大西北，一个大东北，相隔万里，相望而不相识。

这两个天池都是中国著名的内陆大湖，属于大自然杰出的创造物——我这么说，有一点问题，因为按照新疆和吉林两个地方人们的说法，他们的天池跟大自然创造不创造没什么关系，倒跟一位神仙关系甚大，那位神仙是西王母。

西王母是我们中国一位著名的女神仙，她生活的年代距今至少3000年了。这位女神仙曾和周穆王谈恋爱。周穆王是一位带有神仙气的古代君主，如果仍然活着，怕也有3000岁不止了。在西王母生活的那个年代，人们对美的看法与今天不大相同，作为神仙和天子的情人，她当然无疑是极美的，但据《山海经》关于西王母的形象描绘，我们吃惊地发现，这位女神仙竟是"豹尾虎齿而善啸"，那就完全是一头人面怪兽了。然而周穆王很爱她。那时，这位天子驰驱着"八龙之骏"，也就是八匹骏马拉的车，从迢迢东土赶往西方，为他的情人献上了精美的丝绸和晶莹的玉石。他们缠绵缱绻了一阵子，周穆王该回去治理国家了，他们就到天池边上喝酒惜别。西王母情不自禁，喝着喝着就唱了起来，她唱的歌是："白云在天，山陵自出，道里悠远，山川间之。将子无死，尚复能来。"但周穆王到死没再去。

西王母和周穆王喝酒的那个天池，听当地人讲，是西王母梳妆台上的镜子变成的。我头一回到天山天池去的时候，曾在那面镜子前流连忘返。我还在西王母的另一块镜子前面悠然神往过，胡思乱想过，前边说到了，那是长白山天池。

长白山是中华名山，但它比较谦虚，所以中国四大名山里面没有它，五岳之中也不见它的名字。但这并不妨碍它独树一帜。四大名山和五岳是了不起的，我都去过，印象中所有的山都差不多，日子久了，就不大能解得出个数来。但长白山不同，单是它那主峰的颜色不黄不绿而终年皆白，别的山就没有。它是由火山喷发形成的，跟别的山是由地壳推挤碰撞形成的不一样。那些终年皆白的东西是火山灰，长白山天池是火山口。

火山口者云云是地球地质学家的看法，我们关东人一向不予认可，我们的说法是：长白山天池乃是西王母梳妆台上的又一面镜子。那是可以寻到人证的，人证就是西王母的两个女儿。姐妹俩有一天闹别扭，姐说姐长得美，妹说妹生得俊，相持不下之时，难解难分之际，就相约一同去照老娘的镜子论短长，一扯一夺，镜子脱手掉落人间，飘飘摇摇，它不朝别地方落，偏偏独钟于长白山，急切里不小心，把长白山主峰砸出一个大坑，深达 373 米，天山天池和中国别的大湖都没有这么深。

长白山天池里还有怪兽。据历代目击者的描述，它们大致头如蛇，嘴如鸭，眼睛像栗子，体形似狗熊，游姿矫健颇有龙行云间电过长天之势。不少人见过，20世纪80年代早期，有一群外地作家也见过，回去后纷纷写了文章。我去过好几回，想看总没看到。我是准备哪天再去的。

长白山和天山因为各有非凡天池而显得又神秘又朦胧。凡是美的东西无不又神秘又朦胧。因此有神话和传说展示着永久的魅力。神话和传说在科学鞭长莫及的时候试图揭示神秘和朦胧的本色和本相，结果反使本色和本相愈加神秘而朦胧，因而引发人们探索和研究的兴趣。这是科学本身得以不断取得进展的一个因素吧。

《解放日报》2000年3月11日

愿人间无水战

　　20 世纪最后一年岁尾，快乐的长春市民惊愕地获悉，春城正面临缺水之虞——本市最重要的"水缸"之一，新立城水库因无水可蓄，已经关闭。

　　新立城水库我是知道的。那是大约 60 年代初，我正在吉林大学读书，学校响应长春市委号召，组织了"吉大民兵师"开赴新立城水库工地，我也去了。至今我还清楚记得那种红旗飘飘歌声嘹亮万人奋战挥汗如雨的壮丽场景。那时又有所谓全国人民大写新民歌的热潮，我们中文系学生岂能无诗。我也写了好几十首，至今珍藏着，仅举一例，以窥一斑："白天大坝一条龙，夜晚水库一片红。起早睡晚不知累，心里有个毛泽东。"我们和其他建设者一道，硬是用两个多月的时间，修起了水库大坝，开始为长春市民源源不断送来清水。区区几十年光景，新立城水库就不行了吗？

　　是的，缺水魔魇困扰着我们，已是不争的事实。不仅长春，现在全中国、全世界都缺水。据世界水资源委员会统计，到

2025 年，现有的全球 60 亿人口将变成 80 亿，而淡水供应量至少要增加 20% 才能勉强维持全体地球人的生存需要，但这 20% 谈何容易。因此专家预言："在 20 世纪，许多战争因石油而起，到 21 世纪，不是石油，而是水，将成为引发战争的根源。"事实上，不必等到 21 世纪，现在的许多战争，都与水有关系。以色列与巴勒斯坦和阿拉伯世界连绵不绝的战争中，争夺水是一个重要因素。还有印度和巴基斯坦、孟加拉国的纷争，埃及和苏丹、埃塞俄比亚的冲突，都涉及水。水已成为不少国家内政外交的重大问题。

我们中国的情形同样严重。有一句话形容我们这个辽阔的国家——"七山一水二分田"。中国多的是山，少的是田，更少的是水。大自然待我们不厚不薄，中国地大物博，淡水占有量在世界上排名第 6 位，然而我们偏又人口众多，论到人均淡水占有量，一下子就后退到第 88 位，仅为世界人均占有量的 1/4，美国的 1/5，苏联的 1/7。我们的许多城市都缺水，"一二楼，啦啦啦，三四楼，嘀嘀嗒，五楼六楼干巴巴"也不是想象力丰富的民间童谣，而是不少地方习以为常的生活写照。许多地方因超常开采地下水而导致地面下沉，中华民族的母亲河黄河去年断流达 200 多天，致使中下游大片农田因缺水和无水而荒芜。缺水的魔影乌云一样笼罩在不少地方政府官员头上，使他们寝不安枕，食不甘味。我们习惯把我们伟大的国家叫作龙的国度，我们是龙的传人，但我们在骄傲地这样宣言的时候，时常忽略一个事实：伟大的中国龙就要成为一条困龙。

我们的淡水资源这样少，而我们还在使劲儿地污染它们。

现在，在我们广大的地面上，还能找到一条没有被污染的河流吗？唔，还能找到。前不久，我随中国作协的一个团应邀到浙江温州跑了一圈，在温州地区的永嘉县，当地人领我们看著名的楠溪江，就是被称作中国"第一位山水诗人"的谢灵运歌咏过的那条江。多年来，我走过的地方不算很少了，我的确没见到过那样清澄中透着馨香的一江好水。但是，永嘉人的一句话让我们都变得心情沉重，他们悠悠地说："楠溪江现在是中国唯一没有被污染的河流了。"

那么，地处发达的温州地区的永嘉县，怎么保持了楠溪江的纯净呢？说来也不免叫人心情沉重：永嘉是经济发达的温州地区唯一欠发达的县。这一次我们还走了温州地区另外几个县市，我们看到，无一例外的，所有这些地方的经济发达都是以牺牲环境，即对环境包括河流的损害为代价的。中国其他地方的情形也差不多。这几乎成了社会和人间一桩难以排遣的宿命：你要发展经济吗，那就不要顾及环境吧！我们必须要改变这种宿命。

1992年，在巴西，有172个国家和地区的代表聚集一堂，讨论人类怎样齐心合力，保护好自己的生存和发展之地——地球。会议通过的里约热内卢宣言强调，人类的生产方式和消费水平，必须严格限制在地球所能承受的限度之内，包括有效地利用与保护水资源。此后，联合国确定1994年6月5日"世界环境日"的主题为"一个地球，一个家庭"。地球是我们人类共有的家园，地球的生态状况与我们每个人息息相关。我们有责任保护它，没有权力破坏它。在新的世纪即将到来的时候，我们必须抛弃一种观念，即认为自然资源是无限的，天总会下雨，人间总会有水吃。我们还要确立另外一个观念，即水是地球上最宝贵的资源，比黄金还要宝贵。没有黄金，我们尚能生存，没有水，我们一天也活不下去。

活不下去时，就难免为争夺水而打仗，谓之水战。21世纪，让我们把这种战争消灭于萌芽之中吧，用我们的智慧、知识和政府加民众的果敢行动。

《吉林日报》2000年12月29日

军歌和国歌改词

我曾参与为中国最著名也是最重要的两首歌，即《中国人民解放军军歌》和《中华人民共和国国歌》修改歌词——真匪夷所思也！

给军歌改词

"向前，向前，向前！我们的队伍向太阳……"自 20 世纪 30 年代后期以来，先是在中国解放区，然后在整个中国大陆，几乎没有什么人不会唱这首雄壮的歌。很多人还知道它的词作者是公木，曲作者是郑律成。郑于 1918 年生于全罗南道光州，15 岁来中国从事抗日救亡活动，21 岁到延安，21 岁参加中国共产党，是八路军中杰出的文艺战士，一位极富天赋的作曲家。郑律成一生创作了十余部大型音乐作品，三百余首歌曲，最负盛名的是创作于 1939 年的《八路军大合唱》。"向前，向前，向前！……"就是这部大合唱中的一支歌，当时叫《八路军进行曲》。后来八路军改称中国人民解放军，《八路军进行曲》随之改为《中国人民解放军进行曲》。1988 年，经中共中央决定，由中央军委主席邓小平发布命令，正式将《中国人民解放军进行曲》规定为《中国人民解放军军歌》。

军歌的词作者为诗人公木，在学术和教学领域颇有造诣，被称为张松如教授。公木即松字的分写。公木长郑律成 8 岁，生于河北省束鹿县（现辛集市）北孟家庄，1928 年进入北京师范大学，曾与同学一起邀请鲁迅先生到校做《再论"第三种人"》演讲。公木于 1938 年到延安。他曾依据陕北民歌《移民歌》的曲调填词，就是后来被称为"中国第一歌"的《东方红》。《东方红》有时被说成"农民李有源填词"，是不对的。新中国成立后，第一部赢得了亿万观众眼泪的电影《白毛女》，其插曲"清清的河水蓝蓝的天，山下一片米粮川，高粱谷子望不到边，黄家的土地数不完……"也出自公木之手。更不用说无人不会唱的电影《英雄儿女》插曲，"风烟滚滚唱英雄，四面青山侧耳听"。

公木于 1939 年应郑律成之邀写出了《八路军大合唱》的歌词。其中，除了"向前，向前，向前！……"还有《八路军军歌》也流传甚广。正是《八路军军歌》使公木头一回有了被别人改词的体验。《八路军军歌》的歌词是："铁流两万五千里，直向着一个坚定的方向。苦斗十年锻炼成一支不可战胜的力量。一旦强虏寇边疆，慷慨悲歌奔战场。首战平型关，威名天下扬！首战平型关，威名天下扬！嘿，游击战，敌后方，铲除伪政权；游击战，敌后方，坚持反扫荡。钢刀插在敌胸膛，钢刀插在敌胸膛！巍巍长白山，滔滔鸭绿江，誓复失地逐强梁。争民族独立，求人类解放，这神圣的重大责任，都落在我们双肩上。"在传唱中，"巍巍"被改为"巍峨"，"都落在"被改成"都担在"，"双肩上"被改为"双肩"，是歌唱者即八路军战士改的。1962 年，我在吉林大学中文系听张松如教授讲诗论，他提到了这首词的改动，他认为：从诗（好的歌词也是诗）的整体美感上看，"巍巍"比"巍峨"好，与"滔滔"对仗工整，"肩上"比"双肩"好，"上"字在韵脚上，改成"双肩"，韵脚就丢了。但是战士这样唱显然有他们的道理，道理是"巍峨""双肩"更顺口，与曲调更吻合。他愉快地接受了这个改动，自己唱时也"巍峨""双肩"的了。

好呀！现在轮到我们来改他的歌词了。这回，他接受也好，不接受也好，我们都要予以改动。他还应该感谢我们肯于屈尊改他的歌词，他应该感到荣幸。我们不是八路军战士，我们是"无产阶级革命派"的战士。所谓"无产阶级革命派"，就是"造反派"。根据伟大领袖毛主席的指示，我们"对反动派造反有理"。公木虽然很早参加革命，但他曾是资产阶级"右派"分子，他又贵为教授，因此又是"资产阶级反动学术权威"，理应属于造反对象之列。不幸的是，我们伟大军队的进行曲竟是由这样的人作的词，这是我们不能容忍的。公木于 1958 年被打成"右派"之后，在公开的报刊和单行本上，若有《中国人民解放军进行曲》刊载，必然去掉他的名字，只标明郑律成作曲，不提谁谁作词。即使这样，我们也不能容忍。我们要把他的歌词加以修改，改得面目全非最好，那样的话，我们就可以说是我们创作的了，完全不承认他的贡献。我们有权力这样做，我们是"造反派"么，时代强者，历史是由强者书写的。

我们决定修改他的歌词。我说"我们",并不很准确,准确的说法应该是"敬爱的江青同志"决定,并给了我们相应权力来修改公木的作品。

过来人都知道,当"文化大革命"的风暴还徘徊于青萍之末的时候,江青已经一改多年来蛰居幕后长期养病的做法,频频出现在中国文化及政治舞台上了。到修改公木作品这个时候,江青已经不是江青,而是"文化革命的英勇旗手""敬爱的江青同志"了,中国文艺界的大小集会,必要手捧红宝书,恭恭敬敬祝她"身体健康、健康"了。众所周知,当时的"敬祝"形式,在一般工农兵和机关干部,只"敬祝"两个人就行,我们文艺界要加上江青。这种"敬祝"划分为三个等级:第一是伟大领袖毛主席要"万寿无疆",第二是"毛主席的亲密战友和接班人"林彪要"身体健康,永远健康",第三轮到"敬爱的江青同志",没有了"无疆"和"永远",只剩下了"健康、健康"。

那时我们的江青同志精神抖擞,她"健康"得到处伸手,她很优雅地跑到军队去开了一个只有她自己发言的座谈会,就把中华人民共和国成立17年来文化领域的成就扫荡得一干二净,谓之"黑线专政"。为了开创"无产阶级革命文艺新纪元",她不辞辛苦,去"指导"现代京剧和芭蕾舞,选出八出戏,名之谓"样板戏"。兴犹未尽,再去指导歌曲。指导的方法,一是大张旗鼓组织人力写新歌,陆续出版了好几集《战地新歌》(我有幸参与其事,容他日有机会另忆)。二是把原已流传的歌曲择其尚能为我无产阶级所用者,留其曲调,改其歌词,使其符合毛主席革命文艺路线的要求。

　　例如对李劫夫的《我们走在大路上》这首有名的歌，就做了如下改动：原词第一段是"我们走在大路上，意气风发斗志昂扬。毛泽东走在我们的前头，披荆斩棘奔向前方"，改其第二、三句为"我们走在大路上，高举红旗向太阳。毛主席领导革命队伍，披荆斩棘奔向前方"。第二段原词前两句"三面红旗迎风飘扬，六亿人民发愤图强"，改为"大海航行靠舵手，干革命靠毛泽东思想"，改动后的两句是林彪的题词。林彪的题词源于"文革"中极为流行的由郁文作词王双印作曲的《大海航行靠舵手》。周恩来频频出面调解各地打得不可开交的"造反派"，"造反派"不听话，周恩来没办法，有时就打起拍子，指挥"造反派"头头们唱《大海航行靠舵手》，副歌中的"向前进，向前进，革命气势不可阻挡"，改"气势"为"洪流"。好像还有一些改动，我记不得了。

　　就连王莘作词作曲的非常有名的《歌唱祖国》也要加以改动。"五星红旗迎风飘扬，胜利歌声多么响亮，歌唱我们亲爱的祖国，从今走向繁荣富强"中，改"胜利歌声"为"革命歌声"，改"亲爱的祖国"为"社会主义祖国"，何等旗帜鲜明！重复的那后两句，"歌唱我们亲爱的祖国，从今走向繁荣富强"，改为"我们伟大领袖毛泽东，领导我们奔向前方"。"东方太阳，正在升起，人民共和国正在成长"那段，整个改为"无产阶级文化大革命，开创了马列主义新篇章。革命人民朝气蓬勃，社会主义祖国蒸蒸日上。毛泽东思想光芒万丈，照亮了我们前进的方向"，好像这首歌不是写于中华人民共和国刚刚成立之时，而是专为"文化大革命"写的。

　　以上两首歌的修改我没有参加，我参加过《我是一个兵》的修改。

《我是一个兵》是军队歌曲，在"文革"中，"全民皆兵"，《我是一个兵》就也是全体老百姓的歌。该歌的曲作者兼词作者之一岳仑时任吉林省京剧团团长，改这首歌的任务自然由我们吉林老乡担当。改来改去，觉得这首歌虽是大白话，但相当精炼，简直就是一部军史，不好动手。反复琢磨，发现只有"打败了日本狗强盗消灭了蒋匪军"两句中，"狗强盗""蒋匪军"，有点不雅，仿佛骂人话，决定改"狗强盗"为"侵略者"。但是想不出代替"蒋匪军"的词，"蒋家兵"不好，"中央军"不妥，"反动派"不押韵，这句就没改。只把最后两句"谁敢发动战争，坚决打它不留情"，改成"敌人胆敢侵犯，坚决把它消灭净"。1977年9月，由上海人民出版社编辑出版，得到解放军总政治部文化部首肯的《建军50周年歌曲集》中，《我是一个兵》就是按修改后的歌词发出的。但在实际歌唱中，战士们和老百姓似乎没有理会这种修改，照老样子唱得多。

终于轮到《中国人民解放军进行曲》了。我在前边说过，那本来是早在人民大众中流传并定了型的名歌，并且是很"革命"的。但是不行，我们开展"无产阶级文化大革命"，就是要把一切重新审查过，把一切重新创造过，使其带上无产阶级鲜红鲜红的烙印。

任务光荣地落到了吉林省，这就集中了一批人到省委党校，吃住都在那儿，改不完不许回家。我是这改词组的成员之一。我于1963年从吉林大学中文系毕业，分配到省歌舞剧院，职务是创作员。"创作员"的叫法，是从解放军那里学来的。在我之前，省歌创作室没进来过正经大学生，我很受重视，被着力培养。1965 年，省歌接上级指示组织精干小分队，赴越南参加援越抗美战争，我也被选中了。在北京集训结束时，周恩来总理设宴饯行。在友谊关外战斗了一年，所幸未死，于 1966 年底奉命回国参加"文化大革命"。在越南期间只能看到《人民日报》和《解放军报》，那上面多是正面消息，回到国内，才知道天下早已大乱。送我出去的原省歌领导全部被"打倒"了，"造反派"们分成好几伙互相斗。我和小分队的同志中，领队、作曲家朱广庆因为是省歌副院长，一回来就归了"黑帮"队伍，其他人由于在"世界革命"最前线，经过了"国际阶级斗争"严峻考验和战斗洗礼，政治上属于坚定的革命派，所以很吃香，虽然没赶上造反，也自然成了革命动力。下乡插队、上"五七干校"，我都免了，甚至连"清理阶级队伍"这样的大事，我都能参加专案组。论资格，当然也进得了改歌词组。

公木夫子也来了，以原作者身份。他在中央文学讲习所所长任上被打成"右派"后，发配来我省，先在省图书馆做资料员，"摘帽"后到吉林大学当教授和中文系主任，直到"文革"发生，先挨批斗，后获解放。公木参加改他自己的歌词，头上依旧恍恍惚惚罩着一顶"阶级敌人"的帽子，给人的感觉，就像被告出现在法庭上一样。党校教室有现成的大黑板，我们把"向前，向前，向前！我们的队伍向太阳……"抄上去，一大群人，有军宣队，是领导，有工宣队，也是领导，负责把关定向。主要干事的是我们文艺界的，都支着下巴颏指指点点推推敲敲，好像个个都比坐在后排一言不发早在 30 年前写出了这首歌词的那个人高明。一天又一天，吃了上顿接下顿，时间呀前进，我们的指点、推敲却毫无结果。因为公木的歌词实在写得已经很革命很完美了，即使按照"文化大革命"以来、经过"敬爱的江青同志"重新确定的极为严格的标准衡量，也是如此。你看：毛主席是我们心中最红最红的红太阳，这里早已有了"向太阳"。还有"毛泽东的旗帜高高飘扬"，还有"革命歌声多嘹亮"，其他如"文革"中挂在革命群众嘴巴头上的"人民"啦，"工农"啦，"反动派"啦，应有尽有。老虎吃天，我们不知道从哪里下口好。好！到底叫我们逮住了一个地方，我们欢呼，这是毛主席革命路线的伟大胜利。被我们逮住的这个地方非常关键，可以说是整首歌的要害所在。从中不难看出，早在30年前写这首歌时，公木就已包藏了极其险恶的祸心，是他后来成为资产阶级"右派"分子、阴谋反党反社会主义的历史写照。被我们逮住的这个地方是：在整个这样长长的一篇歌词里，竟然没有提到共产党和党的领导，连一个字也没有。中国人民解放军是党创建和领导的军队，解放军的歌曲不提党的领导怎么行，不要共产党领导难道叫资产阶级领导吗？

我们都很兴奋，军宣队和工宣队虽说对歌词一窍不通，但负有占领上层建筑的重要使命，这时也使劲点头，说"关键，关键""要改，要改"。然而公木不作声，不说要改也不说不要改。我们不管他，改完了再跟他算账不迟。但是朝哪里改、怎样改呢？翻过来调过去，寻不到适当地方。一处是"我们是一支不可战胜的力量"，可以改成"我们是共产党领导的力量"，掂量一阵不是那么回事，"领导力量"，文理不通，跟曲调搭配也不合拍。

再一处是"我们是人民的武装",不妨改成"我们是党的武装",这是通的,但那样一来,有了党又没有人民了,而党教导我们,它完全是为解放人民的,是彻底地为人民的利益工作的,没有人民不像话。

就这么折腾了大约一两个月,到底是瞎子点灯——白费蜡。不知道工军宣队怎么向上边汇报的,说声散大家就作鸟兽散了,也顾不得跟公木算账。这期间,公木给我留下的记忆就是终日表情木然,那时他才50多岁,然而恍兮惚兮,一天到晚难得说几句话。无论别人对他的歌词说好说赖,改东改西,他一律既不附和也不反驳,表情既不痛苦也无欣喜。这可以解释为消极怠工,但他是遵守纪律的模范,从来没有迟到早退现象发生,不像我们,一个个"造反派脾气"十足,想来就来,想溜就溜。他不亢不卑,从容镇定,可以理解为是非常虚心地欢迎改他的歌词的,也可以说是对无端改他的歌词抱不以为然态度。他肯定从一开始就知道,论我们这些人的水平改不了他的歌词,结局一定是作鸟兽散。他不说,他只是温眼看着,就像一位哲人,满怀着大悲悯,旁观一帮黄口小儿郑重其事地讨论关于"天地玄黄、宇宙洪荒"的大道理。他到底怎么想的,终于没有人知道,就是对我这样直接听过他的课的学生,他也不讲什么,虽然我口口声声叫着老师,态度始终恭敬。我记得,有一次他主动跟我说话,是问我关于餐券的事。我们在党校食堂吃饭,要把现金和粮票换成人家的内部餐券。我替他换了,他对我说声谢谢,仅此而已。

我约略能够理解公木内心的痛苦。他来到这个组,名义上是原作者,可以跟大家一同参加修改工作,实际上,他仍然"非我族类"，不能与别人平起平坐。他以自己的歌对革命做出了重要贡献，但革命一点也不想对他表示赞赏或感谢。他来到这个集体，绝不是"缺个张屠户要吃带毛猪"，绝对不是，恰恰表明了我们无产阶级革命者胸怀宽广，善于化腐朽为神奇。就算公木写和改的能力比我们高出一万倍吧，我们有一万倍的权力对他的作品指手画脚，视金玉如粪土，他连万分之一这样的权力也没有。从军工宣队到我们这些年轻气盛的坚定革命战士，如果能够对他稍存客气之心，也不过是在心里默默祝愿：敬爱的先生，好自为之吧！

公木在整个"文革"期间做的，就是好自为之。他没有死在那场浩劫中，真是奇迹。

我的老师公木先生以88岁高龄于1998年辞世，然而他是不死的，如他的军歌。

给国歌改词

"文化大革命"结束，江青成了阶下囚，但由她首倡的乱改歌词的做法仍然被继承下来，并有变本加厉之势。非常典型的就是修改《中华人民共和国国歌》，即《义勇军进行曲》的歌词。

这是1977年秋天的事。一些人又被集中起来，大概有二三十人，这回是在吉林省军区第二招待所。其地为伪满洲国时日本人留在长春的一处著名建筑，改革开放，城市繁荣，军区二所对外开放，一家集吃喝玩乐于一体名叫中澳大都会的在这里辉煌起来，与我们进驻改国歌时的庄严神秘气氛迥异。这回不再由军工宣队领导了，改由"文革"后期恢复组建的省文化局负责。

听传达，原来是中央精神，就是华主席为首的党中央的决定。毛主席逝世和一举粉碎"四人帮"，中国进入了历史新纪元，抓纲治国。新纪元要有新气象，其中一项就是要解决自1949年以来只有代国歌的问题。代了这么多年，应该有正式国歌了。

要有正式国歌的想法并不自华国锋担任党和国家领导人开始。早在1967年，江青就尝试这么做了。她还跟《歌唱祖国》的作者王莘谈过，叫王莘写。她可能还找过别的人，都没写出来。一个想法是不要《义勇军进行曲》，重打鼓另开张，来一个词曲全新的国歌。就像苏联早期用《国际歌》代国歌，乃属权宜之计，后来重新发动词曲作家，写了新的苏联国歌——我在念书时唱过这首歌，记得头两句的汉译是："伟大的俄罗斯把各个自由的共和国，结成永远不可摧毁的联盟。万岁！各民族意志所建立的统一而坚强壮大的苏维埃联盟。"

重打鼓另开张的想法没能实现，又回到了《义勇军进行曲》。我们在军区二所听到的传达是，《义勇军进行曲》曲调可用，曲作者聂耳英年早逝，盖棺论定，没有问题。

问题是歌词。《义勇军进行曲》是电影《风云儿女》的插曲，创作于1935年，是著名的抗战歌曲，时过境迁，歌词过时了。过时这个说法不是新的说法，我们知道，早在1949年9月，中国人民政治协商会议为即将诞生的中华人民共和国选择国歌的时候，就有人提出了过时论，特别是"中华民族到了最危险的时候"一句，不可用。周恩来介入了争论，他一锤定音，说，新中国要居安思危，以后还可能有战争。田汉的歌词这才保留下来。但现在田汉是被批倒批臭了的"四条汉子"之一，又是"大叛徒"，庄严的国歌用这种人作的词无论如何是不行的。事实上，早在"文革"发动之初，"四条汉子"被揪出来那天起，田汉的名字就从国歌作者位置上消失了，必须印在纸面上时，只印曲子，标明聂耳作曲，不印歌词，好像中华人民共和国代国歌从来光有曲子没有歌词似的——本文前边提到的，由上海人民出版社于1977年9月编辑出版的《建军50周年歌曲集》，里面的《义勇军进行曲》就是这么处理的。如果碰到重要集会，必须有国歌响起，也只用乐队演奏，谁也不跟着唱，不像现在，每逢重大集会，连党的总书记和国务院总理都随乐曲动情歌唱，"起来，不愿做奴隶的人们……"响入云霄。

那么，就来改田汉的歌词吧。不，不是改，是按谱重新填词。按谱填词的事古已有之，李白、苏东坡等多少文人都干过。八路军也干过，旧军队里流行的"三国战将勇，首推赵子龙"，就被填改成"八路战将勇，朱德毛泽东"，《东方红》也是公木改自陕北民歌《移民歌》，前文已述。这次改《义勇军进行曲》，田汉的原词一句不能要。

这是一项极其重大而光荣的政治任务，集中到军区二所的我们这群人被命名为吉林省新国歌创作班，庄严地展开了活动。当时不仅吉林省，全国好多省都成立了类似组织，目的是通过此项群众运动，集中群众智慧，把新国歌的歌词改好。不信我们这么多毛泽东思想武装起来的革命群众，赶不上一个田汉。

我们首先学习了有关中央文件和中央领导同志、主要是华主席的一系列重要讲话，不外乎高高举起和坚决捍卫毛主席的伟大旗帜，落实抓纲治国的战略决策，深揭狠批"四人帮"，进行新的长征，把无产阶级专政下继续革命的事业进行到底，等等。

公木先生也参加了创作班，还有后来名声很大的歌词作家张藜。张藜那时跟我同属吉林省歌舞剧院创作室，也是创作员。他比我大几岁，到省歌也早，但我进入创作室，却被告诫说，少和张藜接触。不久就知道了，他与创作室的两位作曲家共同组成了一个小团体，类似裴多菲俱乐部那样的组织。其主要罪状是这几个人自以为是，不自量力，竟敢提出与省里领导不一样的发展吉林省文艺事业的观点，而且屡教不改。"文革"初期，这个小团体在大字报上被称为"高张张反党集团"，那后一个"张"就是张藜。不让我和张藜接触，显然是怕我跟他们学坏了，如前文所述，省歌舞剧院领导对我是有培养之意的。"文革"动乱结束以后，张藜调往北京，天高海阔，鹰舞鱼翔，歌词创作出现骄人局面，《亚洲雄风》、电视连续剧《篱笆·女人和狗》插曲等，经徐沛东谱曲，相继获得非凡成功，在广大群众中流传开来。张藜因而成为当时中国最重要而且特色鲜明的歌词作家之一。但在新国歌创作班里，张藜没有做出什么贡献，岂止没有贡献，简直还起了破坏作用。

张藜的破坏作用主要表现在瓦解士气方面。他这个人，表面上嘻嘻哈哈，借以掩饰内里的极度聪明。可能因为长期挨批，还戴过"反党"帽子，吃亏长见识，于是顺水推舟，转而对政治形势采取紧跟或随大流态度，这是那个年代里中国很多知识分子通用的自我保护策略，行之有效。我印象较深的是，被江青叫作"无产阶级金棍子"的姚文元发表《工人阶级必须领导一切》长文时张藜的表现。我记得是 1968 年夏天的事，当时我们省及长春市文化系统的人都被集中在长影大院里，关起门来搞"斗批改"，由工人和解放军宣传队管理着。姚文元文章的意旨是以抬高工人阶级的社会价值和历史地位，贬损作践打击知识分子。该文的发表，使本已灰溜溜的中国知识分子群体，变得更加龌龊不堪和抬不起头来。我们还必须做出兴致勃勃的样子学习座谈讨论。别人大都说点应景话敷衍过关，张藜却不惜自我丑化，做出极其真诚深刻的样子，把自己和整个知识分子说得一无是处，狗屎不如，也不知道真话假话。会后我们都笑他，他仍旧嘻嘻哈哈。粉碎了"四人帮"，张藜来神了，来神来的不是地方。试想一想，扫除了"四害"，国家新生了，又有了毛主席放心的接班人，还让我们参加给国歌改词这样光荣神圣的工作，谁不绞尽脑汁、呕心沥血，唯恐完不成任务有负党和领导的期望呀！然而张藜的表现叫人失望。

修改方案一个接一个提出来，大家讨论，领导把关，一遍又一遍，遍遍茫然，说不出哪个好也说不出哪个差，觉得都行又似乎都不行，我们摸到的肯定是大象，不是象脚就是粗腿，好像不是象的全部，象的全部什么样子呢？谁也拿不准。这是最需要张藜出力的时候了。在这个创作班里，除了公木，张藜得算个大腕儿了。"文革"前他就出了一本个人歌词专集，年纪又长，资历资格摆那儿了，你不攻关谁攻关？你能写出什么"我们亚洲，山是高昂的头"和什么"星星还是那个星星，月亮还是那个月亮"等词句，你就也应该写出像模像样的新国歌的歌词来。

张藜不好好动他的脑筋，他动的是另外的脑筋。有一天，我正挺认真地涂鸦，张藜走过来，嘴上叼着迎春牌香烟，笑嘻嘻的，我正想请教，不料却听到这样的话："写了也白搭，最后还得听人家的。"他说的"人家"，我明白，指的是北京那边文化部直属的歌曲创作和领导班子。以前我们奉命搞《战地新歌》创作，他们派过人来，指导和验收，我们知道，这些人不会闲着。张藜还说："将来，人家的方案出来了，咱们一看，就得恍然大悟，说，啊，原来是这样的，就该是这样子的。"他的意思是，我们完全用不着点灯熬油，瞎费脑筋。精神头再足，文采再高，写出来顶不了用，一切要以人家的为准。就像打仗，司令对军人说：几点几点发起总攻，现在对表。都得照他的表对——官大表准。应该承认，这是张藜的一大发现。他这番"宏论"，使我茅塞顿开，光荣感和使命感顿失。我放下笔，往椅背上一出溜，也点着了一支迎春烟。张藜还把他的发现到处跟人讲，在讨论会上也讲，先知先觉的样子。所幸那时"文革"已经结束，"帽子工厂"和"钢铁工厂"关了门，没人抓他"阶级斗争新动向"，否则，张藜肯定吃不了兜着走。但大家从此无精打采了，一项重大的政治活动成了混日子，反正军区二所的住宿条件和吃喝都不差，且不用我们自己掏腰包。

那段时间长春阴雨连绵，不能到外边玩，大家就圈在屋子里自寻乐子，有偷着喝酒的，也有打扑克的，省文化局派来的人也不狠管。好在不久北京那边的方案传来了，果然如张藜所说，我们看了都恍然大悟，说："啊，原来是这样子的，就该是这样子的。"

1978 年 3 月 5 日，第五届全国人民代表大会第一次会议郑重通过了《中华人民共和国国歌》方案，歌词如下："前进！各民族英雄的人民，伟大的共产党领导我们继续长征。万众一心奔向共产主义明天，建设祖国保卫祖国英勇地斗争。前进！前进！我们千秋万代高举毛泽东旗帜前进！高举毛泽东旗帜前进！前进！前进！进！"

这个改稿，跟我们搞的任何一个方案都很接近，不是我们跟北京的那些人具有相当的智慧，实际上，我们经过漫长的"文革"时期，与"文革"歌曲打交道不少，早就熟知了歌词创作套路。所谓新国歌，只能是这些话，神仙写也跑不出大框框去。就是大而空，高大全，概念化，抽象化，面面俱到，什么都说了，什么都不深不透，什么都有了，就是缺少一个独立完整的形象。苏联的新国歌不如《国际歌》，原因就在这里。法国人曾经打算用新国歌代替《马赛曲》，终于作罢，可能原因也在这里。

取消了"代"字的中国新国歌标明"集体填词"，那个"集体"里边应该也有田汉。田汉原词中的"万众一心"挪个地方保留了，还有那几个"前进"。特别是最后的"进"，这是田汉的创造，也许是聂耳的创造。那个"进"是全曲结束时的需要，一般写歌词不会想到这么用——究竟版权属田属聂，留待专家考证。

想当初田汉写《义勇军进行曲》歌词，并不像我们改他的词这样兴师动众，劳民伤财。据知情者记述，田汉酝酿写电影《风云儿女》时，他的周边环境已很恶劣，随时有被捕的危险。他匆匆忙忙只来得及写出了故事大纲。作为影片插曲的《义勇军进行曲》歌词，是写在一张香烟纸上的。他果然被反动派逮捕了。夏衍替他完成了《风云儿女》剧本写作。聂耳也有被捕的可能，他跑到了日本。整个影片的作曲是在日本完成的。田汉的歌词与聂耳的乐曲珠联璧合，相映生辉，共同形成一支战斗的进行曲，非常准确鲜明地表现了面对国家民族危亡，万难不屈、勇往直前的中国人民的钢铁意志和英雄气概。这样的歌曲不会过时，无论在中国人民争取国家独立民族解放的日子，还是建设国家维护国家主权民族尊严的时候，它都是催人奋进的号角和震彻天地的呐喊。

《义勇军进行曲》是不可改的。

中国共产党的十一届三中全会，使中国的历史发展以及党和人民的思维步入了正常轨道。田汉虽死，冤屈终得昭雪。历史曲曲弯弯绕了一圈又一圈，重新回到起点。1982 年 12 月 4 日，五届人大五次会议决定：撤销一次会议有关国歌的决议；并通过了新的关于国歌的决议，田汉作词、聂耳作曲的《义勇军进行曲》为中华人民共和国正式国歌：

> 起来，不愿做奴隶的人们！
> 把我们的血肉筑成我们新的长城！
> 中华民族到了最危险的时候，
> 每个人被迫着发出最后的吼声！
> 起来！起来！起来！
> 我们万众一心，冒着敌人的炮火，前进！
> 冒着敌人的炮火，前进！前进！前进！进！

《人民文学》2000 年 11 月号

文学要表现的不该只是困局

发锁又出手了。继失地农民的《触红》之后，继国企职工下岗的《豆与萁》之后，继拆迁与开发之痛的《动迁》之后，他再次举起现实主义的笔，锋芒直指另一个尖锐的社会问题——欠薪。

前些年，有评论指出，现实主义的较高境界在于"泄露天机"，众人皆醉我独醒，满世界都看惯了皇帝的新装，只有作者敢于直言不讳。这四字评价，似乎也适用于李发锁的文字，更加适用于这部《债主》。

欠薪链条上的芸芸众生，诡异的官场生存之道，不甘随波逐流的正义官员，在发锁平和的笔下展开。平和，是发锁文字的特点，这一特点，体现在他的几部作品中。有了平和，才有厚重。发锁曾经自我分析到，他是在天命之年的尾巴时段开始写作的，按说到了颐养天年的时候，写作可能缺乏敏锐和激情，但好处是能够理性些，心态平和，不会愤青。将愤怒隐于冷静的文字背后，是技巧，更是思想的体现。

我从来认为，文学作品如果想摆脱单纯的孤芳自赏，最有效的途径就是关注当下。试看李发锁笔下的欠薪江湖是怎样的一幅困局——

"欠薪问题——悬在社会稳定安全阀上的一枚发热的雷管！"

"欠薪问题集中的地方都会发现行政不作为和管理不到位现象！"

"建筑市场种种乱象的背后是'潜规则'在起作用！"

"'大鱼吃小鱼，小鱼吃虾米'链条最末端的是被'残食'的农民工！"

套用一句网络流行语，真的是"很惨很真实"。

难能可贵的是，如果仅仅是将困局用文学化的方式呈现，将难题全盘托出，然后到此为止，那么，除了让人心生感慨，恐怕也只能叹声无奈。这，不是一个有责任感的作家的思想边际。现实主义，伟大就伟大在于，既痛彻点题，同时给人们以希望，最重要的，为这希望找到路径，哪怕是丹柯式的以心为火炬。

李发锁是懂得疗救的，他给欠薪开出的药方是，法制推进，政府作为。作为政府官员的发锁，深知很多社会问题的症结所在。盘根交错的问题需要综合治理，需要摸到病根，需要望闻问切。

面对这样的主题，这样的思想，单纯从文字技巧上加以分析，显然失之于浅显了。其实，就算从文学艺术性上进行考量，这篇小说的特点同样性格鲜明，每一个有血有肉的形象和惊心动魄的故事，都体现出作家布局谋篇的高度和驾驭文字的纯熟。

让我个人更感兴趣的是，他为什么一而再再而三地跟这些常人避之不及的题材较劲？联系到李发锁的社会职务，便可清楚地了解到一个作家的专业操守，一个官员的社会情怀。当下中国文坛，玩勾拳的多，使直拳的少，大家在写历史，写穿越，独独回避现实，回避社会矛盾。从这个意义上说，李发锁的探索显得更加珍贵。

小说中的主人公仍然在路上跋涉——张大逵九死而不悔，孔文明坚持水滴石穿，王文杰奔走鼓呼。而李发锁已经走上了创作的快车道，他的富矿已经打开，期待他的更多更给力的作品不断出现。加油，发锁！

不是发锁的有意而为，而是故事演绎的意外收获。读《债主》，你可以在不知不觉中了解到若干建筑市场方面的常识。我不敢说《债主》是一部建筑市场工程建筑方面的百科全书，起码是一部这方面的教科书，甚至比专业书籍提供的东西还要丰富、生动与通俗易懂，这是文学的副产品。

发锁已经取得了不菲的成绩，如何有新的飞跃？恐怕在于解剖刀应更为犀利。这对官场高层的深层开掘必将大有进展，作品的锋芒必然更加痛彻入骨。现今写官场小说的多半是局外人，官场内部鲜有人在。而发锁具备了官场中人写官场的天然有利条件。当然，这两条对久居官场高位和写了二十多年公文的发锁来讲，将是十分艰难痛苦的炼狱，无异于浴火重生。我相信，发锁一定能实现文学的凤凰涅槃。

清代赵翼说："预支五百年新意，到了千年又觉陈。"这话很生动、很到位。如今官场文学方兴未艾，这种分类也未必准确。不管是什么门类，文学终归是要写人的，就目前许多官场小说来看，或隔靴搔痒，或满足于"解恨"，或用"脸谱化"勾勒，都不是艺术。真正写出让人心灵战栗的人物来，那才是功夫。发锁有这个潜能，作为并不年轻的文学"新锐"，我期待着他下一部小说会更具心灵震撼力。

《新文化报》2001 年 1 月 30 日

何不去泥林

在前郭尔罗斯苍茫大草原上饱览了蒙古族民风民俗绝佳风光之后，乘兴西南行，车程约一小时，去看可与云南石林并称"南北双绝"的泥林，肯定是旅游者一项聪明的选择。

泥林在乾安县境内大布苏湖东岸，当地老百姓叫它作狼牙坝，或者因为由泥土形成的乱林奇立，状似狼牙的缘故吧。今天人们叫它泥林，在很大程度上是因为赵显和。

赵显和在乾安，是一位声名煊赫的作家，他出了六七本书。又有另外一个背景，他长期在县里担任要职，现在还是县人大常委会主任。与一般人们印象中的领导干部不同，这个赵显和性格外向，耿介狷直，一双永远闪耀着快乐光芒的眼睛，配合着永远是高声亮嗓的说话方式，极鲜明地代表着我省西部人们的特殊性格。赵显和有文化，又有权势，又善于交朋友，办什么事就容易成功。关于泥林，他办了一件好事。

赵显和一边当官，一边写作，一边不遗余力地宣扬泥林。他自己写文章鼓吹，自己当摄影师给泥林拍摄照片，还想尽办法搜集相关文物，还到处游说，争取县里和上级领导支持，请专家帮助鉴定，更在这里那里伸手要钱，终于把不起眼的狼牙坝建设成了饶有特色的天然地质公园。泥林旁边，他还建起了一座规模可观的泥林博物馆。他还雄心勃勃，要为乾安泥林向联合国申报世界地质遗产。在这过程中，因为劳累，他得了一场大病。别人得这种病，十个有八个不治，赵显和居然神奇地很快康复，为此，他不禁有点得意扬扬，他说："我是办好事的人，办好事的人死不了。"

千百万年养在深闺中的美人儿泥林，逐渐为人们所识了。一些名人都为泥林题字，好几位两院院士前来泥林考察，都作出了令人鼓舞的结论。今年夏天，它还引来了前去参加查干湖旅游文化节的我们吉林省作家松原采风团一行十几个人的脚步。

听赵显和吹泥林是一回事，亲眼看泥林是又一回事。就算那赵主任"巧舌如簧"吧，我的印象是，他还未能把泥林的全部美色表达于万一。

呈现在我们眼前的泥林，是在科尔沁草原上的一处人间绝景。不，赵显和虽号称泥林研究专家，但他说的不对，这里根本不是什么由千百万年的风剥雨蚀，日损星残，以及流水冲刷，时光漫漶造成的地质景观。非也！我们所见到的一切，分明是一位我们无法想象其才华的雕塑大师——罗丹或者米开朗琪罗比不上他——的杰作，只不过这位大师很可能并不生活在人间，而是高踞在天上，他是天神。毫无疑义，乾安泥林是天神的杰作。如果不是天神，怎会有如此的功力和想象力？如果不是天神，怎会这般的举重若轻，把也许是上亿吨的土和泥移上搬下、削去复削来？如果不是天神，谁能有这样的气派，把辽阔大地当作创作平台，把天上人间诸般景物当作创作的选题？看那地面上和地下，那纵深达数十米、绵延十余里，星罗棋布、大小不一、神态各异、巨细无不毕肖的泥土的雕群，远看固然蔚然成林，谓之泥林殊不为过，近看更觉气象万千，实在是难画难描。看那一尊尊，一群群，或如人面，或如娇花，或如猴在树枝上跳，或如鱼在乱石间游，或如虎如狮，或如鹰如隼，如虎狮则山野风动，如鹰隼则长天云飞，或如牧人摇着鞭儿哼着歌儿放牧白云，或如老农夕阳西下时吆喝着拖犁的牛儿笑望着炊烟回家，或如战阵，甲兵数万决一死，或如佛窟，无量弥陀诵经来……是呀，我们真的看见了众佛之窟，仿佛就是敦煌千佛洞，也许是洛阳龙门山，那么多位菩萨观音，罗汉如来，也许还有大喇嘛，一齐在那里礼佛，一齐向我们走来。我想起了前郭尔罗斯妙音寺开光大法会，我耳边响起了庄严的诵经声，我还荣幸地得到了妙音寺方丈大师送我的一道护身符，那上边就有释迦牟尼的现身法像，法像向我走来，泥林向我走来，我向你们顶礼膜拜，我是你们虔诚的崇拜者。

赞曰：南有石林，北有泥林。

　　　其唯泥林，天赐我民。

　　　造林者谁？谓彼天神。

　　　天神者谁？造化之尊。

　　　我民有德，天恤其心。

我民有道，天佑其身。

泥林非泥，大地之金。

泥林非泥，生命之存。

《吉林日报》2002 年 8 月 24 日

翠花不上酸菜了

著名女人翠花从今往后不给她丈夫和客人上酸菜了。她赖以成名的酸菜缸被"楼道革命"革掉了。

长春市有关部门早就想革酸菜缸的命，担心翠花闹，好几回都令行又止。这回借了小小"SARS"的力，借力打力，一举功成。

考察关东蔬菜史，酸菜缸在翠花楼道里至少已经存在了数百年。它是翠花家的镇宅之宝。为什么这么说？原来我关东酷寒，一到冬天，千里冰封万里雪飘，地里边哪还有绿色蔬菜在？长达半年的冬天呀，一大家人张张嘴张口要吃，家庭主妇兼厨师翠花给一家老小吃什么？总不能永远地上顿土豆下顿萝卜吧。百菜没有白菜好，诸肉不如猪肉香。我们关东人爱吃白菜，可白菜水汽大，冬天屋里热，放几天就烂了。怎么办？

聪明的翠花发明了酸菜，也就是白菜的深加工产品，既容易保存，又增加了营养，还开胃，称得上一举三得。这是一项伟大的发明创造。试看今日之域中，无人不大叫"翠花上酸菜"，便是有力的证明。

凡事有一利必有一弊。酸菜使我们获得了美味，酸菜缸却使我们楼道变得脏乱差。翠花有时贪玩手懒，都春天了，酸菜吃得只剩缸底了，也不拾掇；清明节都过了，酸菜不能吃了，也不拾掇，于是变质发臭，酸臭气慢慢向外散发。某一天，翠花想起来了，跳高喊"酸菜缸没拾掇呢"，慌张张她打开缸盖，酸臭气夺缸而出时，整个楼都不敢喘气，下班的回来，都捂着鼻子捂着嘴，一面疾走，一面说："翠花拾掇酸菜缸呢？早干什么去啦！"

此时的酸菜缸是什么？是空气污染和细菌传播之源。"SARS"不来还好，一旦它来了，就会发展酸菜缸为帮凶。

长春市作为省会级城市，正向现代国际型大都市阔步迈进，城市要文明化，环境要清洁化，人的身体要健康化，必须向不文明的习俗宣战。楼道革命势在必行。翠花的酸菜缸成为革命对象，顺理成章。

可怜的翠花，眼睁睁看着她的爱物被从楼道里清除掉，她感觉，同时被清除掉的，还有她的祖传技艺以及她的传世美名，都是她珍惜异常的。她撒泼，她打滚，她破口大骂，是可以理解的。但我们的翠花没这样做。她只叹息了几声，美丽的大眼睛闪着泪花，好翠花，她连牢骚都没发半句。

有关部门长出口气，赞扬翠花识大体顾大局，他们还向翠花郑重承诺，说翠花的发明创造绝不会湮灭，他们会组织人手给她腌酸菜，腌得又多又好，夏天都不断档，就让她丈夫和客人们大叫"翠花上酸菜吧"。她有的是酸菜可上。

翠花笑了，失去了酸菜缸的翠花笑得更好看。

《长春晚报》2003 年 7 月 6 日

双重冲击，三向分流
——报告文学现状之我见

从 20 世纪 80 年代末到 90 年代初，中国大陆报告文学的发展出现了三向分流现象。即由孤家寡人的纯报告文学（也有论者称严肃报告文学或社会问题报告文学），分化为纯报告文学、通俗报告文学和广告文学。

原先是纯报告文学一统天下，现在是纯报告文学、通俗报告文学和广告文学鼎足三分，"天下英雄谁敌手？曹刘，生子当如孙仲谋"。

刘汉江山因为出了姓曹的和姓孙的而变得支离破碎，衰弱不堪，纯报告文学因为被分流而光彩暗淡，处境维艰。人们有理由为此感到遗憾。毕竟，七八十年代那种一篇优秀作品出现，便不胫而走、常使洛阳纸贵的激动人心的情景很少看到了，曾经光荣地处于文坛重量级地位、在读者中享有广泛声誉的报告文学，似乎已经英雄末路。

报告文学分流，不是谁号召的，不是政策规定的，不是理论家方圆规矩的。恰恰相反，作为文学领导者方面，始终不渝加以号召、规定和规矩的，是希望纯报告文学一枝独秀，纯报告文学中的"主旋律"作品一枝独秀。毕竟，一个时期的文学成绩，是由具有深刻思想影响力、独特文学感染力和长久艺术生命力的作品维系的，而不是靠其他东西。但是我们无法阻止汉室江山被分割成三大块，诸葛亮也不行。水镜先生有言："孔明虽得其主，未得其时，惜哉。"天下三分是"其时"，也就是时代的发展变化造成的。"其时"的力量比任何智慧的头脑和权威都强大。

出人意料造成报告文学分流现象的，是时代发展所形成的对报告文学的双重冲击。

一是商业大潮的冲击，二是强势媒体的冲击。

商业大潮即市场经济大潮。中共十一届三中全会制定的改革开放路线，极大地改变了中国大陆的社会面貌，经济腾飞、计划经济体制向市场经济体制转变，造成了社会主义初级阶段的中国从经济基础到上层建筑的深刻变化。人们开始变得富裕了，悄然出现的新的物质消费观，必然导向新的文化消费观。七八十年代的中国人关心国家和社会大事，作为贴近现实、尖锐犀利、具有强烈批判意识和认识意义的报告文学，满足了人们的阅读需要。20世纪90年代之后，人们更多关心自己和自己有关的身边事，黄钟大吕式的东西在他们的感觉中，便如隔世之音，或许会扰乱他们平静的生活吧？市场决定产品，人们的精神生活朝向平庸和浮躁时，便会有相应的文化产品满足他们的需要，严肃的报告文学作家和作品只能退避三舍。

但也不是所有作家都退避了，有人还在固守营垒。解放军文艺出版社于1990年推出的长篇报告文学《无极之路》（作者宏甲），《人民文学》杂志以 1991 年第 11 期几乎整个版面刊登的长篇报告文学《沂蒙颂》（作者李存葆、王光明），与 80 年代鼎盛时期的作品相比，就思想深度与文采而言，毫不逊色。因此被人认定为报告文学势头不减和持续繁荣的证据，但这两篇出色的作品不过是盛世余音罢了。而《无极之路》的较为广泛的影响还深得电视传媒之幸——它被北京电视台拍摄成了所谓电视报告文学，在黄金时段播映。

这就是强势媒体的作用。正是强势媒体，主要是电视的迅速发展，给了报告文学以迅雷不及掩耳的一击。

看电视挤占了人们读书的时间，使普通的文学发展受到影响，自不待言。但电视节目无法代替小说、诗歌和散文，却能部分代替了报告文学。报告文学脱胎于新闻，除所谓历史题材报告文学以外，它基本上以报告具有很强时效性的人和事为己任，以前有报纸无电视，报告文学作家笔下的东西常常与报刊记者的选材相重叠，你写我也写，新闻稿往往短平快，报告文学则比较深锐透，优势明显。现在狼来了。以中央电视台为例，它的专栏"焦点访谈""新闻纵横"和"社会经纬"，甚至于著名快嘴崔永元的"实话实说"，以及香港凤凰卫视由窦文涛主持的"铿锵三人行"，都具有类似报告文学的特色和功能。它们还有报告文学所无法企及的直观性，我们费了许多笔墨描写的场景，它只需要几个画面就完成了。电视特别是中央电视台，还能动员强大的经济和人员优势，同时派出几组记者，奔赴几个地方采访，其迅速及时，不仅报告文学不能望其项背，就是报纸记者也无法和他们竞争。电视采访还能运用现代高科技手段，采访到隐蔽在幕后的东西。报告文学作家所能使用的高科技，充其量不过录音机和电脑。

原本由报告文学做的文章，经电视台一做，我们只好徒唤"跟前有景道不得"了。

处于双重冲击中的报告文学，要生存，要发展，便只有另辟蹊径。分流现象的发生是自然的，这是物竞天择。不是自然选择，是社会选择。

选择的结果是通俗报告文学和广告文学大行其时，纯报告文学的势头越来越弱。

通俗报告文学在市场上，往往不叫报告文学，叫纪实文学，或者什么也不叫，就是那么一些内容，那样一种文体，文学不文学，新闻不新闻，有的一点文学性不讲，又压根儿都是旧闻。试注意一下街边路角，花花绿绿的封面下边，基本属于这一类读物。其特点是可读性强，信息量大（姑不论其传递的信息是否真确），还常能抖搂出惊人的高层秘闻或明星轶事来，简直叫你想象不出他们是从哪里和怎样搞到这些玩意的。但你读的时候一定得加倍小心在意，不可不信，也不可确信，因为那些秘闻时常半真半假，亦真亦假。我在这里把它们叫通俗报告文学，以便与传统报告文学即纯报告文学相区分。通俗报告文学的兴盛使作者和出版商腰包胀满，同时抢占了最大的市场份额，就像快餐抢去了正规酒店的生意一样。

广告文学是文学走向市场的产物。这种作品的内容多写一家企业、一位企业家或某种产品，其中稍好的能够叙述企业变革观念、转换机制、从而起死回生或发展壮大的复杂矛盾历程，阐发一种站在时代前面的宝贵精神，使人受到启迪，因而不失为好的或比较好的报告文学作品。有人把这样作品叫企业报告文学，20世纪90年代初，上海《文学报》举办了一次全国性的企业报告文学征文评奖，进一步推动了这类报告文学的发展。此种作品今后还会存在和发展下去，因为有企业愿意出钱买名，有作者愿意出力换钱。但也不排除另外一种可能，随着我国经济发展，会出现愈来愈多的有作为、有特色的企业和企业家——出现丰田、通用和艾柯卡、罗杰·史密斯，我们报告文学理应"为王前驱"，有心的作家沧海拾珠，据此写出优秀的作品，也丰富和发展了报告文学。到那时，我们就能为广告文学正名了。

现在还不是时候，现在的问题是广告文学有走向歧路的危险。如前所述，不少这样的作品不是在创作文学，而是向读者推销企业和产品——"广告文学"的提法真的实至名归——而被推销的企业和产品往往不大有资格享受那样的待遇。这就有了某种造假的嫌疑。虚张声势，王婆卖瓜，是广告而非文学。究其实，是经济杠杆在起作用。你出钱，我写作，大钱大作，小钱小作，无钱不作。正是在这一点上，真正的报告文学和它们划清了界限。真正的报告文学是不含这种功利因素的。真正的报告文学以真实为第一生命，该一是一，该二是二，虽有想象和夸张，那也仅是出于艺术的需要，并不是把无说成有，更拒绝指鹿为马。从受众角度看，广告文学对纯报告文学影响不大，它的读者面很窄，除了所写企业，没有多少人愿意为它花费工夫。但它的一切"向钱看"和粗制滥造，损坏了报告文学和报告文学作家的名声。

正是由于通俗报告文学和广告文学的诸多令人不安的表现，

引起了人们的关注。多年以前，就有媒体发出了"报告文学向何处去"的"天问"。

"天问"者多是站在纯报告文学立场上，对报告文学分流现象表示忧虑和不满。我们看不上那两种东西，担心它们弄脏了文学，搅昏了读者的头脑，我们尤其对那样的东西居然能被市场接受感到不理解。我们大声疾呼，不幸发现我们的声音很微弱，有点底气不足，以至于弄到连自己也搞不清报告文学到底应该是什么样子了。

"天问"导致争论，争执不休，一直持续到现在。有人认为尽管分流，但报告文学并没有怎么样，它仍然"是当今文学创作中的'显学'，是文学军阵中的强旅"，还在"日渐强盛"（李炳银：《周乎万物，道济天下》，《报告文学》杂志2001年第11期）。另外一些人的看法与此相反，丁晓原的意见是有代表性的，他说，"从世纪格局中观照20世纪90年代的报告文学，即使最有报告文学情结的读者，也难以再有激动不已的心情"（《边缘化时代的精神缺损》，《报告文学》杂志2001年第5期）。

不论公说婆说，报告文学的分流现象早已是客观存在。我们无法取缔通俗报告文学和广告文学，就像我们无法取缔市场一样。市场对商品的指导原则是质优则销，质劣则汰。三向分流的报告文学也许有一天会各自成长和成熟起来吧，只是到了那个时候，我们一定没有心思去评论孰优孰劣了，纯与不纯的界限也会变得模糊。这正是"合久必分，分久必合"的道理。

2003年夏于台湾参加"两岸作家报告文学座谈会"
的发言稿，未公开发表过

远去的长影

　　长影正离我们远去，一去不返。

　　就在这个金秋，坐落于春城红旗街和湖西路之侧、占地达28万平方米、与长春人心脉相系的长影大院，正迅疾而不可逆转地变成一片白地。城市改造，旧貌换新颜，这儿拆迁，那儿拆迁，怎竟拆迁到了长影头上？

　　伟大的长春电影制片厂曾经是我们这座城市的骄傲，它还是本城最重要的象征之一。长春市建城不过200年，在中华城市大家庭中，算不上名城。有了长影，它成了名城，举国上下，黄发垂髫，无人不知；就是在世界上，当中国的许多著名城市寂寂无闻的时候，长春的名字就已经飞越国门——长影拍摄的影片最先在国际上获奖。山不在高，有仙则灵；城不在大，有长影则名。因此本城常被叫作电影城，名副其实。

　　长影大院周边斑驳陆离的砖墙最先被拆除。它们环护这块艺术圣地已有五六十年之久。尽管有些地方早就颓倾了，有的地方残败不堪，但是它屹立着，无论雨雪风霜，像一个尽职的哨兵，守护着自己的岗位。如今，它凄然地结束了自己的使命，不是换岗是撤岗，从今后永不为岗。

长影最辉煌时期的厂长苏云有言："如果说上海是我国电影事业的发祥地，那么，长春电影制片厂便是新中国电影的摇篮。"那时，新中国航船的桅杆刚刚露出地平线，一大批电影人就匆匆从延安赶来，进驻于这块遍生着野花荒草的院落，化"伪满洲映画株式会社"之腐朽，为中央电影局东北电影制片厂之神奇（1955年后东影改名长影）。长影第一代艺术家们宵衣旰食，以开路者的壮志豪情，创造了新中国的许多"第一"：第一部木偶片《皇帝梦》，第一部动画片《瓮中捉鳖》，第一部科教片《预防鼠疫》，第一部译制片《普通一兵》，第一部短故事片《留下他打老蒋》和第一部长故事片《桥》。"摇篮"之论殊不为过。

围墙之后是电影宫。电影宫在大院南侧，是"文革"之后兴建的，有仿北京前门外一条街及其他仿真建筑，除了拍摄电影，它的重要功能是供参观游览用，游客在这里可以看到黑衣红缨的侠客们飞檐走壁，刀光剑影，还有一般杂耍，皆资一笑。此地是长影最先被市场经济沾染的部分，它的兴建，隐隐透出长影人对电影自身魅力渐趋沦丧的担忧。因此，它继围墙之后被拆除，就毫不奇怪了。

新中国百废待兴，作为文化艺术重要组成部分的电影走在了前头，主要是由于长影的贡献。长影拍摄的影片《中华女儿》《赵一曼》《钢铁战士》《白毛女》《人民的战士》和《边寨烽火》连夺捷克卡罗维发利国际电影节奖。此外还有《神秘的旅伴》《平原游击队》《董存瑞》《上甘岭》和《芦笙恋歌》等一大批优秀影片，为新中国赢得了荣誉，高涨了人们的爱国热忱，提高了民族自信力，配合了经济建设高潮，顺应了人们的观赏需求，成为文化艺术为政治斗争、经济建设和文化发展服务的典范，理所当然地受到了党和国家领导人的重视，毛泽东、周恩来、朱德、陈云、董必武、叶剑英、邓小平、彭真、贺龙、陈毅和刘伯承等都来过这里。

大型铲土机的长臂伸缩何其自如，每一铲下去，墙上就出现一个大洞，一座楼或一幢房屋眨眼之间就被夷为碎砖乱瓦。还有成群的民工挥锹抡镐舞钢钎，纵跃上下，仿佛是正规军与游击队配合默契的一场战斗。长影大院里是烟尘飞扬，断墙坍倒声和机器轰鸣声不绝于耳。时而也能看到三两人影，默默地观望在旁，不知是长影人还是别的人。在他们的眼睛里，几十年的荣辱兴废决于一瞬。

以延安精神和老八路传统自豪的长影也有马失前蹄的时候。摄制于1957年、由20世纪30年代著名影人吕班导演、韩兰根和殷秀岑主演的影片《未完成的喜剧》，成了"反右"斗争中的主要电影靶子。一大批艺术家被戴上了"右派"帽子。在此后的岁月里，挟"大跃进""反右倾"之威，长影戴罪立功，拍摄了诸如《水库上的歌声》《工地青年》《女社长》《东风》《白手起家》《帅旗飘飘》《快马加鞭》和《康庄大道》等看名字就知道题旨的片子。但就是在这样的情况下，长影仍然有《红孩子》《花好月圆》《冰上姐妹》《铁道卫士》《刘三姐》《兵临城下》《达吉和她的父亲》《三进山城》和《笑逐颜开》等好影片问世，特别是他们秉承艺术家的真诚与良知，火烧不化、水淹不死的艺术执拗精神，拍出了《我们村里的年轻人》《五朵金花》《战火中的青春》《甲午风云》《冰山上的来客》以及至今仍为人们珍爱不已的《英雄儿女》。这些影片皆可为传世经典。这些主要产生于1958年至1964年间，"文革"已经山雨欲来风满楼时期的作品，成为中国电影史上难得一见的艺术高峰。此后无论长影或中国电影界，再也没有高峰了。

在劫者难逃，终于轮到了长影剧场。长春有很多电影院，其中有一个是长影自己的电影院，就是长影剧场。长影剧场也对外卖票，在二十世纪五六十年代，我们长春人看电影，到别的电影院去那是看电影，到长影剧场去，除了看电影，还别有一番心情，那是一种朝圣般的感觉。这座剧场并不因其朴素的建筑风格而减弱其威势，那是要仰视才行的，因为我们知道它另有一个名字在无形中，叫作艺术殿堂。但艺术威势终究难抵极"左"的政治威势，"文革"初起，"破四旧"之风席卷神州时，顺应着一片改名风潮，长影剧场也改了名字，叫"工农兵剧场"。"文革"灾难结束，许多名字又改了回来，但长影剧场不改。长影剧场到底也改了，不是往后退而是向前看，"工农兵"退场，市场经济登台，它被叫作了"迪迪娱乐中心"，成为俗家的一方狎游天地。此举明白地表示着，长影不再需要自己的电影放映场所了，因为它已经无影片可映。"迪迪"娱乐了大约十几二十年，前几天我路过时，"迪迪"的招牌仍在，它后边的剧场已经拆除过半，现在那个艺术殿堂早成废墟了吧？

就是在"文革"中间，长影也非同凡响。它拍出了中国工人阶级的志气歌《创业》。《创业》引发了江青对长影的致命讨伐。

这位文坛"老娘"本来早在"文革"伊始，就把长影所有优秀影片无一漏网地打成了"毒草"，此时她仍不甘心，又给《创业》横加了10条罪状，人欲其生而我独欲其死。《创业》编剧、戴眼镜的文弱书生张天民，在长影和北京一些艺术家的支持鼓动下，给毛泽东写信，毛泽东批下"此片无大错"，晴空里震起一声惊雷，惊雷之源在于长影。十年浩劫，万马齐暗，有这一声惊雷震，长影和全中国的艺术家也能向历史交代了。

长影大院的拆迁正热火朝天进行，人们现在关心的是哪些东西能保存下来。斜阳西坠时，站在湖西路上遥望，主楼的黄色瓷砖墙面一角光影斑驳，表示着它还在。还有主楼前边巍然立着的白色毛泽东塑像。也能看到一座摄影棚，暗红的身躯，高大，静默——长影一共有7座摄影棚，它们也还无恙吗？小白楼呢？

小白楼是"伪满"遗物，两层，小巧，精致，谦虚地居于绿荫丛中。但它是长影的心脏，专供编剧写作用。于敏、成荫、颜一烟、陈波儿、孙谦、马烽、崔嵬、陆柱国、白辛、叶南、白桦、白刃、刘白羽、郭小川、赵树理、乔羽、张弦、张天民、王肯、鄂华和张笑天等名家都曾在这里写作。我深感幸运的是，我也在这里住过半年改本子。那些日子里，每当夜深人静，就恍惚有前辈作家的面影亲切地望着我，给我灵感也给我勇气。红漆地板年深日久，踩上去常发出吱吱声，但楼里边和楼周围永远安静得如同无人之域，仿佛在门口竖有提示牌道："请安静，作家们在写作。"

"文革"劫后余生的长影仍显示了作为电影重镇的不凡实

力，《吉鸿昌》《保密局的枪声》《红牡丹》《人到中年》《十六号病房》《不该发生的故事》《开国大典》和《重庆谈判》等都有影响。但自 20 世纪 80 年代末期以来，随着全国文化环境的变化，长影逐渐现出窘相，影片生产下滑，艺术人才外流，财政收入入不敷出以至于无法糊口，长影大院被卖掉拆迁成了不可避免的结局。

很快就要成为白茫茫一片大地的长影大院原址上，将矗立起新的楼宇和高台，美轮美奂，但它将不是长影。长影正离我们远去，去向一个远离尘嚣和世俗的所在，据说新的长影在那里将会如涅槃之后重生，但它还会是我们心中的长影吗？

《文世报》2003 年 10 月 18 日
《新文化报》2003 年 11 月 10 日

南 行 记

一

我知道于谦，完全是因为《石灰吟》。中国古典咏物诗写到这种激烈程度，尽了。因此我记住了于谦这个名字，不会把他跟李杜白以及任何别的诗人混淆在一起。但我不知道"两袖清风"这个世人耳熟能详的典故也出自他——我的知识太少。一个诗人，呕心沥血终其一生，能有一两首或一两句为后人记住并反复吟咏，已堪自慰，何况又造就了一个妇孺皆知的典故，这就属意外之想了。于谦即使没有别的创作，仅这一诗一典，就足当诗史留名了。

于谦诗固然极佳，然而如果把他的诗与他波澜壮阔撼天动地的一生放在一起，人们一定会感到，他的生命较之他的诗，更加凛然，肃然。我是想说，作为诗人的于谦，不是单纯以笔墨纸张成文的，他的可贵和几乎不可及之处在于，他是把生命作笔，蘸着自己的血，以大地天空为纸进行创作的。距今 555 年前，北京紫禁城外一柱热血冲天而起，又红雨一样溅落在黄土地面上。从那一刻起，历史便明白无误地昭示了：这个人的诗不是写来供人茶余饭后咂摸品味的，那是诗人自己生命的宣言。"千锤万凿出深山，烈火焚烧若等闲。粉骨碎身全不怕，要留清白在人间。"这说的是石灰吗？不，这说的是生时和死时的于谦。"绢帕蘑菇与线香，本资民用反为殃。清风两袖朝天去，免得闾阎话短长。"这说的是为官的于谦。

于谦的诗和他的生命是真正融为一体了，他是真正的诗人。

二

从东北到杭州，在应邀参加第二届浙江作家节的外地作家中，我是来得最远的一个。

从长春市北行约一小时，会到达平畴沃野中一个热闹小城——农安镇。我提到这样一个小镇，是因为它建制虽小历史却很悠久，吉林省会长春市左算右算建城不过 200 年，农安镇不必费心算就至少有千年以上的历史，而且在历史上名气很大；其次，这个小镇与长眠于杭州的另一位民族英雄岳飞有些"瓜葛"。

我曾有幸多次到杭州来，每一次来，我都会去岳王庙参拜武穆英灵。岳王庙里那副名联"青山有幸埋忠骨，白铁无辜铸佞臣"，是在我人生的启蒙时期老师就教给了的，它刻在我心里的印记，就像《石灰吟》一样鲜明。

岳元帅生前的最大愿望是到农安镇去，统领着战无不胜的岳家军去，在那城头插上大宋的旗帜，然后举杯与众将士一醉方休："愿直捣黄龙，与诸君痛饮耳！"黄龙就是古之黄龙府，今之农安镇。此镇在岳飞那个时代可不是小城而是大府，大金国的都城。建立大金国的是女真族，女真族后来演变为满族。女真族梦想成为整个中国的主宰，他们的愿望只实现了一半，它灭了北宋，却催生了南宋。在那段历史时期里，杭州（临安）与黄龙府是两个不共戴天的都城。赖有岳飞挺身为南天一柱，南宋小朝廷终于活了下去，并最后联手打败了大金，虽差强人意，却也算雪了靖康之耻。

历史的车轮碾过了一千年，现在，就连古之黄龙府今之农安镇的小学生，都会异口同声地说岳飞是他们心目中的民族英雄了。那个伟大的母亲刺在儿子背上的4个大字——"精忠报国"——也早刺在了代代中国人的心里，成为诸种民族品格中分量最重的一种品格。

然而，当时不共戴天的两大都城，现今却渐渐显出了差异。当南宋之都在钱塘江席卷而来的商业大潮中日趋繁华兴盛终于敢与"天堂"并驾齐驱时，大金之都却渐渐屈居为一个小镇。令人宽慰的是，改革开放以来，农安镇发展很快，城市建设颇见起色，现在的农安镇已与中国各地诸小城市无大异，通衢大道，楼宇齐整。旅游者如有兴趣，可以漫步到城西，他们会看到一座保存完好的金代古塔，那是在提醒人们注意此地已被时间长河漶漫了的历史烟尘。

宁愿注意鲁迅

来此之前，我到安徽参加了一个"老庄笔会"。大家知道，老子是生活在两千多年以前的，我从老子的故里一下子来到了两千多年后的鲁迅先生故里，这个巨大"时差"现在还没有转过来。老子故里是两淮流域，安徽省淮北市，那个地方到处是麦田，还有牧童骑在水牛上悠然自乐，很像老子的性格：宁静、淡泊、自然、天成，与世无争，小国寡民。跟我们现在这个繁华、浮躁的社会相比，还真的有点让人悠然神往。

我说这番话，其实我对老子一点也不了解。我了解老子还是从鲁迅先生开始的。鲁迅先生在小说《出关》里面写到了老子，而且对老子的描写似乎不是特别恭敬。但鲁迅先生对孔夫子和孟子的描写也不是十分恭敬。我记得他描写孔子时，曾说：孔子庙里塑造的孔子形象都是一个"瘦而高的老头子，然而永远不笑，但是他也并非……"，证据就是孔子也有后代，并不是永远不笑。他描写老子骑青牛西出函谷关，被那个守关的边防军司令关尹喜给截住了不让走，故意刁难他，说你老子不是道德家、思想家吗，你给我们讲课，就像我们今天上课一样。然后老子没办法，就给守关的士兵讲课，讲"道可道，非常道；名可名，非常名"这一套。守关的将士们大概跟我们今天一样，在炎热的气温条件下，听老子讲"无名，天地之始；有名，万物之母"，全都昏昏欲睡。老子缺少讲演才能，于是就写吧，那就写了《道德经》。现在我们看的《道德经》就这么来的，被强迫写出来的。老子本来不想写书的，他与世无争，他也不想宣传，这个跟我们的鲁迅先生大不一样。

到这儿来，感到我对鲁迅先生的了解比对老子的了解稍微多一点。鲁迅先生那种热切的济世愿望，激烈的进攻姿态，那种"与世抗争"而不是"与世无争"的精神跟老子截然相反。但是他们两人都渴望追求一种崇高的社会气象，只是追求方式不一样。我个人理解老子更加亲近自然，鲁迅先生可能更加亲近社会。我们宁愿注重鲁迅。我记得鲁迅先生说，孟子起床之后看见老婆在擦上身，上身没穿衣服，孟子心里有那么一点萌动。这说明我们伟大的先贤们在说话的时候也可以诙谐一下，这也给了我们不肖的后人们这点权力。

【2004年5月，参加浙江省第2届作家节，在"走近鲁迅：中国当代文学的'草根性'研讨会"上的发言摘要。

发表于《文艺报》2004年9月7日】

有感于小公共弃旧换新

我家门前破破烂烂的 320 路小公共换成漂漂亮亮的中客了。以前我上红旗街，宁可走路挨累也不想坐它，现在好了，有事没事我都愿意花一块钱坐上去，遛遛弯儿，看看景儿，图的就是一个享受。

由此我想到了我们城市公交车的变化。

我年轻的时候，我们国家还是计划经济时代，关心的是国家建设大计，不怎么管的是老百姓的生活小事，响亮的革命口号叫"先治坡，后治窝"或"先生产，后生活"。公交车是为老百姓出行安排的，属于"后"的序列，偌大城市，就那么几条线路，就那么几辆破车。亲历过那个时代的人都会记得，每一次坐车都是一次挤车的经历：车来了一窝蜂，到站了呼隆隆，上亦难，下亦难。媒体有时就发表批评文字，埋怨市民不知道排队是缺乏文明礼貌。冬天还好，大家挤一堆，亲密无间，暖暖和和；夏天就不好受了，火热的身体挨着火热的身体，比现今蒸桑拿还具有发汗的奇效，女人们还得提防着有乘机捞便宜掏台那边叫"吃豆腐"的。老百姓深明大义，懂得国家建设大局为重个人方便为轻，宁愿挨挤也并不呼吁人大代表政协委员提出"关于增加公交车便利百姓出行的提案"。

我那时年轻，内心里充溢着革命的激情，觉得干社会主义、奔共产主义就得这样子。

但不幸我有了一次苏联之行，我跟着一个代表团，从莫斯科到列宁格勒，还去了好几个加盟共和国，我发现苏联的公共交通非常发达，跟我们大不一样。公共汽车、地铁和有轨电车，又多又敞亮，上车就有座；火车也跟我们的不同，好像没有硬软卧的区别，一律双层铺，非常干净漂亮。这么一看，就动摇了关于建设社会主义必须"先治坡，后造窝"或"先生产，后生活"的观念，又因为在那里绝对见不到"一窝蜂"和"呼隆隆"现象，因此也理解了"富贵而知礼仪"的古训多么富有真理性。

我国改革开放之后，我又有了新的认识。20世纪90年代，我应国家外国专家局邀请，采写在我国工作的外国专家。我到了黄河小浪底水利工程工地，那是一个世界级大工程，有不少外国大公司参与建设。我看到，没等干活，外国公司先把他们的工地搞得跟小城市似的，道路、住宅、商店、酒吧、俱乐部和公园……要啥有啥，非常豪华。我很惊异，问他们：工程干完了，你们就得走人，这些建筑扔到这儿，不是个浪费吗？他们的回答叫我心服口服。他们说：这个工程要干六七年，六七年在人的一生中是很长的一段，要过得好才行。

今年的全国人大修宪，把"尊重和保障人权"写进了宪法。按照我国的解释，人权主要是人的生存权和发展权。那么，老百姓的日常生活权利例如公交车不挤、破烂车要换的权利，大概也包括在了生存权之内。这是为民的政府和亲民的政府理所当为。

《长春日报》2004 年 6 月 28 日

狡黠和幽默：东北俗文化的胜利

现时的东北文化叫人印象深刻的是俗文化。

关内文化早已成熟得瓜熟蒂落的时候，我们东北还被看作蛮荒之地。灿烂的中华文化中没有我们的份儿，换句话说，在悠悠岁月长河中，东北人对中华文化的建设没有做出什么贡献。新中国成立以来，除了一段时期的电影和戏剧（主要是话剧），我们难得在文化上被认同。文学方面，二十世纪三四十年代，以二萧（萧军、萧红）为代表的东北作家曾经跻身于当时的中国文坛，但也只是流星一现；从文学新时期开始（"文革"结束）到现在，我们零星出现了一些不错的作家，但大都独立作战，形不成阵势，压不住阵脚，难以像人家"陕军""晋军""湘军"或者"京派""海派"作家群体那样气势雄大，动辄造成重大效应。唯一属于东北的艺术形式二人转则辗转流徙于农家土炕上和高粱地里，自生自灭。这样，我们就一直未能站到文化的前排去。

我们终于站到前排了。但谁也没有想到，领袖群伦挂帅出征的是一位喝辽河水、吃高粱米长大的二人转演员赵本山。赵本山在机会来临的一刻，当仁不让，长身而进，为东北文化赢得了几代人做梦也不曾敢求之的辉煌。赵本山是带着狡黠的微笑，从容不迫地做这件事的。狡黠中充满了无穷的机变，然而深藏在貌似弱智的憨厚中——这被叫作幽默——足以把早被古老的中原文化和时尚的现代文化熏蒸得晕头转向的关里人佩服得五体投地。极短时间内，他们就对赵本山失去了辨析能力，他们接受他的小品，接受他的电影，也接受他的电视剧。最不可思议的是历年的央视春节联欢晚会没有赵本山便不成晚会，而且他表演的东西不论好坏，一律能得到最热烈的追捧和最高的奖项。我们东北人乐见这种结果。他是我们的乡亲，是亲三分向。

东北文化界没有丧失时机，他们在赵本山撕开的突破口上蜂拥跟进，二人转上去了，电视剧也上去了，一时之间造成了偌大中国文化圣境上，东北风劲吹的壮观景象。

对这种烈火烹油般的景象，我们高兴，但似乎不容过于乐观，因为它所代表的只是文化的一种形态，即俗文化形态。俗文化是较低层次的文化，它不大分得清楚精华与糟粕，神奇与腐朽，而且天然地喜欢糟粕与腐朽。我们看赵本山和不少东北艺术家的作品，充斥着东北人生活形态和生存形态中的丑，肆意夸大东北人和东北文化中的傻大黑粗和脏乱差，可见一斑。丑是可以表现和应该表现的，但有个前提，就是要加以批判。俗文化本能地不会批判。俗文化的创作和表演倾向只有一句话：唯观众的娱乐趣味是从。观众的娱乐趣味通常向低不向高。观众的掌声震晕了我们的头脑，就像阿Q听到一声"阿Q真能做"便得意扬扬一样。阿Q们弄不懂人家是赞扬他还是嘲弄他。也可能不是弄不懂，而是不愿意使自己懂。因为一旦没有了那些丑东西，他们就把自身也失掉了。

现在我们有了一个机会改变自己，这个机会就是在文化市场上我们大致形成了自己的买方市场，握有主动权。你不是认为少了我们不成吗？央视一、八套黄金时间每年不是都得有我的电视剧吗？那我就趁此良机静下心来，关起门来，琢磨琢磨，啥是我之长，哪为我之短，怎么扬我长，咋样弃我短，不只予人丑，还要给人美，不只叫人笑，还叫人点头。那是真的东北文化，东北人才真的是扬眉吐气。光有现在这样的狡黠和幽默可能不够，任重道远。

《长春日报》2006 年 3 月 31 日

犹记当年学小乡

　　榆树市号称"天下第一粮仓"，那是因为造化垂青。一望无际的大平原，偏又处在北半球玉米黄金带上，松花江滋润着，黑土地一把能攥出二两油。如此优越的自然条件，哪得不打粮？

　　确有一个地方不打粮，便是藏在榆树市东南角长白山边上的小乡。大平原榆树属下的小乡无平原，有的是七沟八梁一面坡；黑土地榆树的小乡无黑土，只有白花花的盐碱滩和乱石洼；年年风调雨顺仓满廪实的榆树的小乡十年九不收，收的那年不够吃干喝稀粥——小乡是富榆树的贫家小儿郎。有道是：有女不嫁小乡郎，嫁了小乡愁死娘。因其穷，天不理，地不理，人不理，自有小乡，小乡就被遗忘了。

　　谁知道星移斗转，20世纪70年代初，小乡忽然名声大噪。它成了吉林省乃至全中国农业战线的一面红旗，中共吉林省委命名"苦战奋斗的红旗生产队"。都是因为出了一个人，齐殿云人称"齐大娘"，齐大娘不算老，50岁上下年纪，寻常衣着寻常眉眼，淳朴，厚道，性子绵软。她被选为生产队长时，没有太惹人注意，然而性子绵软的这个乡下女人登高一呼，四周的山山岭岭，沟沟岔岔，一齐发出了轰鸣。齐殿云高呼的是："小乡跟大寨差不多，大寨人能在虎头山上修起人造小平原，小乡人咋就不能？"老牛破车疙瘩套，粗手宽肩铁腰杆，小乡太小，老老少少才几十口人，几十口人个个成了壮劳力，他们的说法是："齐大娘能干，咱也能。"她们真就造出了上百块的小平原，也叫梯田或火寨田，"大块的像簸箕，小块的像巴掌"。他们还从山沟里泡子沿上刨黑土运到梯田上。小乡的粮食亩产从几十斤提高到四五百斤。尘土飞扬的路上，缕缕行行，全是前来参观学习的，陈永贵和郭凤莲都来过。今天回头看，如果说在"农业学大寨"运动那些年，真有人认真学了大寨，那就是小乡人。

"文革"结束，大寨人不走大寨路了，小乡人也不走小乡路了。齐殿云在寂寞中悄然病逝，小乡再次被人们遗忘。

是党的十六届五中全会确定的建设社会主义新农村的号召，重新让人们想起了小乡。

2006年火热7月天的一个上午，我跟随省文联（作协）的一群人来到了这里。车到小乡村头，飘起冷雨，却又北风；气温骤降时，我们一行短衫单裤个个瑟瑟发抖，火热7月仿佛倒转为冰冷11月，再加上村头路边摆放着一大排放大了的黑白照片，都是当年小乡红火时的留影，不禁叫人产生一种时间倒流的感觉。然而村里的土路已经被硬面路取代，路边的茅草屋也早变成了砖瓦房，三三两两的村里人从屋子里出来，友善地看着我们，目光中似乎有一点困惑。我们看到的小乡人多是老人、孩子和妇女，问一问才知道，说小乡人不走小乡路是不确实的，他们还在艰苦奋斗，只不过已经不修大寨式梯田了，他们知道即使再修出上百块梯田，靠巨大的劳力投入，也无法让自己富起来。他们走了出去，向村子外边的世界要财富。现在的小乡仍然小，20户人家89口人，却有60多人常年务工在外。齐大娘时代留下的人造小平原也不种大苞米了，改为适应半山区特点，种植大豆、苏子、烟叶、药材和瓜果梨桃。2005年的小乡，人均收入超8000元，还出了4个大学生，摘掉了贫家小儿郎的帽子，成了榆树市比较不错的屯堡。

有一位民营企业家陈柏华先生，钦佩齐大娘和小乡人，不愿他们艰苦奋斗的光荣历史被岁月湮没，捐出一笔巨资，要在小乡重修齐殿云墓，塑齐大娘像，建小乡史迹陈列馆，还要修建荷花池、钓鱼台和植物园，还要给小乡人盖住宅楼。工程已经展开。他的想法是利用小乡的精神遗产和绿水青山，结合社会主义新农村建设，建成一个集农民的奋斗史、农村和农业的变迁史、青少年社会主义教育基地以及旅游景点为一体的新小乡。

陈柏华是富而能仁的企业家，我们参观过他出资重建的榆树魁星楼和种榆书院，魁星楼高矗云，种榆书院幽深宁静，两个地方都是鼓励读书、培英育才的场所，可见陈先生的拳拳之心。

本文未公开发表过，写于2006年夏天

十步一风景，百步一画图
——蛟河印象

　　蛟河市在旧社会以蛟河烟享名北中国。蛟河烟芳香，劲道猛，有"串味"——我年轻时吸过几口，但对"串味"之说体会很模糊，或许那是一种绵长的回味？蛟河烟以往是贡品，随着现代卷烟兴起，蛟河烟早失去了昔日的价值。那么，蛟河市还剩下什么呢？

　　到蛟河走一走，便会知道，原来这个地方的好处实在并不在烟，而在景。此地有山有水，山是长白山，水是松花水，有山皆绿，无水不清。尤其令人惊叹的，蛟河的景自然天成，绝无人为造假，也少被热衷于为蛇添足者作践。蛟河风景是浣纱时的乡间处子西施姑娘，而不是被送进吴王宫里的艳姬，她素衣布裙，不施粉黛，然而天生丽质，巧笑倩兮予人的是惊世佳色，美目盼兮流转的是清纯和未被红尘骚扰的快乐。我要向蛟河人奉献的一言是：请珍惜你们的美景，千万别为了选美进宫而刻意装扮她，铅华易使人老，红绡绿锦常叫人衰。

蛟河人很自信，说他们的拉法山是"关东第一奇山"，此言虽少了些谦和，却也不算大过，山中异峰奇洞，确是鬼斧神工，但千万不要学关里那些中华名山的模样，到处请名人或官员题词刻石。词意就算大好，字写得就算超了书圣，对真山真水来说，也是亵渎。好的山水风光要游人自己体认，每个游人都有自己独特的心境和感悟，你来个"曲径通幽"，规定下我必须照你的框框理解，他又来个"心旷神怡"，不幸其时我正思绪万千又怎样？蛟河人又很自豪，说他们的红叶谷是"天下第一谷"，他们甚至认为名声极大的北京香山红叶也有所不及。这样说的时候，他们显然没有考虑到，元帅诗人陈毅看了香山红叶之后，竟夜不寐，一口气写下了好几首诗予以歌唱，"西山有红叶，经霜色愈浓，革命亦如此，斗争见英雄"，其情景交融，高起重落，后来的诗人未必敢续其貂。但蛟河红叶谷以其时令之佳（每年9月下旬至10月上旬红透）、场面之大（全谷长达百里）、形态之奇（或连片而成阵，或孤红而傲世，或蹲踞如狮如虎，或高拔如赤剑穿云，难以尽述），大约也当得起"第一"二字；至于是否"天下第一"，尚容细考。蛟河红叶谷是大自然的神奇造化，已经默默存在了几千年，从前它不向人间夸颜色，那么，今后我们也不要弄巧成拙吧。我的建议是，蛟河市政府应该划定红叶谷周围多少多少方圆之内为保护区，区内的一木一石都不要动，就任由它自己生长去吧，从前什么样，现在和以后还要它什么样。别的景观亦应作如是论。

蛟河还有听那名字就会感到神奇的康大蜡山和老爷岭原始森林，颇富神仙迷幻色彩的九顶铁叉山和八宝云光洞，庆岭风景区和庆岭活鱼宴不在"独爱鲈鱼美"之下，还有被今人、长白山研究专家张福有发现的卧佛——车过保安村，站在公路边上眺望，远处连绵青山，不是青山，分明是一位大佛静卧着，巨大的头颅充满着何等智慧，慈眉善目似乎阅尽了人世苍凉、嘴唇半翕半张似在轻轻诵着佛号，并有长长袈裟覆体，天光云影下面，佛身似在微动，大慈大悲他要呼地站起来，为我们指点通向极乐世界的明光大道吗？

佛的法像现身的地方必定不是寻常所在。簇拥着那法像，我们果然能够找到像威虎岭、夹皮沟和奶头山这样的传奇地方。咦！难道这里竟是高唱"穿林海跨雪原气冲霄汉"前赴虎穴龙潭的英雄杨子荣战斗过的地方吗？一点不错，杨子荣的战友"长腿"孙达德就是蛟河人。还有另外一位女长腿，被叫作"东方神鹿"的王军霞，当她摘取了奥运会5000米金牌，那时她身披五星红旗，骄阳一样笑着，如一只健鹿奔跑在全世界面前，那个场面，早已定格成了中华儿女洗雪"东亚病夫"之耻的经典画面。王军霞是长白山和松花江的女儿，蛟河的女儿。如今的蛟河儿女奋起步伐奔向社会主义新农村前进。

靠山吃山，靠水吃水，蛟河自然风光无限，十步一佳景，百步一画图，专家们来看了评价说是旅游资源大市。挟此天赐优势，突破一点，兼及其他，美景，美人，美的生活，当指日可待。

本文未公开发表过，写于 2006 年夏天

台湾离我们有多远

前年 11 月，我有幸去了一趟宝岛台湾。我去台湾，是从长春坐飞机到北京，再从北京转道香港飞台北的。香港飞台北只用时 1 小时 20 分钟，正好与长春飞北京的时间相当。如果从厦门直航，起落之间台湾海峡即过，应当更快了。唐代诗人李贺《梦天》诗曰："遥望齐州九点烟，一泓海水杯中泻"。齐州就是中州，即中国，中国古分九州，所以说"九点烟"；向杯中泻下的那泓海水，莫非就是台湾海峡吗？李贺是像航天员杨利伟那样在高天上俯瞰神州的。如果像他们那样俯瞰，那么，台湾海峡实在就是中华母亲丰满肌肤上一道细细的纹络。

母亲的肌体中，我们共有的血脉和骨肉连在一起。

最近几年，关于台湾有两件事牵动国人和世人目光。

第一件是台湾搞换届选举，阿扁靠可疑手段获取连任，自以为"民意"可用，遂加速推进"台独"。第二件事是全国人大以高票通过《反分裂国家法》，给了"台独"势力当头一击。

温家宝总理在大会结束后举行记者招待会，关于台湾的一席话赢得全场长时间热烈鼓掌——温总理在回答美国 CNN 记者关于外国势力对台湾局势的影响时说："我们不希望外国干涉，但是也不怕外国干涉！"语气很硬，与他一贯的温文尔雅之风形成一种反差。温总理出身教育世家，家学渊源，文化底蕴厚重，他讲话常喜欢摘引古人或今人诗文，增强讲话的力度。这一回，他引了《史记·淮南衡山列传》中的民谣："一尺布，尚可缝；一斗粟，尚可舂；兄弟二人不相容。"引用时，他巧妙地把原句稍加变化，改"兄弟二人不相容"为"兄弟同胞何不容"，情之深，理之切，意之诚，令人感动，又是一种反差。

我是随中国报告文学作家代表团去的。十几天时间，我们从北到南，行程遍及全岛。季节已是秋末冬初，宝岛依然随处绿影，满眼花光。我这东北人，在台湾的感觉，跟在内地旅游没什么大异，甚至比在闽粤和港澳还顺些，闽粤和港澳人讲闽粤语，我听不懂，台湾同胞讲的是"国语"。"国语"跟普通话相近，只是稍软，听得懂，也听得亲切。跟港澳一样，台湾用的繁体汉字，我小时候学过繁体汉字，在台湾看那满街广告招牌，报纸、电视上，一律繁体，使我恍然如同回到了童年时光。只是我童年时，我的家乡不及今日台湾繁华，也并没有电视，看不到报纸。

台湾同胞认同并深谙中华文化，老人孩子，少男少女，穿的戴的，风俗礼仪，都跟大陆一般无二。请我们去的佛光大学校长龚鹏程教授才 40 多岁，我们多次跟他在一起吃饭，谈话，观光，见他总是一身汉装，就是那种对襟的褂子，他的著作也以研究中华历史文化为主。他在台湾文化界是一位名人，人却谦和若水，一派汉家大儒风范。

引经据典加浓烈感情谈台湾问题，几乎成了温家宝总理的一贯风格。

2003年他访问美国，在纽约和华盛顿两次会见侨胞和华人学界代表讲话，都引用了诗人艾青的名句，"为什么我的眼里常含泪水／因为我对这土地爱得深沉"，抒发他对祖国包括台湾的挚爱真情。在纽约的一次讲话中，面对身在异国的同胞们期待的目光，温总理感情深沉、一字一句、杜鹃泣血地说："浅浅的海峡，国之大殇，乡之深愁。""浅浅的海峡"引自台湾著名诗人余光中的名诗《乡愁》，其中有"乡愁是一湾浅浅的海峡／我在这头／大陆在那头"。"国之大殇"源自屈原的名篇《国殇》。"殇"的原意是死难者，"国殇"就是为国死难者。这里引申为国之痛，国之哀，国之系念，"国之大殇"意为国家深重的哀痛和系念。在中国多灾多难的近现代历史中，香港和澳门的遭际是国殇，台湾与祖国大陆的离聚合分更是国殇。台湾先被荷兰侵占，又遭日本巧取豪夺，好容易这一切都结束了，偏又不幸被人为分割，至今不能在祖国大家庭里共享胞泽之乐。因此是"国之大殇，乡之深愁"。温总理此言一出，在场的侨胞和中国人无不热血沸腾而潸然泪下。

在距花莲约四五十公里路程的"泰比多"（当地原住居民泰雅人语，意为"大棕树"），我们住进了天祥晶华度假酒店。我对这个酒店的名字感到诧异，觉得又是"天祥"又是"晶华"，似乎有点叠床架屋。一打听，原来酒店名字上冠以"天祥"，是为了纪念民族英雄文天祥。我知道，大陆这边，文天祥是受到人们最大尊敬的，小学课本都讲文天祥，北京有文天祥祠，在他的故乡江西吉安有文天祥纪念馆，我没有想到远在台湾会有这样一家酒店冠以他的名字。第二天一大早，我到院子里散步，果然看见花坛旁边塑有文天祥纪念碑及《正气歌》诗碑，庄重肃穆。我不禁对这家酒店肃然起敬了。

在酒店旁边的小山上，树影下边，我看见一位老人在打太极拳，看那穿衣戴帽，举手投足，还有一脸的岁月沧桑，熟悉极了，仿佛是我家乡刚刚进城的一位老农。我过去跟他打招呼，老人边比画边跟我说话，告诉我他叫吴合义，85岁了，河南洛阳焦家庄人士。他说，他的军队在山东跟李先念的队伍打过仗，说着停了比画，捧着肚子哈哈大笑，那神情，好像讲他童年时与小伙伴玩撒尿和泥、摔跤打绊或者别的游戏。我正要对他介绍如今洛阳的情况，牡丹花会、小浪底水利工程还有……老人抢着说，我都知道，我都回去两回了。他说见到大陆来的乡里乡亲，非常高兴，说怪不得今早起来有喜鹊喳喳叫呢，他说要给我唱段京剧问我乐不乐意听。我欣然谢受连说乐意听哪能不乐意呀。鸟语花香中，老人真的唱了起来，是《追韩信》里萧何的唱段，他边唱边舞，还插白告诉我学的马连良做派，我连连点头叫好，但他的唱作实在字不正腔不圆舞姿亦甚僵硬，不过没关系，我听的看的不是这些。我使劲鼓掌，两个人都乐得手舞足蹈，引得正在附近散步的几位老外也过来了，见我们笑得开心，也跟着傻笑。我和吴大哥交换了通信地址，相约有机会再见，这才依依惜别。

温家宝总理在人大会后的记者招待会上，对一位美国记者有关《反分裂国家法》的提问，从容说道："记者先生，你可以翻开 1861 年贵国制定的反分裂法，不也是同样的内容吗？"温总理指的是美国南北战争期间美国立法反分裂的历史。

面对美国人讲美国历史，让美国人听了感到真切，容易理解，也是温家宝总理讲话的一种特色。早在大前年那次美国之行，温总理就对他的美国听众提到了南北战争，那场战争历史上也称"美国内战"。公元 19 世纪中叶，美国南北方在经济政治发展方向上出现了较大差异，北方搞资本主义工业化，南方还是推行以奴隶劳动为基础的种植业。1860 年，南部奴隶主集团联合 11 个州宣布脱离美国联邦搞"南独"，他们自行选了个"总统"，制订了"宪法"，连首都安在哪儿都圈定了。林肯总统和美国人民不能容忍这种分裂行径，劝说无效后，决定动用武力维护国家统一，美国国会制订了《反脱离联邦法》，从法理的层面上对"南独"势力进行了有力地遏制。从 1861 年到 1865 年，仗打了 4 年，"南独"势力被彻底粉碎，坛坛罐罐也打烂不少，国家和人民付出了沉重代价。但付出是值得的，代价是有回报的。回报就是后来统一、强盛的美利坚合众国。将心比心，温总理说："美国人民是不难理解中国人民坚定不移地维护一个中国原则和谋求国家统一立场的。"他的话逻辑清晰，鞭辟入里，让他的美国听众听了服气，即使对中国抱有成见的共和党亲台人士，也不好反驳，因为如果硬要反驳，就有否定美国自己光荣历史的危险，把孩子和洗澡水一块泼掉的事他们不干。

他们的叫《反脱离联邦法》，咱们的叫《反分裂国家法》，"脱离"和"分裂"英文都是"secession"，含有"退出，脱离"之意，在美国人的历史概念中，这个词还有专指"脱离联邦（特指当年南方 11 州的妄图脱离联邦）"的意思。因此，温总理提醒那位美国记者注意美国的反"secession"法，就显得情与理俱在了，相信那位懂事理、明是非的记者先生不会拧着脖子再拔犟眼子。

返程的时候，我们在飞机上俯瞰美丽的台湾岛，台湾海峡浑如母亲丰满肌肤上一道明丽的细纹，叫人心中系之，衷心念之。我们是从高雄乘机的，还得转道香港而不能直飞，叫人觉得有点怪哉。这就好比一个聪明人走路，明明知道两点间直线距离最短，却不走直线，非要变直线为三角，舍其弦而就其勾股，人为地拉长了距离。拉长了大地上的距离不怕，只要两岸的人心连在一起就好。50 余年疏离，一时要连得那么紧谈何容易，但我们一定会化干戈为玉帛，变隔膜为亲近的。说到底，大陆和台湾是兄弟手足，人不亲血肉亲，断了骨头连着筋，打也打得，骂也骂得，打完了骂过了还得在一个院墙里过家家，在一口锅里煮饭吃，你惦着我，我疼着你，外姓人终归是外姓人，比不了。你看，2005 年阳春草长莺飞时节，中国国民党主席连战大哥不是率团回大陆来了吗？大陆民众不是给了他们一行发自同胞亲情的热烈欢迎了吗？

母亲的肌体中，我们共有的血脉和骨肉连在一起。

《社会科学报》2005 年 5 月 12 日

天赐查干淖尔

　　查干在蒙语是白色，淖尔是湖或大湖。一听到查干淖尔尤其是那个"淖尔"，就会叫人情不自禁地联想到草原、骏马、白云蓝天无际、蒙古族长调何其悠扬、强悍的马背民族甚至是一代天骄成吉思汗岂止是弯弓射大雕乃是弯弓射日，无论欧亚哪里有非蒙古之日一律予以射之令其堕，何等的威风八面——古人曾说名正言顺，查干淖尔这几个字对此地来说真的是再确切不过的冠名。但是现在查干淖尔被叫作了查干湖，新的名字里边保留了一半蒙语，另接了一半汉语。查干湖三个字如今在湖边上到处刻着，在石头上，在大的石头上，横躺竖卧，都是名人书法，却不见了"淖尔"，让人感到有点疑惑。但细细一想，也慢慢释然，因为此地虽是蒙古族的自治县，但随着汉族和其他民族人口的增加，半蒙半汉的新冠名似乎也有它存在的合理性，慢慢地人们也就习惯叫查干湖。

　　叫什么也不减查干淖尔的美色，因为它是天赐珍宝。毫无疑问，查干淖尔是上天赐予郭尔罗斯草原的珍宝。不然就不能解释何以在那样一大片苍茫茫的草原和盐碱滩上，十年倒有九年干旱少雨，这样的一块地方，蓦地凭空涌出那么一大片水，洋洋乎若天河落地，浩浩乎似大海君临，据说其方圆竟达420平方千米之巨。420平方千米是怎样一个概念呢？我想到了一个直观的参照物，就是长春南湖。南湖是长春人的骄傲和稀罕物，因为在全国大城市中，很少在城区里有这么大湖的，它有多大呢？我查到了20世纪90年代的一个资料，说南湖湖面为90多万平方米，四舍五入大而言之就算100万平方米吧。咱们知道，100万平方米等于1平方千米，查干淖尔是420平方千米，也就是说，令长春人骄傲不已的长春南湖水面仅是查干淖尔的不足420分之一。怪不得查干淖尔在全国十大名湖中有自己的一席之地，听说位列第七。还可以有另外一种比较方法，仍旧以长春南湖为另一方。南湖是美的，众多的树木，树间游人或许能看到蝴蝶和小鸟，如果偶尔见到粗长尾巴生有亮晶晶小眼睛的松鼠，那就要欢呼了。但在查干淖尔这里，蝴蝶、小鸟和松鼠都是常见之物，引不起人们惊叹。这里既繁衍着多种多样的植物，还是许多动物快乐栖息的乐土乐水。叫作水肥土美，万物共生，各得其所，优哉游哉。千百年来，善良淳朴的蒙古族人在这里生长繁衍，与周围的山川草木、鱼虾兽禽和谐相处，视自己周围的每一种生命如同自己的生命。每一年的冬季冰上捕鱼，是本地人的一项重要渔事活动，他们从祖先那里继承来的一个传统是，无论这一年的鱼汛多么好，也只捕一个月就打住，绝不搞竭泽而渔那样的事。这是一种对大自然的敬畏。有了这种敬畏，查干淖尔才成为查干淖尔，才有了游人来这里旅游、度假、尽情地欣赏和领略大自然的雄姿美色，享受城市化消极层面之外的快乐。

但查干淖尔也终于遭逢噩运。

它的水一天比一天减少，水面一天比一天变小，直到有一天小到不足原有面积的1/10，于是鱼虾濒于绝灭，苇荡将及不存，昔日美色无边的查干淖尔一时间变得凋零破败，仿佛一位迟暮而多病的世外行旅。查干淖尔仰赖于天赐，然而那是一个"人定胜天"的时代，慈悲的上天遇到了比它凶悍百倍的对手——人，人发誓要打败它，叫作"战天斗地"！那是20世纪的70年代，"文化大革命"狂飙正横扫一切，遑论查干淖尔。

然而事隔30多年之后，今天来此的人们仍会心存疑惑：在那样一种政治气候下，当时县里领导人却做出了一个决定，要举全县之力挖沟修渠，引松花江水入查干淖尔，以恢复查干淖尔生态。

他们那样说了，也那样做了。全县几十万各族百姓被动员起来，真的没日没夜地干了起来。若是在今天，修建这样的大工程，会用大型挖掘机、推土机和大卡车一齐上阵；那时没有，前郭尔罗斯人那时有的只是自己的肩膀和大手，还有原始的工具，铁锹、铁镐和土篮子，也许还有手推车。工具原始，就要靠人，靠人海战术，有人讥刺为"蚁群战术"。今天的人已经难以想象他们吃了多少苦，流了多少血和汗，他们终于修成了那条大渠，长达50多公里，很像有名的河南林县的红旗渠。松花江水重新滋润了查干淖尔。关于那段往事，有一位当年修渠大军中的一员后来写道："当年为了不使您断奶，我们流血、流泪、流汗，值！今天，你那万顷碧波中，可曾还有当年我滴落的那滴血吗？"修渠英雄们的血汗肯定已结晶成碧，再也无法找寻了，作为那场气壮山河的大业的回报，是查干淖尔水边高耸入云的引松工程纪念碑，还有这永不衰竭的查干淖尔满荡大水，见此盛景，天若有情，天应笑慰吧。

《人民日报》2007 年 12 月 21 日

这是一篇大赋

　　"春天送你一首诗·中国有座城市叫长春"泉阳泉杯全国诗歌大赛活动，就像一篇大赋，名城之赋。

　　她着眼于城市，更着眼于人，着眼于青春旺盛、血脉偾张的生命，她是一大群人，是整个一座城市，是这座城市的品格。她的个性和特性，如火样娇花独放春前之于红梅，或者完全不是，她只是静静地如处子之柔，如秋叶之飘然落地无声，如轻风掠过水面并不掀起半点涟漪。城市吸纳了她，毫不介意而且毫不在意，就像吸纳天外意外飞来的一颗小星。在城市的意念中，那甚至不是小星，只是一粒石子，宇宙尘埃微不足道，无关乎城市的兴亡存废。

　　伟大的城市！试看它那般的硕大而气雄，傲岸而尽揽强势于一身，钢铁、巨石和混凝土排列成阵耸入云霄，还有玻璃和无穷的电，光芒万丈足以把太阳和太阴都比试得苍黄和苍白，然而大街上的车流却早夺尽了往昔穿城而过的河的壮丽与壮美，何况乎人，男人和女人，老人和孩子，健康的、亚健康的以及生命的弱者。但是伟大的城市，多么需要一点意外的东西呀！它需要有另外的不同的声音进入市声，并且试着影响那市声的韵律和韵味；它需要有另外的不同的肌腱和血液进入城市的躯体，并且试着改善那躯体的品格和品性。且让它伟大之中平添一些妩媚和温存吧，低回和婉转吧，非金属的暖意和纯粹来自人间世本态的光和热吧。"中国：有座城市叫长春"不是那另外和不同，她不过一篇大赋，然而我们伟大的城市会说：是的，我喜欢你。

——这就够了。

《诗刊》2008 年 4 月号

《长春日报》2008 年 1 月 25 日

影逢乱世：《创业》蒙难纪实的采访

　　1986 年夏天长春有点闷热，有一天，朱晶打电话叫我去趟编辑部。朱晶是我吉林大学中文系的下几届同学，时常笑着喊我"学兄"，那时他已是名气很大的文艺评论家，又做着很有影响的长影《电影文学》杂志的主持工作的副主编（主编暂缺）。他叫我去我是不能不去的。《电影文学》编辑部在长影招待所三楼，主编室窗临闹街，小而零乱，桌子上乱堆着书报杂志和稿件。朱晶那时还没大发福，但已经汗津津地抖着衫子叫"热"，我也叫"热"。但他依然在这样的热天气里给我布置任务，说："你去采访《创业》前前后后的事吧，有写头，写个大点的，就在我们杂志上发，还能出单行本。"我看过《创业》，大概中国人都看过，都说好。

　　《创业》以故事片形式，讴歌以大庆"铁人"王进喜为代表的石油工人奋发图强，在难以想象的困难条件下为国家开发大油田的事迹，上映以后被誉为"中国工人阶级正气歌"。却有一个人说坏，坏透了。江青给《创业》开出十大罪状，必欲置之死地。

影片编剧张天民怨而不怒，怒而不形于色，到底在贺龙元帅女儿贺捷生的支持下，斗胆"告御状"，得到毛主席支持，弄得江青灰头土脸。这个事件成为一个象征，表明"文革"的沉沉黑夜以文艺的批判始，似乎也将以文艺的批判为报晓的鸡啼。《创业》成功、蒙难、获得解脱、再陷困境、再解脱的过程一波超三折，极大地震动了全国人民的心，到朱晶对我下达任务的时候，虽然时间已经过去11年，但在我心里新鲜依旧。对于领受这样的写作任务，我感到振奋，加以那时我正当盛年，天热天凉是不在意的，我痛快地答应下来了，那个气概，就好像勇猛的士兵领受头等作战任务一样。

蒲柳弱质，劲松品格：采访贺捷生

贺捷生不是我采访的第一个人，却是这个事件的领军人物。贺捷生现在是中国人民解放军的将军了。22年前她是中校。我先看过她的照片，一身戎装，军徽闪亮。但是她长得太俊了，身段又苗条，不像军人，倒像扮演军人的美女演员。这样的一位蒲柳弱质，竟能承担策划挑战炙手可热的文艺"女皇"的大任？我很疑惑。我是在杨匡满家看她照片的。杨匡满是诗人、作家，本职工作是人民文学出版社编辑。我的第一本书他是责编，他还应我的请求为书作序，夸我身上具有东北农民的"质朴和机智"，因此我们成了好朋友。粉碎"四人帮"不久，杨匡满写过一篇报告文学《发生在那个夏季》，写的就是《创业》的事；他还和人民文学出版社里非常出色的编辑郭宝臣合作，写过一部长篇报告文学《命运》，记述丙辰清明天安门广场悼念周总理、讨伐"四人帮"的壮举，也涉及了《创业》。我请杨匡满介绍我见贺捷生。

贺家在北京西长安大街木樨地有名的"部长楼"里，20多年前北京高层建筑不多，她那幢楼算得一个了。站在楼下，仰视这庞然大物，给我一种威严神圣的感觉。不像现在，中国到处广厦万间，人们早就视高楼大厦为寻常了。她家房间宽敞，客厅很大，摆设不多，显得疏朗舒适。贺捷生着米色棉涤纶半袖衫，军裤，微笑着向我伸出手。握着她的手，看她白皙的面孔，瘦小玲珑的身材，似乎比照片更加弱不禁风。我脑子里闪过留小胡子的贺龙元帅威猛的形象，再怎么端详断看不出眼前的是位将门虎女。

她说起话来也是纤细异常的，像轻风拂过水面，不起半点涟漪，怕是连亭亭玉立于小荷尖角的蜻蜓也惊不起。然而那些话的内容却是惊风起于青萍之末，沉雷炸响于黑云密布的天空，战马冲突于烽火连天的乱军丛中。

她对这样的险恶环境并不陌生，也不惧怕。她早习惯了。她就出生在这样的环境里——中国工农红军二万五千里长征途中。她在人间听到的第一个声音就是战声。她第一声儿啼与她父亲指挥的一场战斗的捷报相呼应，因此父亲的战友萧克将军高兴地大叫"这娃儿就叫捷生吧"。倘若有人想和她比资历，那么，没有谁比得过她，她年纪有多大，革命经历就有多长。贺捷生细声细气地给我讲1975年春夏时节发生的那段惊心动魄的故事。"文革"过来人对1975年大背景极易理解。那一年中国最大的事情是邓小平复出之后，在全中国大刀阔斧进行"整顿"，工业、农业、交通、科技、教育，尽在邓小平整顿之列。整顿，就是翻"文革"的案。邓小平还要整顿文艺。文艺是江青的私人领地，此时已是万木凋零，哀鸿遍野，哀声最为凄烈的便是电影《创业》。邓小平深谋远虑，出手之前先进行调查研究，他要抓住证据才出手。于是贺捷生应时出阵。

那时，贺捷生在中国革命博物馆工作，馆里有一位才子是她的朋友。才子如今已然名满天下，是中国大师级的学者和画家：范曾。贺捷生叫他"小范"。小范又找来诗人白桦和韩瀚，还有作家张锲。张锲是报告文学作家，后来担任过中国作家协会副主席。几个人都叫贺捷生"贺大姐"，几个人都唯"贺大姐"之命是从。"贺大姐"对他们说，"中央负责同志需要材料"。至于"中央负责同志"是哪个她绝口不提，几个人也不问。他们都猜到了是哪个。贺捷生还告诉他们要采用地下斗争方式，他们都被要求安排了后事。他们很快搞出一个材料，把有关电影《创业》《海霞》、湘剧《园丁之歌》、晋剧《三上桃峰》以及"黑画展"事件、陶钝事件等江青制造的有名的文艺大案都罗列进去了，而且文笔犀利，声情兼具，大有骆宾王《讨武曌檄》的劲道，真个"班声动而北风起，剑气冲而南斗平，暗呜则山岳崩颓，叱咤则风云变色"——据说武则天读到这里禁不住连赞好文采。他们很得意，但"中央负责同志"的意见说，这有点像"整黑材料"了，"不能拿这样的材料在中央政治局骂娘"。这才想到，不能贪图痛快，损害了准确性、客观性也就失去了战斗性。材料推倒重来，这回决定选取最有力的个案，好比打仗攻坚，先以精兵撕开口子，大军再蜂拥而上。这个负责攻坚的应该是影响最大、分量最重、能够起到一剑封喉作用的硬材料，那就非《创业》莫属了。欲令《创业》攻坚，最有力的莫过于当事人直接出面。当事人就是编剧张天民。

我对贺捷生的采访进展顺利，写好这篇重稿的信心与日俱增。贺捷生是这样的一个人，虽然她的出身与背景跟我这东北农民的儿子相比天上地下，但是跟她在一起，人一点儿不感到窘迫，相反，却自觉舒畅无比。她那样亲切而随和，集柔柔女性和亲亲母性于一颦一笑中。她说话的语气与音率简直就是炎炎夏日里清风拂面，她待人的坦率与无隔膜简直就是与相交甚深的挚友谈心，虽然我只是与她初见。难怪杨匡满他们都说，贺捷生人好，不是一般的好，北京文艺界的人都喜欢她（贺捷生也擅文笔，笔柔而蕴风涛）。每天谈话到中午，贺捷生都要留我在家里吃个便饭，说："也不把你当客，就是平常的几个菜。"果真就是四菜一汤，味颇清淡，主食米饭，还有馒头，她说："你们北方人爱吃面食，我特意叫阿姨买的馒头。"我吃她陪，然而我的一个馒头三口两口还没下肚，她已经轻轻放下筷子，说："你慢慢吃，别怪我不陪你。"我愕然，说："你就吃这么一点点？"她已经起身，小阿姨过来收她的筷子碗，一边笑说："阿姨吃的猫食儿，她总这样。叔叔你吃好。"有一天晚饭也是在她家吃的，饭后她说："说一天话，怪累的，你也累了，走，我送你回去，我也转转。"我们就一起出楼，在长安大街的阴凉里信步。赶上李政委不忙，下班回来了，也一起出去走。贺捷生的丈夫李振军身材魁伟，性格豪爽，其时担任着全国武警部队政治委员的重任，难得见他一面。我的采访快结束时，贺捷生见我迟疑，问我还有什么事。我想一想，说："我听说李政委是书法家，我想要他的字，也要你的字。"贺捷生一笑说："我可不会写，他也就是爱好。"告别那天，贺捷生果然拿两个条幅出来，说："老李给你写的，也盖了我的章，算我也写了，你别笑话。"一个横幅，写的"宁静致远"，一个竖幅，写的"气志擎云"，行书苍劲，我不懂书法，只觉得好，至今仍是我的珍藏。

我早就跟朋友们一样喊贺捷生"贺大姐"了，那次采访以后，我每次去北京，总要去看她，每次见她，都还是那么蒲柳弱质，后来晋升了将军，也不见其壮些，问一问，仍是吃的猫食儿。

"沙场归来多寂寞"：采访张天民

我是在北京六铺炕 12 号楼 401 房间采访张天民的。这是他在北京的家，朋友们戏称"张公馆"。张天民是长影编剧，他在长春也有房子，因为他的妻子赵亮在北京工作一直没跟过来，所以他有时会到北京住。我在长春没追到他，才赶去的北京，在围绕《创业》外围采访了一圈以后。六铺炕的家是粉碎"四人帮"以后才搬来的。在难忘的 1975 年，张家在灯市口北巷一间青砖黑瓦的平房栖身，斗室一间，13 平方米，西照，夏天的下午就成为一间蒸笼，这里早些年是一家天主教会的员工宿舍。再早一点，张家住的什刹海，条件比这儿强，是"文革"中被革命造反派驱赶到教会宿舍来的。正当房间变成蒸笼日，张天民闭门思过时，诗人白桦找上门来了。白桦那时正年轻，多才而帅气,正像他的笔名。白桦20几岁就写出了优美如诗的电影《山间铃响马帮来》。白桦和张天民是好朋友,张天民的诗也写得好。张天民告诉我,《创业》被江青狠批了一顿以后,他被责令写检查,从长春写到北京,总通不过,主要是叫他交代"黑后台"。他明白,江青打他是表,借他攻击老一辈革命家才是实。江青欲借"文革"实现改朝换代,必须打倒一代开国元勋。江青何等敏锐,她早看出了《创业》中华程政委身上,有着浓重的老革命家的影子,她还嗅出了《创业》在为刘少奇、邓小平这两个中国最大的"走资本主义道路当权派"评功摆好。然而张天民无法交代这样的"黑后台",所以他总不能过关。

"不需要考虑过关的事",白桦对他说,"要考虑对着干,对着干就是告她江青一状"。张天民对我承认,他从来没往这方面想过,他想的是逆来顺受。虽然同是知识分子,他自愧不如白桦他们胆子大。白桦笑他"百无一用是书生",叫他把一颗心放到肚子里,说这件事不是他们几个凭空冒险,"上边有人支持"的,张天民问是什么人,白桦说是"大人物"。张天民不信,埋怨白桦蒙他。白桦只好答应带他去见贺捷生,给了他一个地址,中南海西便门国务院宿舍。第二天,张天民骑自行车去的,到了地方才知道是蹇妈妈的家。蹇先任妈妈是贺捷生的生母。"为了马克思的在天之灵,你们好好工作吧。"蹇妈妈扔下这句话,就到门口去了。在那个不寻常的日子,这位革命老人给几个战斗的晚生当哨兵。张天民还记得那天贺捷生穿的蓝纺绸半袖衫,也是一条军裤。贺捷生对张天民不认"十大罪状"表示肯定,但是"这还不够",她说,"有关中国前途命运的斗争,现在到转折关头了"，希望张天民"参加战斗"，给毛主席写信，"也可以写给邓副总理，请他转"。"我们已经搞了一个材料，再有你的一封信，跟这个材料配合，就更有力量了。"张天民沉吟。贺捷生知道他想什么，索性把话说开了："你写这封信，可能有两种结果。一是信送上去了，得到支持，这是我们最希望的。再就是信送不到，或即使送到了却得不到支持，反而怪罪下来。事情就会闹大，我们要遭殃，可能坐牢。"贺捷生叫他回家仔细权衡，不忙决定。

张天民当晚就跟妻子讲了。北京棉纺四厂女工赵亮一听眼睛通亮，她说："咱受这么大委屈，明知眼前是个火坑，也得咬牙跳，说不定就能死里逃生。"她还说："万一你有个好歹，我是工人，他们不能抓我吧？再苦再难，我也要想办法把你的孩子带大，让他们成人。就算我也不行了，我还有不少好朋友，她们都替咱打抱不平，一定能好好待咱的孩子。你就放心干吧。"

一个不顾身家性命，愤而大告"女皇""御状"的英雄是怎样炼成的？就是这样炼成的。

7月的北京天气闷热异常，"张公馆"里冷气开得很大，窗子小，加以四面墙边书架壁立，屋子里暗黝黝的。张天民坐在一把旧藤椅上，轻摇纸扇，声调徐缓。给我的感觉，对他那次壮举，虽然人们评价甚高，他个人似乎没把它当作值得炫耀的人生快事。张天民记忆超群，思维缜密，叙述有条不紊，但我总感觉缺点东西。那是什么东西呢？我的感觉是激情，对往事、对叙述的激情。以前读他的诗，我对他有激情诗人的印象，后来看《创业》，更是熔岩奔突于地、火焰喷射于天的感觉。我感到不满足，但我必须尽可能地理解他，不理解他我就没有办法写好这个题目。后来在采访全部结束，准备落笔的时候，我把我的感觉凡人化了，我把它归结为"后怕"，人性中的一种常态。毕竟，我们是旁观者而不是当事人。作为当事人的他，在那段日子里，受到的惊恐、折磨、威吓和对不可知的前景的忧虑，足以冲淡了一切的壮怀激烈。即使贺捷生和范曾，也不可能感受到他的那种压力。他是冲到最前面去的，他的状纸是具了实据的，一旦真如贺捷生所虑，没有"得到支持"，谁都知道天怒难犯，或者遇罗克、张志新，还有我们吉林省的史云峰的下场，就是他张天民的下场吧。事实上，他离这种下场真的并不遥远。

毛主席"此片无大错"的批示墨迹未干，中国的天空复又多云转阴，继而雷鸣电闪，暴雨如同天漏。全国掀起了"批邓，反击'右倾'翻案风"。江青率先开始了反击。形势陡然变得凶险万分。贺捷生紧急布置退却，让几个人分头躲起来。张天民没地方躲。他是暴露在外的那一个。江青把张天民叫去了大寨，同时叫去的还有《创业》导演于彦夫、主演张连文、长影党委书记苏云和中共吉林省委书记王淮湘，以及一大群文艺界负责人和知名人士。高踞虎头山上，江青气焰万丈，她劈头给了那个忤逆一记大棒："娃娃，你告了老娘一个刁状，老娘今天要教训教训你。"张天民受到这一下当头雷击，没有当场倒下去，已经应该算是骨头不软了，我们还能要求一个书生怎样呢？念其年幼无知，仁慈"女皇"指给他一条生路，要他再给毛主席写信，承认"告了刁状"，承认"谎报军情"，承认《创业》"无大错还有小错"，请求停止《创业》发行放映，请求重写《创业》。最重要的，必须交代谁人指使写信的，信是通过哪样渠道送上去的，等等。

虽然没被关进铁窗，但张天民已是度日如年。他的住宅被监视，贺捷生的家也被监视，他们没有办法联系了。中共吉林省委书记王淮湘受命督促张天民写交代材料，三日一小督，五日一大促。这样胆战心惊的日子一直将就到1976年1月，周恩来总理去世，江青和她的追随者加快了篡党夺权步伐，再没心思搭理张天民了。

粉碎"四人帮"，《创业》再次获得新生，胜者张天民并没有沉浸在光荣与尊崇中。鲜花和掌声悄然远去。他离开长影，转调北京。在我前去找他那个时候，他是不起眼的农村读物出版社负责人，使我暗暗纳罕。在六铺炕新居中，他和妻子过着平静的生活，这与我原先的想象落差很大。我感到他的情绪有些落寞，后来的一件事，更加重了我的这个印象。那是临别时他给我写的一幅字，是一首七律："姑苏城外小园中，碧纱窗下翠竹风。云游到此须留步，人生何苦太匆匆。日同老僧参禅道，暮携少女数梧桐。沙场归来多寂寞，又听寒山寺里钟。"他还送给我一张他在大庆体验生活的照片，裤脚上有泥水，身后是钻井架。我怀着难以排遣的复杂心情离开他的家，转头看时，张天民正隔窗向我轻轻摇手，眼镜片在夕照下呈现着两点白亮。

毕竟天亮了，张天民不久就排遣掉"寂寞"，恢复了生气。他被任命为中央电视台中国电视剧制作中心主任兼党委书记，他还是央视党组成员。他与张笑天等合作写出了甚获好评的电影《开国大典》，他还写了电视连续剧《武则天》《秦始皇》，并担纲电视连续剧《三国演义》的策划和监制。惜哉！正当创作的又一个盛期，这位才华横溢的作家于2002年溘然长逝，年仅69岁。

我以《影逢乱世：<创业>蒙难纪实》为题，开始写稿子，朱晶很急，边写边发，《电影文学》从1986年10月号开始，连载到1987年2月号。全文约12万字。该刊1987年10月号发表署名"大庆那树绵"的《为"<创业>蒙难纪实"叫好》，评价"这部报告文学最大的成功，就是它的真实与厚实"。这篇"纪实"后来被收入北岳文艺出版社的《历史在这里沉思》第四辑（1989年4月）、湖南人民出版社的《位卑未敢忘忧国》（1989年7月）、中国文联出版公司的《乔迈报告文学选》（1991年5月）、四川人民出版社的《中国之约》（1995年8月）；果然如朱晶所料，中国电影出版社于1990年2月出版单行本，书名改为《乱世影劫》。呜呼！转瞬20余年矣。

《中国作家》2009年5月号

《电影文学》2008年10月号

《农村社会主义思想教育》论文集前言

　　诸位将要读到的以下诸篇论文不是在书斋里边写出来的。它们是实际生活的产物、实际工作的产物，因此也就是活生生的现实的产物。作者中间有功名成就的学者，更多的是年轻的实践家，大学文凭持有者，然而不是一般意义上的大学文凭持有者，而是脚踏实地的现实生活参与者——至少在论文写作前后一段时期是这样。所有的论文都是有感而发的，就不言自明。

　　感谢党的十三届八中全会，感谢中共吉林省委，全会提出在全国农村开展社会主义思想教育活动，省委选派了206名直属机关干部下乡。没有这次活动，就没有这本小册子。

　　我感到很荣幸，在省委派出的9个队中，我被指定为驻公主岭市社教工作队队长。我尤其感到荣耀的是，我队除我之外的其余26名队员（来自省直24个单位），个个都是好样的。我这个队长因此当得轻松愉快，应对自如。本次社教有3项任务：以思想教育为主线，以发展经济为中心，以村级领导班子建设为重点。短短4个月。先后进驻2个乡镇（响水、大岭），13个村、

7 个站所。工作流程表始终排得满满的。但没有手忙脚乱、连跑带颠、捉襟见肘、顾此失彼。那是由于队员政治素质好、文化程度高、工作能力强、作风扎实、态度认真，以及最重要的即富于独创精神的缘故。我们在全面高质量地完成省委交办任务的同时，鼓励队员结合发现的问题和工作内容，进行深层次的理论研究和探索，于 4 月 21 日在响水镇委会议室，举行了题为"深化农村社会主义思想教育，推动改革开放经济发展理论研讨会"，队员们提交了 9 篇论文。出席听取论文宣读的响水镇委副书记陈万录评价说："这是我参加过的最切合实际、最受启发的一个会。"省社教办领导在听取汇报之后，也肯定我们进行了一次"有创造性和有远见的活动"。

那次会议之后，我们对已宣读的论文进行了充实、修改，并且写了更多的论文，这个小册子就是这些论文的一个精选本。我们这一期社教已在 6 月 15 日结束，队员们在经历了短暂难忘的农村生活之后，已经回到各自的工作岗位上去。这个小册子除了本身的社会理论意义之外，就成了我们这一段共同生活的纪念。事实上，我们 27 个人都是这些论文的写作者，没有执笔署名的人也贡献了各自调查研究的成果，署名的人只是我们大家的代表。我们是一个友爱和谐的集体。此刻，作为队员，我怀着激动的心情，怀想刚刚过去的那些日子，响水和大岭的乡路上留下了我们的脚印，农家小屋里回荡着我们的声音，还有汗水、心血、焦虑和真挚的希望，我们的劳动将不会白费，离去时父老乡亲惜别的泪眼将鼓舞我们，从此更要立志做一个对人民有用的人。我们乍去时长天大地还是一片苍凉萧索，我们归来时已是绿叶满枝风光满眼。我们虚怀而去，满载而归。金秋没到，我们已经提前收获。这本小册子，就是一颗沉甸甸的果实。

作为队长，我愿借此机会，向我的队员们表示最深切的感谢，我们原本天各一方，却是怎样的人生机缘使我们聚在一起，你们慷慨地给予我无私的支持，正是这种支持，保证了任务的圆满完成，让我们心和心永远贴在一起，手和手永远相扶持，出色地实现我们人生的价值。我也要向我队的副队长潘汉林和另两位副队长侯伟和付占一表示谢意，我队的日常工作实际上是你们在做的，我为你们崇高的工作精神和卓有成就的工作艺术感到骄傲。

最后要说明的是，这个小册子的编辑和排版，潘队长付出了主要劳动，我们大家理应向他致敬。

1992 年 6 月 23 日写于长春南湖新村

我和朱广庆
——《朱广庆声乐作品集》代序

　　我还是小学生的时候就会唱《祖国江山铁打成》，上音乐课唱，列队"一二三"齐步走唱，集会拉歌也唱，但我不知道这首歌的曲作者是朱广庆，我那时太小，没有作者概念，碰上好歌唱就是了。

　　我最初见到朱广庆时我年轻他也年轻。我从大学毕业分配到吉林省歌舞剧院创作室时朱广庆是副院长兼歌舞团团长，后来改兼创作室主任。他跟我握手之后递给我一支烟，然后就大笑，他的笑容真诚，亲切，毫不装腔作势，数十年依然如故。我作为他的下级和一条小光棍，有时候他就拉我到他家里，他亲自下厨做饭，他能用极短工夫张罗出一桌好菜饭，他包的饺子味道好极了。他带着我们把创作室搬到怀德县南崴子，盖起小土房过日子，我们参加生产队劳动、打篮球、跑步、切磋音乐文学，搞创作时捉蛤蟆捞鱼虾改善生活。有一天，我听他用琵琶弹《春江花月夜》，我问他是不是根据唐诗人张若虚的诗改的，他问你知道那首诗，我说我能背下来呢，他就大乐，说快背来我听听，我就给他显摆了一番，他更大乐，让我给写下来。从这以后，他就把张诗当作了练毛笔字的材料，办公室土墙上一时贴满了《春江花月夜》。他还大笑着跟我订了个"合同"：我每天显摆一首唐诗，他教我弹琵琶。

我会背的有数几首唐诗眼看就要抖搂光了而琵琶还未成曲调，省歌舞剧院就奉命组建文化工作队奔赴援越抗美前线，朱广庆任队长我是创作员。我们秘密地但是雄赳赳气昂昂开出友谊关，我腰挎五四式手枪，下到连队，战士管我叫乔干事。

还在北京做赴越准备期间，朱队长给我布置任务，叫写一首歌词，题目是他出的——《毛主席派我们到这儿来》。要快，他说。我那时年轻，出手利索，要多快有多快。几天后，周恩来总理接见我们几个文化工作队，接见后做小型汇报演出，陈官凤就唱了这首歌，并由小乐队伴奏，周总理高兴地微笑鼓掌。别的队就来学，《毛主席派我们到这儿来》后来唱遍了援越部队，连队拉歌都唱。

那时我们意气风发，无所畏惧，战士的口号也是我们的口号："死了算，活着干！"我们跟铁道兵一块掘隧道，跟高炮部队一起打敌机，天热地湿蚊子都有小碗口大小，林密草长与蛇共舞成了家常便饭，逮着蛇就有南方籍战士摸出小刀划开七寸剖出蛇胆给我们吃，说最是明目。朱队长一身多用，既当领导又是创作员还兼演员。我们队连我才13个人，人人都是多面手。我写的一个小话剧，人手不够，让我凑数演班长，演一场下来，队长就笑说："哪像班长？还是我来吧！"他比我大几岁，还有个比我大的肚子，我不像他更不像，但是他的演技比我强得多。

战士都叫他老班长。朱队长给我的任务是写100首歌词，大部分题目是他出的，并由他谱曲。他善于出题目，不时有警句电光石火般脱口而出。祖国传来消息，毛主席畅游长江，一拿到报纸，他就叫小乔写首词，"一轮红日过江来，怎么样？"还没等我表态，他就得意地大笑起来。

　　但我俩并没有写足100首歌，我们的征程未尽，国内"文化大革命"已如火如荼，家里来信暗递消息，说歌舞剧院造反很凶，领导都被打倒了。队里笼罩着严重的不安情绪。我看见朱广庆有时一个人呆呆坐着发怔，作为剧院领导之一，他显然预感到了不祥。果然，命令下来了，我们提前返回，参加"文化大革命"。回到剧院，他就被当作"黑帮""走资派"打倒了，我和小队其他同志则因为"在国际阶级斗争战火中经受了考验"而成为当然的左派。我们在战火中亲如兄弟，现在成了两个阶级两条路线上的人。我感到难以适应我是"革命群众"他是"阶级敌人"这种新关系，但是我和原小队的同志仍然上台对他进行"揭发批判"，我揭发的最厉害的一条是：我写过一首歌词，《铁道兵战士想念毛主席》，他说不好，说"想念"是"小资产阶级感情"，这时就上纲为"反对毛主席"，予以严厉谴责。

　　"文革"结束以后，我感到很对不起朱广庆，见面有时就讪讪地，他却像没发生什么事一样。渐渐地，我们也就和好如初。但我已离开歌舞剧院，写起了报告文学。他有时也找我写歌词，我本来写不好歌词，这时更无大兴趣，他的好意难却，我们好像只合作过一两首歌。现在我们都老了，我不再叫他"院长""团长""队长"，他变成了"广庆兄"。

　　广庆兄老当益壮，新时期以来，佳作迭出，特别是在器乐曲方面，他的《跑火池》《九歌组曲》及"文革"前的作品《驷马铜铃》《风雪爬犁》《编鼓与乐队》等堪称珍品。他现在要把他的声乐作品结集印刷，我觉得这很应当，我期待着他有一天也把器乐曲结集。我很激动地接受了为这个集子写序的提议，我虽然在歌舞剧院待过几年，但于音乐实在是外行，我无法对他的作品作出艺术评价，但对于他这个人，这个一生都在为中国音乐的发展孜孜不倦做出贡献、无论在什么样处境底下都不改初衷的音乐家，这位德艺双馨的难得好人，我有说不完的话，因此这一篇序就变成了我和他的交往杂忆，这是要请广庆兄和读者原谅的。

1999 年 5 月 1 日于南湖新村

为了心中那个娇娥

——为于维范作品自选集作序

于维范把他对文学的痴迷追求比喻为"烟鬼之于鸦片，赌鬼之于麻将，色鬼之于娇娥"（见本书代后记《我的文学梦》）。这种比法可能是从鲁迅"纠缠如毒蛇，执着如怨鬼，二六时中，无一已时者有望"化过来的。人有了这种精神状态，大概就能做成许多事情。

于维范从古黄龙府的一个"平庸男孩"（他的自谦之词），稍长做工人、实习教员、机关小干事、学报和报纸编辑，至今未曾当过专业作家，然而他于本职工作之外，从未中断过写作，步步行来，坚且迷兮，终于有了这本自选集。中国足球的外籍功臣米卢有名言：《快乐决定一切。"快乐就是无论干什么事情都要有兴趣，是打心眼儿里乐意干，不是负担、受奴役、被驱使，是给自己干，是从中得到享受，因此米卢又有名言叫作"享受足球"。于维范是在享受文学，他终于功有所成。

我第一次对于维范产生印象是在十几年前，大约是夏季。一个笑眯眯戴眼镜的青年出现在我们省作家进修学院的一群学员中间。此后我印象中的于维范就永远是一副笑眯眯的样子了，历十数年而不改其容。不改的还有他始终喊着我老师，谦恭小心、循维遵范，好像我真的对他有过什么了不起的教导似的。其实我在内心里倒是在感激着他。按照规矩，像我这样的驻会专业作家，每个人要带三两个学员，好像大学里导师带研究生那个形式，负责面传身授。我们作家进修学院的学员大多是热衷写小说的。我不会写小说，勉强凑合着写报告文学。学院负责人分配人员的时候，就有点儿为难，我也有自知之明，没人愿意给我当学生，倒乐得清闲。正自阿Q一般乐得清闲的当口，于维范来了，笑眯眯地叫老师，表示愿投门下。同来的还有另一个男生和一个女生。我受宠若惊，庆幸免了门前冷落，面子上好看多了。我这二男一女仨门人后来都有出息。两个成了大编辑，单位台柱子，一个是出色公务员，且都不断有作品发表，使我一有机会就能在人前发出"我那三个学生，嘿嘿……"之声。但细细想来，终其学业，我实在没有尽过什么师责，剑诀刀法是一点没有指点过的，原因已于前述——文学十八般兵器中，我只会舞弄报告文学。

于维范对报告文学并无兴趣，他在考入作家进修学院之前，早就发表过东西了，诗、小说、散文、随笔都有，唯独没有报告文学。此时我搜索枯肠，也不记得他请教过我报告文学写作ABC。他不请教，我也不讲。于维范和他的师弟师妹的创作成绩，都是靠他们自己的执着精神取得的。我实在是一个并不传道授业解惑的甩手师父。但他竟牢记我这师尊不忘了。自打毕业以后，逢年过节他必来登门叩问我师安好，有时还带了他的"娇妻"（他自己的话，见《酒色财气》)，手里自然少不了拎着"束脩"，虽不是孔夫子三千弟子七十二贤人那样的成串腊肉，却也有烟有酒，水果也不可或缺的。如果太忙，抽不出空子，他也一定打来电话，热语衷肠，叫人心暖。呜呼，人皆乐为人师，为人师者，得一弟子如此，亦足矣。我既然是位并未做过贡献的师父，则对于他交给我的为他的自选集作序这样的光荣，就觉得有些惭愧了。好在我们有十几年交往，他的不少作品零星发表时我也看过，序不敢说，读后感倒是可以写出一点儿的。

首先我要说，这是一部真正的自选集。于维范集二十余年的写作成绩，精中选精，在这本书里，选了小说、散文、杂文、诗歌，名副其实，是一部集大成之书。读者读了他这一本，就能窥见了他写作的全貌，省时省力，收简约之效。而于作者，他就必须忍痛割爱掉许多好东西了。在文章越写越长、书越出越厚的惟今时尚下面，于维范这样做，可见他这人，除了执着精神之外，就是心眼儿实，实得可爱。

以我这非内行的眼光看，我觉得，收在这本书里的东西，确能反映于维范的创作成果。他的小说是很好看的。首篇《秃老亮》可能是他的处女作，幼稚是显见的，但却写出了人生的一种境遇，颇耐人寻味。他的小说都很精短，可以归入小小说之列。唯一篇幅较长的是《苍茫的将军岭》，因为是供报纸连载用的，就设置了不少悬念，人物关系纠纠葛葛，人物命运起起伏伏，看得出作者结构故事的功力。我以为他的小说里边最出色的是《歌王》，那是一篇千字文，却写了好几个人物，虽然都可以归类为某种类型，但在我国当代文学中，像这篇这么写的，我还没有看过。我看过一遍以后，就不能忘，相信读者们也会与我同感。但我更喜欢他的散文和杂文。这部分东西篇幅就更短了。写东西的人都有体会，写长了易，写短了难。短文见功底。难得的是，这部分东西，于维范又写得十分轻松愉快，那是在我们读的时候，感到轻松愉快了解到的。怎么样才能把作品写得轻松愉快，叫人读的时候不费力气？那就是作品要有幽默感。作品有幽默感，需要作者有幽默感。要能使读者在读你的作品的时候，看得到你在微笑。我相信，对那些不认识于维范这个人的读者来说，他们在读这本书的时候，一定也能够如我似的，发现一张笑眯眯的脸，笑眯眯就是微笑。微笑是幽默，大笑是滑稽。于维范这个人从不会使人大笑，却会叫人微笑。他人是这样，他的作品也是这样。再提高一步说，如果能够叫人发出会心的微笑来，那就更好了。本书中的许多篇就能叫人发出会心的笑，读者在读过某些篇以后，肯定会点头微笑着说一句："于作家，你说的真是这么回事儿。"

不过，此前我一点儿也不知道于维范这么个循维遵范的人还会写诗。我没教过他写诗，他也没向我报告过他会写诗，他的诗在发表的时候显然都另外用了别的笔名，骗过了为师我。但他的诗也写得不赖，毫不逊色于成名的诗人们。我这样说，并非是亲三分向，更不涉嫌借抬高徒弟为自己头上罩灵光。让我们随便拿一首看看，"嫩江／为什么／古称弱水／这里面一定有／沧桑的传说／而今／弱水不弱／呼吸间／饱涨了月亮之河／鱼龙隐迹／鹰飞草灭／近听巨涛狂拍堤岸／遥看漾漾满目云泽／一片惊愕"（《面对洪荒》）。再随便拿一首叫作《历史》的：

"当挪亚从侏罗纪的 / 薄雾中 / 走来 / 将一把发霉的 / 燕麦 / 撒给蛮荒 / 无垠的天际 / 飞来一线 / 希冀 / 于是 / 他用锛刨斧锯 / 钉了一个 / 叫作船的物件 / 将它 / 放入汪洋 / 一片肆虐 / 一泓荡漾 / 展开 / 生与死的较量 / 雄鸡引颈 / 现一幕 / 龙腾凤翔 / 轻烟袅袅 / 山鸣水啸 / 是一幅 / 圣手巧绘的丹青 / 恣显绝妙 / 将戏剧推向高潮"。

于维范正当壮年，他孜孜不倦追求的那个娇娥即文艺女神，如今就在他的怀抱之中。可以说，梦想实现了，但还没有实现得那么完全完美，他的前面还有漫长的路要走。坚定地走下去吧，你的娇娥才会永远属于你。

2002 年 2 月 19 日于长春南湖新村寓所

十年树一木　枝叶早参天
——大型纪实文集《松原之光》序

一

松原可能是我省最年轻的地级市，它的"市龄"刚刚十年。此前人们知道扶余和前郭，知道乾安和长岭，这些名字本身就代表着历史，苍苍凉凉，浩漫无涯，奇异的大地和奇异的自然与人文风光，骏马在连天的草原上奔驰，悠扬的蒙古长调仿佛就是大自然自身的咏叹，然而神秘的查玛之舞那单调而沉雄的鼓点和狰厉假面，要告诉我们什么呢？也许松花江知道，嫩江知道，美丽如同梦境的查干湖和科尔沁草原也知道。

或者谜底就在松原市本身。松原市成立了，一个年轻的都市，把古老的扶、前、乾、长四县置于属下。年轻承续着古老并且包容古老。于是历史从此焕然一新。在历史与现实的连接点上，有一个人，肩负着中国黑暗沉重的闸门，立志放国人到光明开阔的地方去，他的手指划出一条线，从南到北沿着中国版图，到达东三省西部我们这一块地方，布满沧桑的眼睛久久凝视，他说：有一天我们会在这里建一座城，一座大城，唔，暂时就叫东镇吧——这个人是孙中山。

后来者记住了他和他的眼睛凝视的地方，就在这里，于旧世纪之暮新世纪之晓，创立了东镇——松原，我们年轻的城。

二

松原人开始试解那个古老的历史之谜。

他们很快就拆解了谜底：发展图强。

276 万松原人，历史之子。筚路蓝缕，励精图治，愚公移山，精卫填海，汗水与心血同洒，手臂共旗帜齐挥，十年岁月，仿佛一瞬。从古扶余国和渤海国到如今，历代先人会惊异于这十年的巨大变化，如果他们从时间隧道中走过来，会认得这片壮丽的土地就是他们梦魂萦系的故园吗？

天上七日，世上千年。他们不会认得了。那么，就让我们来向他们汇报。汇报大纲就是这本书，长达百万字的沉甸甸的大书——《松原之光》。

我曾有幸到被誉为松原"深圳"的经济技术开发区参观，那里的创业气氛和优美环境予我深刻印象。开发区的带头人于宏海年轻，因为年轻而血性十足，因为血性十足而干劲冲天，从他充满自信的目光里，我读懂了这里为什么能以 9 年时间，创造出从零起步到现在的 47 亿元招商建设成果。本书中《崛起的希望》以激情文笔和翔实材料，令人信服地写出了开发区人的清晰脚步。

如果说开发区是现代经济的窗口，则农村就是现代经济发展的希望。松原市农业比重大，发展步伐相对滞涩。令人高兴的是，农业、农民和农村在松原，也有了良好的发展。被叫作"松原第一村"的西郊村是它们的代表。《燃烧希望的热土》以大特写，把西郊村和该村党支部书记李玉魁介绍给我们。他站在他钟爱的土地上，铮铮发誓："我一定要让绿色富民，让绿色长驻家园，让绿色托出西郊明天的太阳。"他做到了，他还在做。我们有理由相信，西郊村做到的，其他农村也能做到。松原人一旦赢得了农村，就能赢得现代化也就是松原的未来。

然而前郭县医院院长张连富前进的路铺满荆棘。作家王立民奋笔疾书，既是为他寻求公正，又是为公正作证，愤怒出诗人，《张连富——我们的好院长》长文不长，激情洋溢："你毫不利己，专门利人，你有崇高的人道主义精神！你情系农患，一心为民，你有伟大的公仆精神！你实事求是，孜孜以求，你有崇尚科学的精神！你不畏阻力，革旧鼎新，你有勇于开拓的精神！你以苦为乐，忍辱负重，你有坚忍不拔的精神！"情动于中而形于言，发内心之所不得不发。

这是一条以文字雕刻的艺术长廊，松原精英们在这里如云中之鹰，如风吹草低之际所现之骏马，各自向我们展示着动人的风采，这里有开发"脑黄金"的采油厂党委书记徐亚光，深情牵念大众疾苦的民政局局长刘焕学，响亮地呼喊着"向我看，跟我走，随我战"的公安局局长刘永德，铁汉筋骨似水柔情的交警大队长常文超，驾驭着松原教育"航母"破浪疾进的前郭蒙古族师范学院领导一班人，高搭"人梯"、目标高远、喷涌着现代精神的教育界群英小学校长张力、程秀琴和林景龙，用生命铸丰碑的粮库主任徐景明，以及悬壶济世医德双馨的徐百和……一连串长长的名字和业绩。本书虽然长达百万字，却如何能把松原人物写得尽，挂一漏万，遗珠之憾应在理中。

三

在松原十年发展史上，我很荣幸，我也是它的见证者。松原建市的第二年，我就去看过并进行采访。我很感谢当时的市长李述（他是松原第一任市长，现长春市市长），他为我的采访提供了不少方便。记得当时我的直感是此地出手不凡。采访的结果是我写了一篇题为《松原气象万千》的几千字文章，发表在《吉林日报》上。此后我也关注着它的发展。隔几年我就到松原走一走。每一次这样的旅行，在我都是一次新的体验：熟悉而陌生。我想，大约一座城市也像一个人，他长得太快了，隔一段时间便叫人不敢认。又像一棵树，昨天还是柔弱的小苗，转眼便已花开满枝，忽而就又是独立参天，浓荫蔽日时，早见累累硕果压弯了枝头。

孙中山先生回眸见此，应宽怀一笑的吧？历代先民回眸见此，应宽怀一笑的吧？那么，就让我们和先生以及先民们一起，发出祝福：松原，愿你的明天更美好。

《新文化报》2002 年 10 月 28 日

人类智慧的绚丽花朵

——《梅河口市新歌谣》序

　　我的同学霍连祥不甘寂寞，退休了不好生颐养天年，总要想出些新点子发挥余热，也难怪，他现在是梅河口市关工委（关心下一代工作委员会）的头头，这一回发动群众搞新歌谣也是本职工作——他从来都是位非常敬业的好干部。他要我为这本书作序，还写信来给我戴高帽，忽悠了我从前的一篇小稿以后说："我想你为我们这本《梅河口新歌谣》写的序，一定更新、更好。"我招架不住吹捧，又想他做的是一件有意义的工作，于人于社会都有好处，就不自量力，爽快地答应了，只是不知道是不是真能"更新、更好"地完成任务。且努力地试一下吧。

　　歌谣也称民谣，即民间口头创作的韵文，所谓"饥者歌其食，劳者歌其事"，是人类社会原初的文学，用现在的流行话说是"原生态"文学。歌谣的"歌"字表明它是用来唱的，所以又叫民歌，后来文学与音乐分了家，尤其当歌谣被搜集起来变成文字以后，歌词留下了，曲调消失了，它就成了文学而非音乐。古人很重视搜集和整理歌谣，《诗经》就是，汉乐府也算。如果没有当初那些有心人的劳动，许多优美的诗句怕早就湮灭无存了，后来的人们包括咱们就不会享受到阅读它们的快乐了。"关关雎鸠，在河之洲，窈窕淑女，君子好逑"，"蒹葭苍苍，白露为霜，所谓伊人，在水一方"，以及"日出东南隅，照我秦氏楼"，"孔雀东南飞，五里一徘徊"等美极了的诗篇，当初都是歌谣。比《诗经》晚比汉乐府早的楚辞之所以在中国文学史上放射出万丈光芒，除了大诗人屈原的个人才能，也跟楚辞与民间歌谣的紧密联系有关，有学者认为，屈原的名篇《九歌》本身就是民间歌谣，确切的说法也许是楚地的民间祭歌，经过屈原整理而成的。汉魏以后的文化人也很重视这项工作，有成就的作家诗人大都是民间歌谣的爱好者和学习者——民间文学是作家诗人的源头活水——爱好和学习的前提是搜集。依我看，李白的"床前明月光，疑是地上霜，举头望明月，低头思故乡"就很像民间歌谣，或者可以归入到歌谣里边去，他的许多脍炙人口的佳作如《子夜吴歌》《关山月》《长干行》《巴女词》和《山鹧鸪词》等等，都可以归入此类。中华人民共和国成立以后，这方面的工作也有人做，比如产生于20世纪50年代的《红旗歌谣》，由郭沫若和周扬两大文坛巨擘主编，就是搜集整理的"大跃进"民歌，不过由于"大跃进"从政治上被否定，《红旗歌谣》在文化上的价值也成了悬疑。咱们梅河口也有人做这项工作，民俗学家金宝忱热心搜集民间故事传说，他为我们提供了关于山城镇九缸十八锅的一首歌谣。九缸十八锅是一道有名的风景，传说很早以前有人在山城镇南山一带埋藏了九缸金元宝十八锅银元宝，后来不断有人前去找宝，可惜都找不到，有一首歌谣隐藏着找宝线索，道是"九缸十八锅，不在前坡在后坡，前坡后坡找不到，去到山里问刘哥"。这有点像是一篇谣谶，神秘而模糊，似可解实难解。金宝忱先生做的是与前人同样的歌谣搜集整理工作。现在，霍连祥和梅河口市关工委要做的也是跟《诗经》、汉乐府和《红旗歌谣》的搜集整理者们同样的事，所以这项工作虽然不是创造发明只是传承和接续，却大有益于现在和将来的文化建设与文明存续。

《梅河口新歌谣》还有一部分是新童谣。童谣或称儿歌，有的摇篮曲也可归入这一类里边。童谣对成年人是亲切遥远的回忆，对孩子是文化启蒙和童年娱乐。我记得小的时候就从母亲姐姐们那里听到和学到了一些童谣，像"你拍一，我拍一，黄雀落到大门西"一直拍到"你拍九，我拍九，九只胳膊九只手"，至今记忆难忘。顺便说一句，我认为这个《拍手歌》一定是咱们东北人或者是北方人的创作，其根据在于它的内容，你看："你拍五，我拍五，五个小孩打老虎"（多么勇悍豪迈），"你拍六，我拍六，六碗包子六碗肉"（"大碗喝酒，大块吃肉"，气概非凡），"你拍七，我拍七，七个小孩撵野鸡"（"棒打獐子瓢舀鱼，野鸡飞到饭锅里"，鲜明东北地方特色），"你拍八，我拍八，八个小孩吹喇叭"（扭秧歌，东北最群众化的娱乐活动）。一篇童谣把东北的地域特色和人的性格特征都表现得淋漓尽致，为专业的文人创作所不及。我记得小时候学唱的还有"一二三四五，上山打老虎，老虎不吃面——"下一句是骂人话，不好写到这里了，假如我小时候有关工委这样的组织，组织人把这句骂人话改一改，这首童谣就完整了。我上小学初中的时候，由于班主任老师倡导，我和霍连祥等同学都爱好文学，我还学着写过儿歌，

现在记得的有一首是"小兔子，三瓣嘴，红红的眼睛四条腿
……"后边的记不住了。等我长到不再唱儿歌的年龄，我就听
侄男甥女们唱了，我记得她们跳皮筋的时候唱"刘胡兰，十三岁，
参加革命游击队，游击队，打鬼子，专打汉奸狗腿子"，还有"猴
皮筋，我会跳，反运动我知道，反贪污，反浪费，官僚主义也
在内"，全是革命文艺工作者的创作了。童谣看似简单，写好却
不易。我的看法，最主要的是要把受众搞明白。童谣的接受者
有严格的年龄界限就是婴幼儿，再放宽不应超过小学一、二年级，
童谣是写给他们听和教给他们唱的。所以，好的童谣必须具备
几个因素，一是内容要浅显，二是语言要通俗，三是节奏要流
畅。文人创作的童谣容易犯的毛病，是生怕写出来的东西思想
意义不深，就来个拔高拔节，生拉硬扯搞"提前量"，叫小孩子
想大人事，抒大人情，好好的孩子，一开口就变成了"小大人儿"，
嫩脸蛋上凭空生出不少皱纹和胡须。再一个容易犯的毛病是怕
文学味道不浓，就把成人说的话，成人说话的语气和语势，强
加给小孩子，变童言为成人腔，甚而如韩愈批评的"周诰殷盘，
佶屈聱牙"，大人读着都费劲，小孩子更望而生畏了。总之，童
谣的创作应该是为小孩子理解和接受，语言明白晓畅，朗朗上口，
那就成了，再有就成了多余。

　　歌谣作为一种文体，虽然是文学的初级形式，但它的文学
功能和社会功能却一点也不初级。歌谣同其他文学体裁一样，
是人类智慧之树绽放的绚丽花朵和社会前进的强大精神动力。
在古代，歌谣是当权者了解民生、掌握社会脉搏的途径，所以
他们要设立乐府等机构专事采集歌谣以"观风俗"，并作为制定

政策的参考。2500年前歌谣的集大成者《诗经》成书之后，历代统治者和文化人都很重视学习、借鉴。孔子特别强调学《诗》（《诗经》），他教导弟子们说，"不学《诗》无以言"——不学习《诗经》连说话都困难。他还认为学习《诗经》可以"迩之事父，远之事君，多识夫鸟兽草木之名"——在家能当个好儿子，出门能做好官，还可以学到不少知识。歌谣虽然短小，但有时甚至比鲁迅先生称之为"匕首和投枪"的杂文以及被称为文学纪念碑的长篇小说具有更强大的力量。历史上有名的楚汉争雄的关键战役垓下之战，项羽大军就被楚国民歌瓦解了。闯王李自成打天下的时候，歌谣也担当过重要角色。"吃他娘，穿他娘，闯王来了不纳粮"，"朝求升，暮求合，近来贫汉难求活，早早开门迎闯王，管教老小都欢悦"，这些歌谣据说是闯王军中大秀才、红娘子的丈夫李岩创作的。它们一旦为千百万群众口耳相传，共鸣于心，就发挥出了难以想象的动员和激励作用，其冲击力简直抵得上千军万马。从一定意义上说，崇祯皇帝不是败在大顺的军威之下，而是败在了这些看不见摸不着却远较任何铁的军队厉害得多的歌谣上了。咱们的总理温家宝也喜欢用歌谣的力量为国家利益服务。全国人大通过《反分裂国家法》那一年的记者招待会上，他针对台湾问题答记者问，就引用了《史记·淮南衡山列传》中的一首民谣："一尺布，尚可缝；一斗栗，尚可春；兄弟同胞何不容"，原来歌谣的末一句是"兄弟二人不相容"，温总理巧妙地改成"兄弟同胞何不容"，其情之深，意之诚，理之切，令听者无不动容，极大地增强了感染力。《梅河口新歌谣》的征集旨在"净化心灵，培养情感"，"为创建社会主义和谐社会作贡献"(《关于征集＜梅河口新歌谣＞稿件的通知》)，这样的宗旨与中华民族对歌谣的理解是一脉相承的。

最后要说明的是，我受命写这篇序的时候，《梅河口新歌谣》还没有编辑完成，因此我无法对书中作品作具体评价，我相信霍连祥和梅河口市关工委诸君的能力，他们一定会把这本有意义的书编好，待书成之后，如有机会，我再认真学习和发表读后感吧。

2007 年 9 月 7 日于长春

偷得宽余忙赋诗

——宋有才《端居拾韵》序

作为一位成功的官员，本书作者还收获了人生的第二项成功——公暇觅宽余，偷闲作诗人。不是朦胧派、后现代派或网络上的"梨花体""羊羔体"那种诗人，是诗人毛润之说的"束缚思想，又不易学"的旧体诗词那种诗人，眼前这本《端居拾韵》收集的就是这样的诗。作者此前已经出版过一本《诗圃新枝》，也是这样的诗。短短几年工夫，就有几百首旧体诗词出手，而且深获诗家和诗友好评，可见其写作勤勉，成绩不凡。但这位诗人不只会写韵文，散文也写得相当有水平，事实上，我最先接触到的他的作品，正是散文，是一部长达30余万字的散文结集《沧海拾零》，我花好几天才读完。大体而言，文字写作只有两种形式，韵文和散文，本书作者同时操弄这两种形式，皆有佳篇，足见功力，而且是双功力。宋有才先生一身兼具厅级干部和诗人、作家两种身份，对一个人来说，这无疑是人生路上很大的成功，而且是双成功。

中国文化崇尚"学而优则仕"，仕就是出去当官。浪漫诗人高唱"仰天大笑出门去，我辈岂是蓬蒿人"，俗一点的则理直气壮地叫卖"学成文武艺，贷与帝王家"。封建社会里，天下是帝王的，当官就是把自己卖给帝王。学而优者若想用自己学成的本事，为自身谋发展，为苍生解忧患，为社会做贡献，只有这一种办法。共和制以后，天下是天下人的，学而优者出路多了起来，但出去当官仍然是重要选择，不过不是贷与帝王家而是贷给老百姓了。质殊而形似。这样一来，古今的官员群体就集中了社会的很大部分精英包括文人。纵观中国历史，容易发现，官员而身兼文人者众多。中国文学史上第一位大诗人屈原做过三闾大夫；陶渊明当过彭泽县令，但干了两个多月就卷铺盖走人了，事实证明，他辞官比当官贡献更大，他写的那篇辞职公开信《归去来辞》文采秀丽，历代读书人无人不会背诵；杜甫官至工部员外郎，后世有时就叫他杜工部；李白当了几天唐玄宗的翰林学士，写完赞美杨贵妃的"云想衣裳花想容"就被赶出了宫门，此前为了谋个一官半职，这位超级大诗人不惜自降身价走后门跑官，给荆州长史韩朝宗写信，信中吹捧韩朝宗说"生不用封万户侯，但愿一识韩荆州"，还请求韩给他面试机会，豪言"日试万言，倚马可待"；韩愈当过吏部侍郎，因为谏迎佛骨，差点掉脑袋，到底被贬外放，身家不幸诗家幸，一下子写出了"云横秦岭家何在，雪拥蓝关马不前"这样名句；砸缸救小朋友的司马光至尚书左仆射；苏轼被贬到黄州当团练副使时写了著名的《赤壁赋》，虽然他游的赤壁不是三国周郎那个赤壁；王安石在中国文人圈里官位最尊，当过宰相，钦封荆国公；比王安石更厉害的当数曹操，曹操是三国时期的大英雄，更是大诗人，四言诗体在他手上完全成熟并画了句号。更不要说当代了，毛泽东被称为中国旧体诗词的最后一个高峰，以他领衔，中国第一代高层中不少人都是旧体诗词大家，周恩来、朱德、董必武、林伯渠、叶剑英、陈毅，各个了得。漫长的中国历史，为官且为文者不胜枚举，但两项都成功的则不多见。

　　长时间以来，我省形成了一个喜爱并写作旧体诗词的群体，有官员也有布衣。这些诗人挟群体优势，迎古代诗人风范，抒现时诗人豪情，屡有佳作问世。我曾有幸参加过几次他们的研讨活动，受益良多。蒙宋诗人不弃，给我以阅读其大作的机会，深感荣幸，就说一点读后感吧。

　　收在《端居拾韵》中的作品，多是七绝和七律，五绝和五律较少。作者告诉我，以前他写旧体诗词，不大讲究格律，很多情况是率性为之，后经诗友提醒，才比较认真地对待了。可见他是很善于听取他人意见的人，这也应该是他转向格律诗创作之后，创作水平突飞猛进的原因之一。就我接触到的旧体诗词作者看，有些人喜欢往唐风宋韵上靠，仿佛是写得越像唐诗宋词越好。也那么用典，也那么写意，也那么样闲愁别绪，一番滋味在心头。有的也写得很工整，放到唐诗宋词全编里，大约可以乱真，但叫人看了，总排遣不掉一股故字堆味道。我很高兴宋有才的作品不是这样。他是今人写今人，用了旧形式，但旧形式没有束缚他，倒被他拿来为我所用了。这就好比古人是用筷子吃饭，我们也用筷子吃饭，筷子的形状没有大变化，但今天饭可不是古来羹了。我注意到他的诗的一些题目，如《清晨放眼伊通河畔》《游嫩江湾》《查干湖赏荷花》《好运中国》

《教书人》《养蜂人》《参观长春民博会有感》等，都是写的身边事、眼前景、家国情，自然不能用旧日情怀。就是写到怀古的题材，应该容易落到前人窠臼里边了，但他也写得新鲜，有现代感，如七绝《龙门石窟》："龙门风雨几沧桑，洛水清波入画廊。雕像无言窟中老，喜看华夏已兴邦。"照旧时代诗人的写法，起句落到"沧桑"了，接着写洛水，多半该用"洛水呜咽人恨长"一类话了，但作者写的偏是"洛水清波入画廊"。按照起承转合的旧八股写法，作者这么写不合，没承着，但他就这么写了，他这个"承"姿态积极，化恨为欢，出人意料。到该转的时候，他也转了，"雕像无言窟中老"，这一句表达的情绪又是反上一句而为之，现出了伤时感世、悲天悯人的情绪，倒与起句呼应了。如果照旧时代的诗人那么写，接下来的第四句即合句，必须写成类似"叫人怎不泪沾裳"了。作者没这么写，他的思绪没有往这里转，这位现代诗人心无纤尘，因此笔下只能出现"喜看华夏已兴邦"，遂使全诗格调昂扬向上。在这首绝句里，我最欣赏"雕像无言窟中老"，有韵味，有意象，一唱三叹，是真正的诗。我不喜欢的是末一句，它的意思好，情绪对，但作者没舍得花力气推敲琢磨，只拿了一句现成话入诗，敷衍了事。不过，在《大昭寺》里，我们看到，同样也有现成话："盛唐使者向西行，藏汉联姻佳话生。信众千年长合掌，拜过佛祖拜文成。""藏汉联姻"是现成话，但用到此处是说明性的，直白些无妨，由于它的直白，愈发反衬得结句有力，"拜过佛祖拜文成"。此句信手拈来，不着一丝气力，却词浅意深，尽得风流。类似的好句子在本集中还有不少，顺便举例如：写红叶谷的"秋风吹旺枝头火，红遍层林一夜间"；写向海的"汀披蒲苇千层绿，鹤舞低空一点红"；写长白山的"虎卧幽林惊百兽，地喷心火热千年"。最绝的是作者写旧体诗居然敢用极现代、极时尚的文字，七绝《云冈石窟》："云冈瑰宝魏时营，佛像尊尊苦刻成。官府民间皆给力，一刀一斧凿文明。""给力"一词是最新潮的网络时尚用语，散发着强烈的"山寨"气息，正规作家或作者使用这种用语，无不非常谨慎小心，本诗作者轻轻爽爽地给用到旧体诗词写作上了，使人在讶异中顿感那个旧形式平添了活气，它起死回生了。为此，我愿意为诗人宋有才浮一大白，曰："好一个宋有才，你真的有才呀！"

2011 年 10 月 20 日于长春

登高壮观天地间

——吕树坤、徐潜选注《唐诗一千首》

　　唐诗是突兀在中国文学史和人类文化史上的大山，噫吁兮，危乎高哉！它是那样高不可攀，以至后世的人们只能对其仰视，仰视也望不到它的项背时，便有人出来想办法帮助大家。唐诗的选编应运而生。一千多年以来，选家蜂起，选本争奇斗艳，其中最为人称道的自然是署名蘅塘退士的《唐诗三百首》。这个选本几乎成了人们学习唐诗的经典和学写旧体诗的教科书。谚曰："熟读唐诗三百首，不会作诗也会吟。"可见好的选本对人们阅读和学习唐诗的重要性。基于这点认识，我在欣喜地读到吕树坤、徐潜二位选注的《唐诗一千首》之后，有感想要与读者共享。蘅塘退士的《唐诗三百首》虽好，但有一点读者不满足，就是它选的诗太少（实际选诗 311 首）。要知道，一部《全唐诗》可是集合了唐诗人的 50000 多首诗，300 对 50000，比率小了点。我揣摩，吕、徐必定也是有感于此，才把他们的选本确定为"一千首"的（实际选诗 1084 首），约占《全唐诗》的五十分之一，从规模上看，可以了。他们的选本还借鉴了《唐诗三百首》的编排方法，把全部选诗按照五言古诗、七言古诗、五言律诗、七言律诗、五言绝句、七言绝句的顺序排列，使读者能够根据自己的需要，选择不同形式的作品。至于有些杂言诗，不大容易划分属性的，则采取相形归类的做法，例如初唐诗人陈子昂那首非常著名的《登幽州台歌》："前不见古人，后不见来者，念天地之悠悠，独怆然而涕下。"就给放到了"七古"中，虽然该诗中一句"七言"都没有。唐诗人还喜欢写一种所谓排律体的诗，工整讲究形如律诗，但不受律诗行数的限制，想写多少就写多少。《唐诗一千首》把这类诗也大致相形归类，"五言"的划到"五古"里，"七言"的划到"七古"中，例如钱起的名诗《湘灵鼓瑟》，也就是结尾两句为"曲终人不见，江上数峰青"那首，就给归到了"五古"里，有点委屈了。《唐诗一千首》的编排体例，以体裁为经，以时间为纬，在同一个板块中，按照诗人出生年月排座次，而不是按照名气排座次，这就使"李杜"永远坐不上头把交椅，只能混迹在大部队中间，这也怨不得别人，谁叫他们出生并生活在开元天宝年间呢。我最初看到这种"游戏规则"时，有点发愣，待弄明白了道理以后，慢慢也就适应了。我觉得，这种做法自有它的合理性。

吕、徐还在他们的选本中，给每一首诗加上了简单的注释，这也是大多数古诗文选本的惯例。选诗加注释，一个选，一个注，哪个更要紧些呢？我的看法是选比注要紧。如果把大家争相选编看作一场竞赛，那么，注释比的是学问，选诗比的是眼光。选本质量的关键在于选篇要准，你不能把好的漏掉，把平庸的给端上来，你可以自我辩解说是遗珠之憾，读者却要责备你看走眼了。老百姓讲话，你的眼睛得"毒"。我比较看好吕、徐选本的一个重要原因就是他们选得比较准，以我个人有限的阅读体验，凡是我喜欢的作品，他们差不多都给选上了，而且优裕有加。不一定是他们二位比他们前面的选家高明多少，他们是后来者，后来居上。

"后来"的优势在于能比较清晰地看到前行者的优长和不足，从而从容地弃其短而扬其长。此前的选本无一例外地存在一个重大缺陷，那个缺陷不是选编者自身的过失，而是时代加给他们的局限。中国封建社会自汉以降，长时期里，以儒术治国，"罢黜百家，独尊儒术"，反映在文化观念上，崇尚温柔敦厚之旨，主张怨而不怒的文学风格，用这样的框框衡量文学作品，就把一些有棱角的，所谓"不尊不让"的作家作品排斥在外了，而这样的作家作品中，却有不少是极为杰出和深具特色的。在现当代文学史上，又有"左"的思想观念长期占据主流位置，其主要表现是把作家作品按照是否"政治正确"来划分，就像"土改"时候划分阶级成分一样。"政治第一，艺术第二"的结果是压根儿取消了艺术。"文革"时期的儒法孰优孰劣之争，更导致李白和杜甫打架，杜甫甘拜下风。这种荒唐可笑的思潮反映到唐诗选本上，就不可避免地使选本成了不良政治的怪胎。《唐诗一千首》在突破前人局限和克服"左"的影响方面都有重要成绩。

唐诗人中非常有名的"三李"中的李贺，他的诗风峻峭凌厉，虚荒诞幻，深得楚骚精髓，当世就有"太白仙才，长吉鬼才"的评价。但李贺的诗却不为世所容，连蘅塘退士都不喜欢他的作品，《唐诗三百首》里竟不见他的诗的踪影，叫作以诗废诗。但诗人毛润之非常喜爱李贺，他写诗有时会嫁接李贺的名句，如"雄鸡一唱天下白"即是，"天若有情天亦老"仿佛也是。吕、徐的选本当然不会错过这位"鬼才"，他们选了李贺十多首诗，包括极有名的《雁门太守行》。再如《唐诗一千首》所选入的崔颢《王家少妇》、韩偓《柳》等，因被斥为"艳诗"，历来不入选家之眼。除了以诗废诗，更普遍的是以人废诗。有个李义府，当过宰相，外号"李猫"，人品较差，有点口蜜腹剑那个意思，尽管诗写得不坏，但几乎所有的选本都对他不屑一顾。吕、徐的做法让人钦佩，他们怜其才而宽其行，选了他的诗。试看这首五绝，真的不错："镂月成歌扇，裁云作舞衣。自顾回雪影，好取洛川归。"说那个女郎手里拿着月亮做的歌扇，穿着云彩做的衣裳，曼妙舞姿像雪花一样飞旋，叫人看着感觉洛河女神来到面前了。还有个刘叉，年少时曾因酒杀人，后隐姓埋名，折节读书，其诗风峻怪，受到韩愈赏识。他去投见韩愈，临走时"持愈金数斤而去"，曰："此谀墓中人得耳，不若与刘君为寿。"《唐诗一千首》的选编者没有嫌弃他，选了他四首诗。还有被叫作"杀人恶魔"的"农民起义领袖"黄巢的诗也选了，不爱脂粉爱乾坤的女皇帝武则天的诗也选了，他们两位的诗都非常有特色，一般诗人写不出来，毛主席就借用过黄巢的"记得当年草上飞"，武则天的"看朱成碧思纷纷"也常被人引用，"看朱成碧"甚至演变为成语了。其他另类人物如和尚道士的诗，隐士仙人（如吕洞宾）的诗，也选了。还有被称为唐代"四大才女"的四位女诗人，因其女性身份，虽然才华不让须眉，却长期遭受不公正待遇，世人难得看到她们的作品。吕、徐把她们个个选了，读者可以一饱眼福了。四位女诗人的名字是：薛涛、李冶、鱼玄机、刘采春。刘采春是诗人兼歌手，又会写又会唱，唱得又好，粉丝众多，有现代好事者追捧她为"古代邓丽君"，说她有一首歌可以同《何日君再来》媲美，那首歌可能就是《唐诗一千首》里选的《罗贡曲三首》之一，这里不引了，读者朋友自己找来欣赏吧。对于某些名不见经传的作者只要诗好，哪怕只有一首诗，也照选不误。如陈去疾《西上别母坟》、施逵《丫头山》、刘驾《筑城词》、陈标《蜀葵》、唐备《道旁木》等。

最叫人称奇的是，《唐诗一千首》居然还选了"待月西厢下，迎风户半开"的那位多情美人的诗，我的印象，崔莺莺小姐应该是一位文艺作品中的人物即虚构人物，她怎么会从文艺作品中跑出来，大写其诗，并且跟实际生活中的诗人们弄到一块儿去了呢？是不是因为选编者所看重的只是诗的自身，连作者是否真有其人都忽略不计了。这也是一种不以人废诗吧！

想发的议论还有不少，暂且打住。简单地说，我对新编《唐诗一千首》的评价可以概括为八个字、三句话。八个字是：注释尚可，选篇上乘。注释尚可，是说两位选编者多半没把精神头用到注释上去，他们谦虚地认为读者既然愿意看他们的书，必然是对唐诗有一定造诣的，不需要他们做过多过细的注释，所以我们现在看到的注释比较简单，点到为止。选篇上乘，是说他们充分吸取了前人的教训，很好地利用了当代较为宽松的政治和社会环境，头脑中条条框框比较少，把前人拒选或不敢选的诗人诗作给选了不少。我们通读全书可以强烈感觉到，编选过程中，他们的姿态是开放的，心境是平和的，心理是放松的。

唯其姿态开放，方能把形色各异的诗人集于一炉；唯其心境平和，方能不为个人好恶所惑，把不同特色的好诗汇于一书；唯其心理放松，方能免受社会思潮左右，选其所当选，弃其所当弃，最终成就了一个好的选本。

如果把唐诗比作大山，那么，选唐诗就是向大山攀登。吕树坤、徐潜攀上去了。登高壮观，天地寥廓，人的心胸也像这天地一样舒展，所以游目骋怀，足以极视听之娱，悠悠然如沐春风，如饮琼浆。这是唐诗给他们的厚赐，这厚赐也会给予每一位喜爱唐诗的读者。

《吉林日报》2013 年 3 月 7 日

与你同行肩并肩

我个人文学创作的黄金期恰好赶上了国家改革开放的黄金期，我是与改革开放并肩前行的——这是怎样的人生大幸呀！

改革开放，中国历史上规模空前宏大、意义极其深远的国家建设工程——盛世再造工程。对这个时代而言，文学不是旁观者，而是切切实实的参与者。如果把文学比作改革开放大军中的一支方面军的话，那么，在这场史无前例的鏖战中，它是全军投入、全线参与的，而且战绩辉煌。我很高兴，我很自豪，我是军中一分子。

我于1978年发表第一篇报告文学作品。此前我已经有了一些年头的文学创作经历，我尝试着写过不少体裁的东西，几乎把文学的十八般兵器样样操练过，然而成绩几近荒芜。我告诉自己莫慌，不是说天生我材必有用吗，慌什么呢！多年以后我才明白，我在等待一个时机。全中国都在等待那个时机。亿万国人焦灼万分地引颈企盼。不是说机会来时躲都躲不掉吗，那一刻真的到来了。就在我发表第一篇报告文学的那一年那一月，伟大的中国共产党召开十一届三中全会，宣告中国进入改革开放历史时期。于是鱼跃于渊，于是龙现于野，全世界将要对中国刮目相看了，一天一天地，一年一年地，瞪大了他们惊奇的眼睛。

我没有浪费时间，我利用报告文学这种文学样式，在国家为我们提供的海阔天空中撒欢儿。我之所以选择报告文学，是觉得它适合我。在改革开放之初的那些年，报告文学是被叫作"文学轻骑兵"的，在新事物面前，它往往冲锋在前，有新闻报道那么快捷，比新闻报道更深刻更深入；有文学作品的艺术感染力，比其他文学体裁介入现实更及时更直接。我用别的文学体裁写作，费力不讨好，写报告文学轻松愉快。我没有浪费时间，我像骑兵战士那样纵马挥刀迎风疾进，跟别的骑兵战士一块组成了一个大方队，在那广大的田野上在路上，没有风却扬起灰尘，那是什么？那是我们勇敢的骑兵，向前挺进。旗幡招展处，呐喊震天时，正是我们在为改革开放大业冲锋陷阵。我接二连三写了一些报告文学作品，有了点小影响，却没走出吉林省。我告诉自己莫慌，慌什么呢！后来我才知道，我在等待时机。时机说来就来，躲都躲不掉。1983年早春时节，中国作家协会宣告准备进行4项文学评奖，要求各地作协推荐参评作品。省作协有意推荐我。我非常感谢，又稍有不满，原因是作协打算推荐的作品跟我想的不是一回事。我希望推荐报告文学《三门李轶闻》，他们说就是《三门李轶闻》不行。我找省作协领导讲理，领导苦口婆心说服我，说你那个《三门李轶闻》写了什么呀，写了好几个共产党员表现不好，被群众给抛弃了，这内容多敏感呀，好歹发表出去了，没出事儿，偷着乐吧，还嫌动静小呀。我那时年纪轻，欺负领导好说话，就死犟，一激动竟然说出了"不推荐这个就不参评"这样极具威胁意味的话。这话一出口我就后悔了，加上看见几位领导都不吱声了，就想往回收。没等我收，领导先收了，领导说那就那么的吧。

那时候中国作家协会的这项评奖，不叫鲁迅文学奖，直截了当叫优秀作品奖，那一届我省大丰收。有4件省作协推荐的作品折桂：胡昭的诗集《山的恋歌》、顾笑言的中篇小说《你在想什么?》、李玲修的报告文学《足球教练的婚姻》、乔迈的报告文学《三门李轶闻》。托改革开放之福，《三门李轶闻》没"出事儿"，反倒出彩了。就在颁奖大会于北京隆重举行之日，《人民日报》以整版篇幅全文选登《三门李轶闻》，并配发编者按。该文作者于是一夜蹿红，我猜想该作者当时一定得意非常，那情形应该就像诗里说的"春风得意马蹄疾，一日看尽长安花"吧。和《三门李轶闻》一样，享受《人民日报》选登待遇的还有一篇获奖作品，是铁凝的短篇小说《哦，香雪》。铁凝现在已是中国作协和中国文联双主席、中共中央委员，那年才20多岁。她在小说组，我在报告文学组，几无接触，留下的印象只有一次开大会，我去得早了些，偌大的礼堂中没几个人，却见一个小姑娘安静地坐在中间过道后边约两三排的座位上，缩着身子，长睫毛遮不住眼睛里的光彩。

北京以后，《三门李轶闻》继续出彩。这篇报告文学的影响，已经超出文学本身，深入到社会和政治领域去了，令人始料不及。先是，中共黑龙江和吉林两省委发布决定，号召党员干部配合整党阅读该文，接着又有一些省内外党政机关邀请该作者去作"报告"。还有别的一些事。恕我不替他继续吹牛了。说点尴尬的吧。报告文学作为一种非虚构文学体裁，会跟社会政治产生某种关联，有时会有一定风险，业界内部有个约定俗成的说法，叫"干预而不介入"，意思是说为自身安全计，采访和写作时应该保持某种客观性和独立性。话虽这样讲，实际做起来比较难。围绕《三门李轶闻》发生的事情自然多是积极的和正面的，我的另外一些作品就没那么幸运了。有一篇刚发表出去就遭到相当高层领导的批评，用词非常严厉。又有一些地方和部门的人找上门来，鸣鼓而攻之，要求对某某篇作品中涉及的人和事做出解释，有的还要求赔礼道歉，甚至威胁"法律解决"。我很感激省作协和长春市作协领导，凡有这种登门问罪的事情，他们总是好言好语相劝，好烟好茶招待，就是不答应给找那个作者，因此常被说成"护犊子"。有一天下午，我有事去单位，远远地见大门口有办公室的人探头探脑，忽然朝我跑过来，说"快走快走，又来了又来了"，我于是抱头鼠窜。这些事也从另一个角度说明了报告文学介入现实之深，并不应该把板子都朝作者屁股上打。

我碰到的破事儿没怎么影响情绪，国家发展云蒸霞蔚，黄钟大吕，给了我写不尽的题材和激情。我受邀采写全国第一家破产的国有企业（《防爆厂的"爆破"性试验》）；受某部门邀请采写被誉为"女包公"的中纪委常委刘丽英（《希望在燃烧》）；奉省委书记指派采写号称"神州第一屯"的四平红嘴集团（《红光照亮田野》）；领解放军总政治部之命采写位于大凉山深处的西昌卫星发射中心（《我欲乘风飞去》）；受铁路部门邀请采写"北京—乌鲁木齐"红旗列车（《青春作伴好西行》）；应地质部门邀请采写我国第一代劳苦功高的地质工作者（《你好，地球》）；特别是受国家外国专家局邀请，采写中国引进国外智力的壮举，从黑龙江一路南下直到广东，奔波3年，酷暑严寒，采访200余人，写出《中国之约》，再扩容成单行本《风从八方来》，得到国家外国专家局一声"吉林来的作家有水平，能吃苦"的评价，其愿已足；等等。上述各篇均在《人民日报》《光明日报》《人民文学》杂志、《新生界》杂志和《当代》杂志等报刊发表，不赘述。

　　人生真如白驹过隙，不提防40年瞬间过去。记得当初我写报告文学《世纪寓言》（《人民文学》杂志1994年8月号）的时候，临近篇末，不知怎的，笔下竟流出了如下一段文字："风云际会，百代兴衰，说什么青山常在绿水长流，不见东海已经三次化为桑田，今日的人间已经不是昔日人间"，另在篇首，我还恭录马克思的箴言，道是："现在的社会不是坚实的结晶体，而是一个能够变化并且经常处于变化过程中的肌体"，大概是我对当时和以后一段时期，关于文学和社会发展状况的模糊的感觉。果然，自20世纪90年代末期到21世纪以来，报告文学写作状况发生了很大变化，咦！

它还是当初那支驰骋沙场、往来奔突因而威风八面的"轻骑兵"吗？

毫无疑问，在新的世纪，报告文学仍然要有所担当和有所作为，但那多半不是退伍老兵的事了。

写于 2018 年中国改革开放 40 周年之际

第 三 辑
报告文学

火 车 头

——记梅河口车站站长王廷秀

　　王廷秀出任梅河口车站站长以前，在通化铁路分局以至整个沈阳铁路局管内已有相当的名气。倒数30多年，他从一个饥寒无依、孤愤交加的农村小伙子，欢天喜地、激动万分地头一次踏进铁路的门槛，成为一名令人羡慕的产业工人，也是在梅河口。如今，他作为本站的第一管理者回来了，但是，梅河口车站并没有给他英雄凯旋般的欢迎，甚至连一般意义上的欢迎大概都没有。职工们每天和钢轮铁轨打交道，他们的感情像钢铁一样实在，决不肯向一个他们还不了解的领导献上廉价的笑脸和虚伪的颂词。不错，他们是在等待他，暗地里在工人们中间传递着的一句话是：听说没，"王老狠"来啦！

　　已经没有人能说清楚，究竟从什么时候开始，王廷秀这个挺文雅的名字同"王老狠"这样让人害怕的绰号连在了一起。仿佛他在山里工作那会儿，就有人背地里这么喊他了。不知道怎么传出了山，梅河口人也叫他"老狠"了，王廷秀后来开玩笑说：

"我上梅河口，是人没到，名先到。"

王廷秀是 1988 年春天来梅河口车站的。他来的前一年，正是这家车站被称为"败走麦城"的倒霉年头。整个紧张繁忙的冬运里，事故出了一起又一起，光是 12 月份，就发生了意想不到的 4 起事故。人们心情紧张，情绪沮丧，不知道怎么办好。

这样的地方不会有谁喜欢来的。

调令一下，王廷秀的老伴首先表态反对。他们结婚 30 几年，一多半时间扮演的是牛郎织女，另有 10 多个春节是她带孩子孤零零过的——她的丈夫安然在岗位上辞旧迎新。老伴气得说："哪儿是我那老头子的家？车站就是他的家。赶明儿我也搬到车站去。"话虽这么说，实际上她并不是拖丈夫后腿的那种女人。

王廷秀是农民的儿子，她是农民的女儿，善良，淳朴，不在乎吃苦。一间破旧筒子房，一家人住了 27 年，人口最多的时候是 9 口 3 代。同志们看在眼里，记在心上，组织上几次要给他们调房。他的职务已经是副站长，按级别，论人口，调一下是应该的，于情于理都正当。可是王廷秀说："职工还有住房困难的，我是党员、干部，再克服克服，先可着别人吧。"他总是先想着别人。老伴也支持他这么做。后来实在住不下了，他们也不向公家伸手，只是发动儿女们捡石头，托土坯，在小院里边，自己动手盖了间小偏厦子，又低又小，老父亲住在里边，几次让煤烟熏了过去。不是没有办法，他主管后勤，接触大量财和物。车站搞施工，乙方负责人见他家的偏厦子太不像样子，就主动提出来另给盖间好一点儿的，两个晚上就能突击出来。这个建议挺有诱惑力，但王廷秀拒绝了。他这个人想得多，想得细，社会风气不好，人家给你出了血，能白出吗？你个人得好处，公家就得吃亏。这是绝对不行的。那么，就还是住小偏厦子吧。

这是王廷秀在浑江车站工作时发生的事。直到1981年，他调离浑江，到松树镇车务段当段长以后，家属一时难以随行，这才同意调了个一室半的火炕楼，虽然仍是挤，但比起筒子房来，一家人也是欢天喜地。

王廷秀奉令调梅河口以前，是通化车务段段长。这个段过去戴过"安全不放心单位"帽子。王廷秀到那儿以后，团结全段职工，奋发图强，摘掉了帽子不算，还创造过连续800天无事故的纪录。他的家也在通化安顿下来了。忽然又说要走，难怪老伴有想法，当然，她还有另外一层考虑。当时，王廷秀已经58岁了，找个背风地方待一两年，平平安安地退下来，安度晚年比啥都强。可王廷秀心里知道：我这辈子从来没跟组织上讲过价钱，上级让我去，必是有让去的道理。

老伴知道拗不过他，自己生了一阵闷气，就起来给他打点行装，还特意买了个煤气炉，说："别冷一口热一口地乱吃，虽说身板好，可也比不得年轻时候了。"老伴说一句他答应一句。

怀着为干好党交给的工作舍得一切的决心，王廷秀来到了他的新工作岗位。

梅河口车站确实不是个"背风"的地方。

一切都得从头开始。

头一天到站内巡视，看见一位巡道员，他刚要上去招呼，人家把脸一扭，吹着口哨走开了，好像李向阳的游击队员见到了鬼子兵。

第二天他到库房去，远远地听见里边几个女职工有说有笑。他推门进去，面对新领导关切的笑脸，女职工们收起了自己的笑脸，有人往地上啐了一口，又拿脚抿了两下，嘻嘻哈哈散去了。

王廷秀没有想自己的面子，他想的是干部和工人的关系。这样子，怎么能把工作搞好呢？他在给他预备好的公寓里边住了一宿，卷起铺盖去住办公室了，然后就去查岗。

查岗从来都是查工人，这回他去查干部。他发现有的科室关着门，一问，说是看电影去了，工会买的票。"王老狠"脸色骤变，说："谁让你们利用上班时间看电影的？"出乎意料，回答得理直气壮："我们从来就是这规矩。""工人能不能有这规矩？工人也能离开岗位看电影吗？"他还说："如果工人有事来办，见干部看电影去了，会怎么想？"他让工会主席写了检查，去看电影的干部扣了当月奖金。

偏是他眼睛尖，有些事偏让他看见了。不知道谁从哪儿弄到一些橘子，给科室干部分，他开口就问工人有没有份？有人说，橘子不多，如果工人也参加分，就不够了。他说，那干部就也别分，不是僧多粥少吗，就给退休职工干部送去吧。他还强调说："往后碰到这种事，要先可着工人。工人没有的，干部不能有。"

他说：要讲规矩，共产党的规矩就是干部是人民的公仆，在企业里面，工人是主人，公仆不应该比主人享受得更多，否则就颠倒了位置。

比如说买票。这些年卧铺票比较紧张，梅河口车站作为中间站，一般车次掌握有几张卧铺票，除了公用，大概干部们要这票的多些。有一回，有位工人的农村亲戚要回去，是一位老太太，她觉得自己的侄儿在站里工作，可能有办法。这位工人知道，论身份，虽然自己号称"主人"，可实际上并无真正主人那种地位，他不敢去。架不住姑姑一再说，只好硬着头皮去找站长，吞吞吐吐，讲了半天。王廷秀听明白了，就问："你得几张？"又问："你要哪天的？"然后就摸笔写了个条子，让去找谁谁。工人又不敢去，站长说："你去，他要不给，你再来找我。"

这位工人拿到了票，简直不敢相信这是真的。但他还能见到比这更真的事。

人们都知道扳道员的工作环境艰苦，工作责任重大。有一次，王站长到一个扳道房查看，发现大冷的天，这里的工人蹲在外边吃饭，进去一看，原来是水管漏水，里边的积水已经没脚。他赶紧抄起电话找运转负责人，要求立刻解决。那边满口答应了，实际上并没在意。在他看来，或许以为一个小小的扳道房，小小的漏水事情算不得什么，工人嘛，风餐露宿，冷一点热一点也属常事，就没及时找人处理。哪承想，这天晚上，王站长放心不下，又趸到扳道房去查看，一见之下，立刻心头火起，马上命令运转的全体科室干部来现场给处理，然后就宣布撤那位负责人的职。说："他心里没工人，我心里就容不下他。"

在王廷秀的观念里，"全心全意依靠工人阶级"这个思想，不是挂在嘴上的，而是要融化在行动中。

他还有一句话：“话往工人心里说，事往工人心里做。”他到梅河口任站长以后召开的第一次职工代表大会，原来拟订的3项议案，让代表们给否了2项半。干部们见此情景，坐不住板凳了，问站长怎么办？王廷秀说：“职代会不是实行民主决策吗？代表不是工人选出来的吗？哪些不行就改一改。”之后就按工人代表的意见修改了议案，再交付大会讨论，顺利通过了。

王站长对工人有深厚的感情，但不是顺情说好话，搞无原则的感情投资。工人犯了错误，他也敢管，敢批，敢处理，不过处理的时候，他主张以理服人，让被处理的人明白自己错在哪儿，好总结教训，以利改正。

有位助理值班员，仗恃自己年纪大，资格老，工作中不太认真，犯了错误。事情提到王廷秀那里，第一次他给了批评；第二次做了警告，告诉他事不过三；第三次毛病又犯了，站长坚决给了撤职处分，值班员改为道岔清扫员。同时，王站长找他谈话，最后说：“你是老工人，受了处分不要灰心，你认真改正错误，好好干，把影响挽回来，再恢复你的职务。”那个同志后来果然改正错误决心很大，取得了大家的谅解，退休以前，职务恢复了。临走，他找到王廷秀，诚恳地说：“站长，说心里话，别看你对我又批评又处分，我跟你没干够。我参加工作这么多年，没人像你这么批评我，你对我是真关心，临离岗前你给我敲了警钟，我孩子来顶班，我知道怎么教育他了。”

去年冬运开始以后，梅河口车站干部职工都为创造“安全百日”而行动起来，大家起早睡晚，风里雨里，摽上劲干。第98天了，眼看就要报捷，偏这时候，年轻的制动员杨彬出了一桩事故。

全站立刻哗然，兼有愤怒。人们议论，"王老狠"决饶不了杨彬那小子，这回肯定够他喝一壶的了！

站里开会研究对事故当事人的处理，站长发现干部们情绪也比较激动，他没有讲自己的意见。中午，他把杨彬找来谈话。年轻人一看站长连续几个月熬红了的眼睛，就哭了起来，说对不起领导愿意接受处分。王廷秀和他深谈了半天。下午再开会的时候，站长对与会人员说："我请来了一位客人，就是杨彬，我想请他讲讲事故发生的经过和他的想法，让我们听听一个造成了事故的工人的想法，一个工人的心里话。"

杨彬对事故的发生原因做了检查，然后说："我家里有个老母亲，母亲一心盼我成才，每天上班前，都给我摊鸡蛋，下了班，我睡觉，她搬个小板凳坐在门口看着，生怕吵了我。我想干好工作，一时不小心，出了事故，我抬不起头，回家也没法跟母亲说……"

站长这时就讲："我做了一点调查，杨彬一直工作比较好，从不迟到、早退，这些事从来没人向我汇报过。人家干得好，没有人表扬，一不小心出了事故，马上就处分。处分是必要的，但处分不是目的，我们更不能因为气愤，采取一棒子打死的办法。一棒子打死，他就完了。我们得实事求是，该是什么就是什么，不能随便搞升级处理。"

大家统一了思想，决定给杨彬警告处分。他心服口服，后来也干得好。干部从此和工人的思想感情更贴近了。王廷秀当站长，对工人宽厚，对干部严格，但他要求得最严的是自己，吃也如此，住也如此，工作更是如此。

　　他在吃这方面马虎得很。长达 20 来年的独身生活，远离老伴的照顾，他始终坚持自做自吃，经常是有饭无菜，对付一顿完事。但他同时又精细得很，不但从来不吃请，而且从来不到干部职工家吃。在松树镇车务段工作的那几年，为这事他伤了不少脑筋。段里有个知青饭店，按理说，段长在那里搭伙不算什么，但王廷秀不这样想，别说搭伙，就是偶尔去吃一顿饭这样的事，他也不肯做。松树镇车务段党委副书记杨福生回忆：有一回他和王段长从外站回来，还没等他开口，王廷秀就说："我这儿蒸了一盒饭，咱俩将就吃一顿吧。"他只好坐下，一看，什么菜都没有，就说："我上知青饭店买个菜。"菜买回来，王廷秀不动筷子，原来他看出来了，这盘菜量大，显然是饭店照顾了两位领导。照顾了没有？确实。这也难怪，别说王段长，就是段里其他领导，轻易不去吃饭，偶尔买个菜，多给打一点，也是人之常情。王廷秀坚持要再交一份钱，杨福生也表示同意，说："先吃，吃完了我去补交。"王廷秀说："交了再吃好。"

　　到底依了他。

　　区区一盘菜能值几何？何以惹得一位共产党员干部如此认真？是啊，这样的事情确实太小了，小得我们的一些同志对此不以为然，但老百姓却不这么看，他们认为吃喝问题是和我们共产党的党风联系在一起的，有的干部发生蜕变，正是从吃喝这样的"小事"上开始的。因此，王廷秀站长把它看得很大很重，以至于让人有的时候难以接受。

　　柳河站党支部书记崔京松同志讲过这样的一件事：那是

1985 年的夏天，王廷秀作为通化车务段段长，第一次到柳河站检查工作。领导亲临，站里几位负责人非常兴奋，商量请段长吃顿饭，一则表示心情，二则反正大家都要吃饭。想法一提出来，王廷秀就摆手，说："我来是工作，你们欢迎我，说明愿意配合我把工作做好，这比什么都强。请吃饭的事就算了吧，情我领了。"

大家虽然听他讲得在理，可还摆出一些理由，总觉得不请一顿不够意思；又不是成心拉拢领导。

王廷秀见大家态度诚恳，也挺受感动，就说："这么的吧，既然大家要吃，我是段长，就由我请客，算是慰劳你们大家。"

大家一听，先是愣了一下，后来转念一想，也行，只要到了饭店，吃上了，由谁掏钱可就不是你段长说了算的了。

就这么去了饭店。大家谦让着坐，争着掏钱买票，段长抢不过大家，就宣布，如果不让他买票，就不入座了。

"我们本打算请段长，结果倒让段长请了我们。"崔京松说。

作为党员，王廷秀对自己的吃喝问题要求严格，近乎严酷；作为干部，他把职工的吃饭问题却摆在很重要的位置。

一到梅河口，除了抓站容站貌，抓安全生产，抓机关作风和工作秩序，他还为运转职工顶班吃饭的事操心。他直接布置、亲自出马去搞粮油，使一度停办的运转职工小食堂重新开伙，保证顶班职工吃得上饭，吃得好饭。同时他自己又绝不到这小食堂去吃，他认为如果自己去吃，就是贪占了运转职工的便宜——事实上，不会有任何一个干部和工人这样看，但是他自己这么看，他似乎在"矫枉过正"，在社会风气呈现令人忧虑变化的情况下，他这样想，这样做，不是没有道理的。

王廷秀参加工作已近 40 年,仅最近几年,就先后调动工作 8 次。他走到哪里,就把党的优良作风带到哪里。

当年,他把家小扔在浑江,一个人钻进处在大山沟里的松树镇当段长,吃也在办公室,住也在办公室,伴随他的没有妻子的关切、孩子的欢笑和老父亲的慈爱,所拥有的不过是列车奔忙,月落星出以及永远干不完的工作。

有一年除夕晚上,他又离开松树镇自东向西逐站查岗,利用候车时间,他回到了家。老伴喜出望外,老父亲眉开眼笑,孩子们欢呼雀跃,一家人高兴之余还感到一点儿陌生,以为今夜回来的可能不是他们的亲人,或者今夜可能不是以举家团圆为特征的我们民族最隆重的节日——春节除夕。他们终于相信是他们的丈夫、父亲和儿子回来同他们一起过年了。但是,他们的欢呼声还没有落,他们的亲人已经起身,抱歉地说,他还得去沿线查看。前前后后,他在家待了不过一个小时。亲人们万分失望,同时又万分高兴,无论如何,这个春节他还回家待了一会儿,这已经超出了他们的期待。

他的心血没有白费,5 年以后,当他调往通化车务段的时候,松树镇车务段的安全生产已经跃上了一个新的台阶。

铁路上流行着一句话:"早 7 晚 8,节假日白搭。"说的就是铁路上干部职工的辛苦。干部们要早上 7 点以前上班,晚上 8 点以后才能下班;工人们倒大班,倒小班。逢年过节,人家合家团聚,他们是"月儿弯弯照九州,火车上路不能休"。对王廷秀来说,还不只是"早 7 晚 8",他的看法是:火车轱辘 24 小时转,工人在岗干部就要在岗。这是最高原则,别的事都得让路。

有一次，他老伴病了，信捎过来，他真想回去看看。是啊，平时把家扔给人家，自己当甩手掌柜的，你的工作重要，是公事，人家的家务事不重要，是私事。人家没有怨言。人家越是支持你，你越要自觉主动关心人家才是。你分不出心来，有情可原。你工作干得好，人家也为你高兴，脸上有光。但是现在人家病了，又不是年轻人，老夫老妻更得知冷知热才是。王廷秀真想回去，老伴也真盼他回来。人在病中想亲人啊！但是，他只打了个电话，说："正是全局保安全百日的关键时候，我实在脱不开身，你多保重吧。"话说得倒是情意绵绵，还托人捎去了药。这就够了。老伴也含泪嘱咐他："不管保什么，你得注意保身板，也一大把年纪了。"

这就是一位铁路干部的夫妻之情，伉俪之爱，其深沉，挚爱，较之朝朝暮暮、耳鬓厮磨的伴侣不差毫分，甚而更令人肃然起敬。

后来又有儿子结婚的事。本来讲得好好的，事到临头，他又忽然想了起来，这回不是迎接"安全百日"，而是"安全千日"了，自然又不能离开，害得他的老伴只好去找亲家商量，推迟婚期。

对待自己亲人的事是这样，对待职工可就大不同了。

他来梅河口，已经过了两个春节。每次过节，他都想到顶班工人。早早地，他就张罗买肉买面，发动科室干部包饺子，煮好以后，一盆一盆亲自送到工人手上，看着工人吃了，他给大家拜年。站党委书记张荣同志对他说："大过年的你回趟家吧，你放心走，我在这儿顶着，我家就在梅河，随时都能回去。"王廷秀说："不是不放心，我是想，大过节的，顶班工人嘴不说，心里也想回家团圆，他们看见站长在这儿，心里就会稳定。"

张荣同志作为党委负责人，和站长合作，深有感触。他们的干部班子配合默契，团结得好，张书记认为，这和王站长的工作有很大关系。

站长的行政事务多，碰到党的活动，就是再忙也要参加。这样，党委就容易做工作了，"你们忙，能忙过站长吗？"

当然，他对党委工作的支持，主要还在于他完全按照一个共产党员的标准规范自己的行动。他到梅河口以后，与党委研究，重新制定了奖金分配办法，那就是，科室干部奖金低于运转职工，站级领导又低于运转干部，大家把这叫作金字塔倒立。

奖金是一件涉及面广，又十分敏感的问题。王廷秀坚持党员、干部要多奉献，少索取。奖金审批，一管笔当家，王廷秀运用审批权，到梅河口的头一年，就给自己抹去 11 笔奖金。分局实现安全 1000 天，费心操劳的站长王廷秀和党委书记张荣拿到的奖金在全站是最少的。

审批春运奖金的时候，按照规定，有关领导都应有份，可王廷秀说："啥叫有关？车站的大事小情都和我有关。"他还是抹去了自己应得的一份。

这一类事被站里职工知道了，大家在崇敬中也感到稀罕，有人说：真没想到，这年头还有不稀罕钱的干部。

一个钱，一个权，不知从什么时候开始成了人们追逐的目标。王廷秀却把它们看得很淡。

他的几个孩子的工作安排，其实都可以利用他的职权，拉关系，走后门，有好心人以为他家不懂这事，就善意地提出建议。他们好像真的不懂，连他的老伴都说："俺老王家啥时候干过这种事，快别说！"

有权就有钱，好像是这样的吧。作为全局第二大零担货物中转站站长，王廷秀握有很大的发货权。货主们急于发货，送礼、宴请一类事什么都敢干。但他们很快就明白了，这种事在梅河口车站行不通，"该办的保证给办，不该办的送什么也不行"。

他的榜样影响到下边，主管运输的副站长王彬也学着他，他握有零担车皮装卸计划的定夺权，碰到拉关系的人，他也能坚持原则。

王廷秀的一个观点在他工作过的每个地方深入人心：你是共产党的干部，除了国家给你的钱以外，你不能想另外的钱。

关于权力，他还有一种发人深思的说法，他说："我是站长，领导着几百上千号人，权力再大，不如影响权大。"关于"影响权"，他说："这是我琢磨的，我每天一举一动，都有很多眼睛盯着，是唾你还是服你，全看你的行动，这就是影响权。"

"影响权"的一个很好的注解，就是去年春节，他下班不走，有家不回。凛冽的寒风中，鞭炮轰鸣中，一个老共产党员的身影出现在顶班作业的每一位职工的面前。工人们恳求他："王站长，你就回家过个年吧。"他们知道说不动他，但不这样说一说，似乎就无法表达他们心头的感动、感激和钦佩。午夜时分，信号楼指挥中心的广播喇叭响起了激动人心的号召："同志们，注意安全啊，不然对不起老站长！"

从"王老狠"到"老站长"，王廷秀实现了以自己的"影响权"赢得人心、做好工作的愿望。他的"影响权"产生了令人欣喜的效果。在梅河口车站，每一个干部职工都以他们的站长为榜样，尽其职，竭其力，车站面貌日新月异，多次受到通化分局和沈阳铁路局的表扬。有位女职工讲："王站长要是早来几年该多好。"又有一位工人讲："他要是才三四十岁就好了。"

年龄不饶人。王廷秀几年以后将要离开他的岗位。但毫无疑问，他的作风，他的精神，将会成为梅河口车站干部职工心中一笔宝贵的财富，就像一辆火车头，带领大伙永远奔跑向前！

《吉林日报》1990 年 8 月 1 日

却见惊涛

秃尾巴老李的传说与现实

秃尾巴老李是一位大孝子。

是很久以前的事了。姓李的农民家里添了一个儿子，夫妻俩很高兴。美中不足的是，这个儿子屁股根儿上拖着一条尾巴。做丈夫的埋怨妻子生了个妖怪，家门不祥，抄起菜刀就向儿子砍了下去。虎毒不食子，何况人。当妈的奋不顾身扑过去，菜刀没有伤着要害，只砍掉了半截尾巴。拖着半截尾巴的男孩叫了一下——叫声化作惊雷——旋又挟着电光，破窗飞去，临去的时候回过头泪汪汪地望了老娘一眼。

秃尾巴老李是一条龙。每年都要回家看望老娘。他回来的时候必定挟带霹雳闪电，狂风暴雨，闹得人间沟满壕平，山洪暴发如同天河决口。

1991 年 7 月 20 日入夜时分，吉林省的不少地方一齐下雨。

雨下得猛、雷响得紧的是双阳县。历时不过两小时的大风雨，在饮马河、双阳河和杏树河河道上造成了多处险情，并使县城停电10小时，人们有一点惊慌，但没有很惊慌。凭经验，老农们认为，这场雨来得急，去得快。

但我们的气象学家们不这么看。他们觉得今年的雨水非同小可。

早在两个月以前，正当江南梅子黄熟时节，安徽、江苏和浙江，还有川贵高原就已暴雨成灾，美丽的太湖瞬间成了一盆灾难之水。人们为江南同胞悬着的心还没有落下，西来的气旋冷风和北上的热雨云团，已经在吉林上空发生碰撞，大雨水、大洪水不期而至，自西向东横扫过境，这就是7月20日发生的事。就连自信的老农，看法也开始动摇了，老农们说："今年的雨水怪哉，先在哪疙瘩下，后来还在哪疙瘩下。"而那位大孝子小龙，通常本是一走一过的。

事实正是这样。从21日将近午夜时分开始，比前一天更猛烈的疾风暴雨又一次自天而降，一直持续到第二天下午。新华社7月23日电稿称："吉林省有七处降雨量超过100毫米，其中双阳县达257毫米。"257毫米是怎样一个概念呢？就在新华社电稿发出的第二天，当我急匆匆从省城长春赶往双阳的时候，双阳县委书记傅铁石打着手势，像跟什么人置气似的对我说："我们这个县，一般年平均降雨量大概是615.7毫米，也就是说，相当于本地一年雨量的42%，也就是将近一半的雨水，两天之内就一股脑下来了，这样大数量的集中降水，是前所未有的，也是大地承受不了的。"

吉林省由于地处北半球中纬度地区，一向受海洋和大陆双重气候影响，降雨量集中，每年7—8月便习惯地成了汛期，洪涝灾害极易发生。据省气象部门资料记载，自1800年至1985年，180余年间，称得上水灾的就有66次之多，即大约平均每3年发生一次。我们对于"闹水"已经习惯了，习惯了的东西就不以为然了。但今年我们无论如何不敢不以为然。吉林的农安、磐石、永吉、汪清、敦化等县市以及差不多整个松花江和第二松花江、洮儿河和嫩江等流域，无处不下雨，无处不成灾。双阳县就是其中较烈的一处。

大水来后，一位高大瘦削的老农迎着风雨站在本县新安镇城东烂泥壕上，遥指四方烟水迷漾处。好像大禹王时代的先民遥指神秘的天球河图，大声说："一辈子没看过海，噢，这回看海吧。"

他说这话的时候，中共长春市委书记冯锡铭正从县城驱车朝这边紧赶慢赶，双（阳）长（春）公路多处被洪水拦腰切断，市委书记的吉普车冒险前行。洪涛围困中的新安镇遥遥在望了，浑浊的水忽悠悠悠漫进了车里，市委书记正坐在水中，就像前天坐在他的办公室里一样，水已齐胸，好像他办公室的桌面，司机迟疑轻唤："冯书记！……"中共长春市委书记只凝神透过玻璃前窗盯视前方，司机咬牙猛踏油门，车子向汹涌洪涛怒吼了一声向前冲去，两扇白亮亮水花高溅起来，像大鸟的一对翅膀。

冯锡铭书记到达新安镇的第二天，我乘中国人民解放军吉林省预备役师工兵团的冲锋舟，从新安镇赶往被洪水围困的马场村。洪峰已过，然而洪水居高不退。我们只有在公路上行船，然后拐下田野，向导一会儿说"下边是稻田"，一会说"下边是玉米地"。终于进入了宽阔的饮马河，偶尔看见柳梢头在浑黄的波涛中仰泳。平日爱树，只能轻抚树身，如今一伸手就触到了树尖。太阳钻出很厚的云层，很热地晒着，是七月雨后的毒太阳，水面蒸腾起湿湿的热气，有被水沤烂了的枯枝败叶的浓浓气味，试着伸手到水里，水黄而黏稠，显得很沉。只有成群的蜻蜓，盘旋在草尖上或树梢上。

举目尽是水，人的方向感遂变得模糊。老马不再识途，向导也迷路，冲锋舟时时在水上兜圈子。33 马力的作战用艇，小小螺旋桨不时被水中乱草绞住，就发出愤怒的吭吭声。

船过徐家村，有老人、孩子站在隆起的大粪堆上向我们招手呼喊，我艇上的上尉目视向导，向导说："他们有人管，咱们直奔马场。"

马场村是新安镇所辖十二个自然村之一。新安镇和山河镇、双阳河乡、长岭乡、齐家乡以及县城所在地双阳镇，均为重灾区。马场村是重中之重。

我们到达的时候，村子仍是孤岛状兀立在无边汪洋中。弃舟登陆，寻个高处，才看得真切，原来全村的庄稼都被淹没了，没有一株一苗幸免，村子里也进了水，许多人家的房屋被水包围，成了大孤岛中的小孤岛。

马场村与外界联系的通道早被切断，电话也不通。但是人们情绪稳定，因为他们知道他们不是孤立无援的。本县军民联合抗洪指挥部及时给他们派来了一部无线电报话机，每天 24 小时与外界保持着联系。报话机的操作者中国人民解放军某部孙参谋因此成了本村最受欢迎的客人。我和本村居民一起成为被围困者的那天，灾难当头而仍不失其东北农民好客精神的村里人，把从水里捞出来的几个青青的西红柿做成汤，给孙参谋和我吃。孙参谋在报话之余，还带着疲倦的笑容和始终围着他的村民开玩笑，使人不由得感到一种轻松。

送我来的冲锋舟赶到别的地方去了，在被围困中，日子过得很慢，我坐在水边发怔，想这百年不遇的大洪水，想连日来与这大洪水搏斗的人们，还想起了禹。禹是我们中华民族和大洪水斗争的典范。为了治理洪水，他不仅舍我忘私，三过家门不入，而且还在情急之中化身为熊，以尖爪、利齿和无穷的力气去凿石开路，因而吓得他的妻子变成了石头人。后来到底是豹尾虎齿的西王母的女儿瑶姬，助了他一臂之力，这才使大禹王能够导波决川，成其大功。

如今我们差不多也算得上是禹了，但我们到哪里去找那位神通广大的女神呢？我们肯定找不到她，但水还是要治，我们怎么办？我们只有靠自己，靠共产党、人民政府和我们大家。双阳县的抗洪斗争，就是这样的。

县委书记和他的一班人

谁都可以像我曾经感到的那样，在某一种时候轻松一下，只有双阳县委和县政府的主要领导人一点儿也不敢轻松。遵照省防汛指挥部的指示，凭借着自身强烈的责任感，县委书记傅铁石、县长于国志他们早在大水到来之前，就进入了紧急备战状态。

还在 21 日夜间霹雷闪电倾盆大雨泼向大地的时候，以傅铁石、于国志为首的县领导干部，已经出现在县城周围的险要地段。他们中间的许多人连晚饭都没有吃，不少人从前一天开始就没睡觉了。他们不是根据谁的命令，而是自动聚拢来的，除了县级领导，还有不少局长和一般干部。

正是他们首先发现了县城处在危险中，县城百姓的生命财产处在危险中。

人和自然是一对矛盾的共生体。人和自然可以和谐共处，彼此相安无事，而一旦大自然发起怒来，蓄意把灾难降临人间，这时候，大自然往往喜欢采取突然袭击的方式，使人们猝不及防，从而增强灾难的效果。

傅铁石他们发现了危险，同时危险就已临头了。那时候，风声、雨声和闷雷声搅在一起，大雨如同瓢泼，当地老百姓管这种下雨法叫"磨雷雨"，意思是像乡下推碾子拉磨一样，但这是一万个碾子同时滚动，一万面磨盘同时开拉。那声音，身临其境的人们又形容说，就像是一大群轰炸机在满天扔炸弹。顷刻间，平时像青罗带一样温柔地缠绕在县城身边的双阳河、杏树河和石溪河暴怒起来，水位迅速上涨，并且开始呈漫堤、溃堤之势。县城出现三面进水的危险，而城里群众还在酣睡中。

傅铁石他们在风雨里奔走呼号，希望唤醒人们从而撤离险区，但大风雨把他们的声音收拢过来又席卷而去，以至于急红了眼睛的县委书记和一位副县长，不得不从公安干警手里要来手枪，一边奔跑一边对天鸣枪。同时市委又调来了警车和消防车，还有救护车，满城飞驰着鸣笛。

枪声和笛声到底叫醒了一些人，这一些人又叫醒了另外的人。有人望着白亮亮的大水，仿佛还没有离开梦境，一边揉眼睛一边怔怔地问："怎么回事？"有人猛醒了，却没有忘记在险境中发挥一点儿幽默感，说："这水不地道，怎么偷摸地就来啦，好像小鬼子进村似的。"

无论哪一种人，惊醒之后做的事情，都是听从县里干部指挥，一部分帮助老人、妇女和孩子撤离，另一部分人就去抢险。

在群众有组织地起来抗洪抢险，并且形成真正的战斗力之前，肩负重任、立下头功、挽狂澜于既倒的，是县直机关干部。也许我们的机关干部身上有着这样的缺点、那样的不足，但在紧要关头，危急时刻，挺身而出，不畏艰险，令下千军奋一呼的正是他们——这些共产党员，党的干部。事实上，双阳河龙头门道口、杏树河北山道口两处的决堤，就是以县直机关三十几个局长和法院、检察院的院长们为首的干部堵住的。当时，只有他们在那里，他们是这个城市的早醒者，因此也就成了城市的保卫者。他们也有自己家里进水的，也有妻儿老小需要转移的，但是他们没有顾及自己的小家，而是奋不顾身地保护大家。

正是由于干部们的艰苦和牺牲，才为群众安全转移赢得了时间。水势太大，非人力所能抗衡，然而人力非要抗衡，我们共产党领导下的干部和群众，绝不会在灾难面前望而却步，坐以待毙。经过在县城里耗心竭力的斗争，尽管已经疲劳不堪，以傅铁石为首的县委和县政府领导一班人，还是以极大的勇气投入到了全县的抗洪救灾之中。

我最初见到傅铁石的时候，是在马场村，我看见他正半坐在村里老王家炕沿上，和村、社两级干部、党员商量转移群众的事。他的半白不黄的衬衣上沾着泥点子，人字隐格米色涤纶裤湿漉漉的，脚蹬一双本地农民称之为"水袜子"的高腰黄胶鞋，连袜子上都满是泥水。他忽然站了起来，我发现他的一条腿是瘸的。后来问别人，才知道原来昨天夜里他急着从新安镇往这儿赶，月黑云重，风高水急，他的小船迷了路，不得不在一个小屯靠了半宿，又累又困。天明赶到马场，一上岸，就在烂泥里滑倒了，偏有一个被水折断的树桩子狠狠戳了大腿一下。我听说，从21日大雨造成大灾以来，他就没有觉可睡了，但是我看他精神不减，指挥运筹依然从容镇定，言语之间溢满着对人民高度负责的理性和感情。他说："现在，第一位的不是庄稼、房子和家产了，第一位的是人，我们一定要保证人民以尽可能小的伤亡代价度过汛期，留得青山在，不怕没柴烧，这就是我们现在的真理。"

后来，我又有机会和这位县委书记一道在下边跑。他去视察齐家乡水情，我跟着他采访。公路忽然断了，路面上大水横流。我们下了车，一块蹚水，连裤腿也不挽，鞋也不脱——到处蹚水，挽起来反正也是湿的，而且水深没腰，再挽也躲不过去；路上泥沙早让水淘洗光了，留下的是粗糙坚硬的路面，光脚硌得疼，而且容易划破。再走不得的路，我还可以坚持，而他瘸着一条腿，实在让人担心。但是他一直走在我前边，不时用手哗哗地拨水助行。

路边驶过一艘橡皮艇，见到我们，艇靠了过来，上边的人打招呼说："傅书记，快上来！""反正湿了。"他说，"你们走，注意安全，你那上边都是老人和孩子。"不一会儿，橡皮艇空着回来了，驾驶员又叫："傅书记，这回来吧！"他仍摆手，说："你这条船，任务就是接送往来路上不能蹚水的老人、孩子，别的人都不要坐一块去！"小船掉转头，先是慢慢地，然后就开足马力如飞驶去。

水路上来来往往总有人，人们纷纷向他注目。他是"文革"前自愿下乡插队的第一批长春知识青年，插队地点就在本县齐家乡韩家窑村。转瞬二十余年矣！就在这块土地上，他从集体户长、生产队长、大队长和公社书记一直做到县委书记，又从一个小青年变成了华发早生的中年人，他熟悉这块土地，熟悉这块土地上的人，这里的人也熟悉他。他不停地和相遇的人打招呼，和每一个人说一两句话，问他们的家淹了没有，家人好否。没有更多的鼓动话，也不讲大道理，就是几句家常语，然后就匆匆擦肩过去。我知道，与县委书记匆匆擦肩过去的人们，会觉得脚下增添了一点力量，再走前面这一段隐藏着坎坷的水路的时候会容易些。

这是一个见过风雨的人，一个很沉稳的人，但他有时候也会激动起来。那天，在汇报情况的会上，有人谈到因为菜田受灾，蔬菜供应紧张，小贩子们乘机哄抬物价，茄子由原先每公斤8角卖到3元，干豆腐由不到2元卖到4元，猪肉由5元卖到8元，而且还在看涨。这时候，县委书记的脸涨红了，他尖锐指出，这种做法是在发国难财，他要求工商、物价方面的干部马上全体出动到市场上去，要采取坚决措施稳定物价，规定最高限价，受灾前卖多少钱现在还要卖多少钱。"这是稳定大灾之后社会秩序和群众心理的重要环节。"他提高了声音说，"我们绝不允许哄抬物价的现象发生。这种情况可以发生在旧社会，绝不能发生在现在。"

市场果然很快稳定下来了。但傅铁石他们心里仍旧无法轻松，就是这么两场大雨，竟使全县 16 个乡镇，乡乡遇险，镇镇遭灾，计：

受灾村 152 个，占全县行政村总数 93.3%；

受灾人口近 32 万人，占总人口数 80.2%；

受灾庄稼 7.5 万公顷，占总耕地面积 90.3%。

此外，全县倒塌房屋 2500 间，桥梁、涵洞、塘坝、机井、鱼塘及其他财产损失无数。由于此次洪水，全县直接经济损失超过 1.8 亿元。

灾害是巨大的，损失是惨重的，不过，正像新安镇和马场村人不会感到孤立无援一样，在史无前例的重灾面前拼死搏斗的整个双阳县，牵扯着全省党政机关干部和广大人民的心。

9 月 22 日，中共长春市委书记冯锡铭和副市长吕久权到达灾区；

23 日，省委常委、副省长吴亦侠冒雨赶到双阳，先到县城察看灾情，后又蹚水赶往新安镇；

24 日，中共吉林省委书记何竹康，省长王忠禹，省委常委、省军区司令员周再康，省委常委、秘书长任俊杰，前往双阳视察水情并慰问灾区干部、群众。

7 月 22 日，大风雨里"八一"军旗招展处，英雄的中国人民解放军某部队官兵 483 人到达双阳县城，全县干部、群众顿觉身上增加了无限勇气和信心。

钢铁意志和军旗风采

部队入城以前，挑选党员、干部中的精壮人员，组成了两支突击队，规定到达现场以后，由这些人承担最苦和最险的任务——下水打木桩，或组人墙，其余人在岸上搬运泥土。但是一到现场，这个规定就被打乱了，原因是部队带队最高首长张奎新和吴运富，首先不遵守他们自己宣布的命令，带头跳下水去。强将手下谁肯做一个弱兵呢？战士们就也不管三七二十一，一个个争先恐后往下跳。就在战士们赶进县城时，见到街道变成了河道，工厂、商店和百姓家浸泡在水里，耳边不时传来一声声沉闷的房屋倒塌声。老百姓站在水里，见到解放军来了，就像见到了久别久盼的亲人，摇着手喊，跳着脚喊，有的老太太"哇"的一声哭了起来，有的老爷爷扔下手里好容易抢出来的一点家产，跌跌撞撞向战士们扑了过去。战士们身边一片哭诉声，这一支绿色的队伍，仿佛不是一群年轻的士兵，而是老百姓家里顶门立户的长子，长子们远行在外，听说家里闹了大灾，急如星火赶回来了，一只脚刚踏进门槛，他们的亲人就再也克制不住，连日来的磨难、痛苦，还有委屈的眼泪，就一齐倾泻出来了……"他是重生亲父母，我是斗争好儿郎"，解放军，人民的儿子，人民心里的一切不向你们倾诉向谁倾诉？

我们光荣的军队，英雄的战士，受不了人民遭难，眼前是大水，就往水里跳，眼前是火海，就往火海冲，只要能让人民少些痛苦，百姓安居乐业。

蔡双宝，你不行。说什么你是班长，要给战士做样子。你患的是运动性血尿症，上级本来要送你到沈阳军区医院去做进一步治疗的，你说送走了战友们就去，可是你偷偷爬上了车，又默默地跳下了水。战友们是在水里把你发现的，强行让你上岸以后，你就开始便血，命令你休息，你又钻到了运土的行列里。你以为风雨暗夜，没有谁会看到你，但是大地看到了你，军旗看到了你，你的有形的身影和无形的钢铁意志，融进了大地的泥土里，融进了军旗的风采中。

还有你，李子宝，你也不行。你刚做过阑尾炎手术，医生告诫说，别说激烈劳动，就是一般平缓运动都要小心，充其量不过散散步，活动活动腹部，免得粘连。部队要去抗洪，你差一点儿哭了，你急切地说："我是新战士，正该去经风雨见世面。"首长答应了你，给你的任务是到了地方，守屋看门。你答应得挺干脆，一进现场，就跑去扛草袋子，而且健步如飞，迎面见到战友，你还做出轻松的笑脸，贴近了看，原来你是用一只手捂着伤口，咬着牙，以坚强的意志，履行战士职责的。难怪县人大常委会的一位老同志来到现场，见到你和你的战友，流着泪喊："解放军同志，谢谢你们，谢谢你们啊！"

堤坝决口的地方可不是好玩的。急如奔马的黄泥汤翻腾乱滚不说，更加以水流淘洗过的地面深浅莫测，落脚的地方明明挺高挺稳的，可要稍一偏，说不定就落进了旁边一个锅底坑中，危险是随时都可能发生的。运动员体型的窦全斌看一看水，拨开战友说："我个子大，我先下！"他跳下去，恰巧一股急流冲过来，一下子就把他卷没影了。战友们一声大喊，乱纷纷跳下去救他，滚滚浊流，又哪里寻得见？都以为窦大个子这回"光荣"了，幸而仰仗水性不错，又有当兵的沉着劲儿，折腾了几下，他从下游水势稍缓的地方冒出来，不知道是冷水激的，还是泥汤灌的，窦全斌满脸青紫色，可他还笑呢。

水流太急，不急不叫决口。桩子打不了，这就得筑人墙。战士们臂挽着臂，肩靠着肩，站在咆哮怒吼的急流中，浪涛劈头盖脸砸下来，你不挪动；断树枝子玻璃碴子、烂铁丝子扎你的胸戳你的腿，你也不敢挪动一下；黄泥汤子溅到你嘴里，又涩又苦又臭，你可以吐出来，可以高声大骂，但是你不能用手擦，你的手臂是这人墙上的环，你的身体是这人墙上的砖。这不是人墙，这是保卫人民生命财产的长城。

一道人墙挡不住，就又筑起了第二道。非要与大洪水争个高下，非要跟老天爷拼个短长。你是刮不完下不尽的大风雨，我是打不垮冲不倒的钢铁汉，你是泥是水，我是血是肉。血浓于水，情浓于血。凭我对人民的一片情，我必将你降服。

这场景，人民群众看到了，这深情，人民群众体会到了，人民群众来给送衣送水送吃的。头上浇的是冷雨，手上捧着的是热烈的心。送来热烈的心的是老人、孩子和妇女。青壮小伙子们在哪儿呢？在洪流的下边。

洪流下边忽然出现了第三道人墙。构成第三道人墙的不是军人的血肉之躯，而是老百姓的血肉之躯。头两道人墙为的是打桩垒坝保人民；后一道人墙为的是截断洪流，预防不测保军队。不是哪一级领导组织的，是小伙子们自觉自愿干的。战士们口号震天与洪水大搏斗，小伙子们呼声动地向战士送深情。他们喊的是："解放军同志，你们放心，我们保证你们的安全，冲下来一个我们救一个！"战士们就一声声回答："谢谢，谢谢你们！"

大风雨中，大洪水中，呼声此起彼伏，分不出是军鼓舞了民，还是民激励了军，唯一能够让人想得清楚明白的，是流传了多少年的一句话："军民团结如一人，试看天下谁能敌。"

军队到底是军队。双阳县委书记傅铁石提起他们就赞不绝口，他还对我说："幼儿园上边那个大口子，我们怎么堵也堵不上，人家来了就往里跳，打倒了起来，打倒了起来，硬是给堵上了。"几天工夫，他们接连堵了五个决口，其中光是扛运装了稀湿泥土的草袋子就达3.9万条，人均80余条。扛草袋子在风雨大堤上来往，可不像散步那么悠闲轻松。堤上泥泞不堪，烂泥如胶，不是抬脚是拔脚，不是走步得跑步。水情如军情，救水似救火。战士们扛起草袋子，没有走的，全是跑的。滑倒是常事。滑倒了爬起来还跑。不是跑一步两步，堤坝决口附近往往无法取土，这就得走远路。走多远？沈贵一副县长告诉我一个数字：从西桥头到决口段，全长1250米，一来一去就是2.5千米。部队政治处石股长告诉我另一个数字，运草袋子的战士平均每天跑80千米路，多的跑到了90千米，大约相当于从长春市跑到双阳县城再跑回来这么远。

这么大的体力付出，是不是因为我们的战士们体力好，个个都是小老虎一般呢？是，也不是，我们的战士确有小老虎的精神，未必都有小老虎的体魄。前边提到的蔡双宝和李子宝就是证明。战士自有战士的豪情、战士的爱，只是他们的爱更无私，更具有献身意义。

来到双阳的部队干部，多数人家在长春市，接到命令以后，多数人没来得及和家人打招呼就匆匆投入到了他们的使命。干部是这样，战士也是这样。

魏建勋，是四连战士，老家在河南商丘。他很高兴能被批准参加抗洪队伍，已经登上了军车，正要出发的时候，军车前边出现了一位老太太，那是他的母亲从老家赶来了。

长春也正下雨，这位老妈妈，花白头发上滴着雨水，手里拎着的蓝花布包也滴着雨水。她没有写信告诉儿子要来，她是想儿子心切，揣着儿子一封信，一路上逢人就问，千辛万苦，迢迢数千里赶来的，为的也不过是见儿子一面。她见到了儿子，儿子站在军车上。儿子军容整肃，正待出征，老妈妈看到了。

"妈，你回去吧，我要去执行任务。"战士儿子在队列里说。

"妈知道。"老太太说，"妈58岁了，就不知道这回见了你，往后还能不能见。"说着，就哭了。

满车战士都转过脸去，不忍见这母子相见又分别。团首长让小魏留下来，陪妈妈住几天，小魏说："不能，我是战士，抗洪就像上战场，我得去。"老太太也说："让他去，他该去！"一面说，一面就解开包袱，把带来的香烟、麻糖、桃子满车撒，说："孩子们吃，到了灾区，那边人有心给怕也没东西给了。"

这是一支英雄的部队，四年以前，在大兴安岭森林火场上，我见到过这支部队与冲天大火搏斗的英姿，今天我又见到了他们与连天大水搏斗的英姿，尽管多数战士已不是当年那些人了，但传统依旧，风范依旧，令人奋然而心动。我为我党我军培育出了这样一支部队而骄傲，我为自己有幸两次同他们一起经受火与水的严峻考验而自豪。"真正的老八路作风。"双阳县副县长沈贵一同志发出由衷的感叹，"部队立了那么大功，完成任务撤离以前，还把驻地院子打扫得干干净净，还买了锤子、斧子一些东西送到县里，说是赔偿因抗洪损坏和失落水中的工具。"

这是一支伟大的钢铁之师，又是一支伟大的仁义之师。我不知道世界上是否还有任何一支别的军队能够像我们的人民解放军这样，完完全全地为了人民，又受到人民完完全全地爱戴。就是这样一支部队，当我和部队领导张奎新谈话的时候，他还一再说："双阳县人民顽强抗洪的精神，给我们留下了深刻印象。"

这种说法也有一定道理。

大灾面前人和人的光辉

归根结底，直接遭受这样特大灾害的是广大人民群众，特别是农民群众，他们受到的损失最大，遭到的磨难最深，奋起抗灾的主力也是他们。

我在受灾最重的新安、双阳河、齐家、山河和双阳镇等地边走访边留心考察灾情、人情，我感到十分欣慰。尽管大洪水酿成的灾难广泛而深重，但我们的人民并没有被压倒，经过灾难的磨砺，他们人格的光辉反而更见鲜明。

齐家乡本身遭到了重灾，还一心念着别人，光是外乡的灾民，就给安置了500多人。别的地方是光闹水，他们这个乡除了闹水，还闹风、闹雹。大风起兮，眼看就要抽穗、拔缨的玉米地，被刮得成片往下倒，老农们形容说，就像碌子压过似的。7月21日的那场大雨，是伴随着大雹子一块来的，那雹子先是绿豆粒大小，后来就成了玉米粒，个头大的就跟鹌鹑蛋似的，什么庄稼也扛不了这个打。最惨的是黄烟，农民家烤烟楼子都拾掇利索了，眼瞅着就要开始烤了，黄澄澄的烟叶转眼就会变成大团结票子，这一来倒省事，叶子全打掉了，掉下去的叶子一沾水一沾泥，烟不是烟，全成了腐烂的土。

这个乡靠近饮马河和双阳河，这些年搞多种经营，党的政策好，农民们聪明才智大发挥，上百户人家成了养鱼专业户。这回大水一冲，淹掉47垧水面。发水的时候，乡所在地大街上人们蹚水走着走着，自行车一甩，顺手就捞到尺把长的大鱼。养鱼效益最好的，是著名的"双阳二起"——长岭刘起，齐家张起。张起家几个鱼塘水满为患的时候，他曾经想到求干部和乡亲帮忙，他一家人实在势孤力单，但转念一想，早就实行联产承包了，都是一家一户的独立经营，眼下又是天老爷降灾，哪家都有庄稼遭淹，屋子进水，自身难保的时候，谁会管他？就是干部们能管，也腾不出心思、腾不出人手了。

张起看着他的鱼，蹲在塘边呜呜哭。

他正哭呢，就听见有声音，他寻思决口了，急切地喊一声"天"就跳起来，抹一把眼睛看，原来不是"天"，是乡干部带着一大群人给他垒坝来了。

张起家的鱼塘到底没有保住，但是他知道自己不会颓唐，水过以后，他还要养鱼，要好好养鱼，因为他听见了干部们说的话。干部们说："咱们不能蔫，不能像霜打的茄秧似的。地里庄稼哪儿来的？还不是咱们种的！庄稼没了，地还在，人还在，咱们怕什么？不过是多费点儿力气。咱们庄稼人，要别的兴许没有，要力气有的是，你们说，是不是这个理儿？"

张起服这个理儿，服说出这个理儿的人，这个人是齐家乡的党委书记王鹏。我乍见到王鹏，就说："你怎么跟傅书记学，走道一瘸一拐的？"他恨恨地说："可不是！偏赶上这么紧要关头腿出毛病。"

他是左腿膝下骨折，接上了，穿上了一枚不锈钢钉。乡里闹水，他从医院跑出来，指挥抗灾。在他的带动下，全乡六十多名干部全在第一线指挥、战斗。跟傅铁石一样，他的腰部以下也是湿漉漉的，我担心地提醒他："这黄泥汤子臭水可不是生理盐水，你得注意创面感染。"这位疲劳不堪的年轻乡干部，腼腆地笑着说："没事儿，没事儿！"

这惹得县委书记傅铁石找来几位乡干部下命令说："王鹏可以带病领导乡里抗灾，但不准亲自下水，如果不听话，就把他送回医院去看起来。"

傅书记说这话的时候肯定忘记了，他自己也是带着伤天天下水的。

这个乡一边救自己一边救别人，乡里传下话去：不管你遭没遭灾，要是有外乡难民过来，你都得接待，有你吃的就得有人家吃的，有你穿的就得有人家穿的。其实不用乡里招呼，各村各屯早就在这么做，全县各乡镇早就在这么做。

　　双阳河乡梨树村青年农民汪洋，在大水淹了自家田地房屋之后，发现隔河相望的莲花村灾情更重，他就不顾危险泅水过去，来往七次救人，却没有搬出自家一点儿东西。

　　甩湾子水库共青团员邢恩东、郑学林驾一条小船，跑到梨树村八组救人，从上午9点一直干到晚上9点，一共救出了270多人。村里有人捞到一条32斤重的大胖头鱼，要去卖了换钱花，村里人都拦挡，说："别卖，别卖，给小邢、小郑拿回去补养身子吧。"那个人听了赶紧说："可不是，我咋没想到这层！"

　　杨树村一条河段就有八个地方决口，村里水深没人，人都往地势高的地方跑，村支书马占军和党员不跑，他们把胶轮大车轱辘卸下来，搜出内胎，充上气，绑到一块儿，做成土橡皮艇，挨家挨户招呼救人。大部分人都很配合，就是有的上岁数人不愿走，有的老太太拍打着炕席说："庄稼没了，房子倒了，活着什么劲儿！"有的就穿起寿衣来躺在炕上等死，说："火葬也是葬，水葬也是葬，死了干净，俩眼一闭，隔山不听孩哭，往后你们吃不上住不上，我都不操心了。"马占军他们一边看着水涨，一边死劝活劝，说："吃也得吃，住也得住，不管咋葬不能让您老这么葬，要是让您老这么走了，乡亲该骂我不是共产党的支书了。"说得通的背上走了，说不通的也背上走了，任凭老太太的拳头捶膀子，捶了膀子也不疼，疼也不能扔下不管。大水呼呼的，小青年还笑，说："六奶奶，使点劲儿，我那膀子正痒痒呢。"村干部家也有老的小的，顾不上，村民委员会主任冷和家的人，就是解放军派来的冲锋舟给救出来的。

　　大水困了三四天，双阳河乡副乡长李友好歹踩着两根木头带点吃的进去看他的乡亲，乡亲们看他一身泥水，就说："李乡长，你想我们啦？"李友哑着嗓子说："想是不想，就是惦着。"李友和农民处得好，平常见面就开玩笑，如今也是把正经话当玩笑说，可大伙都笑不起来，妇女们还噼里啪啦掉眼泪。

也有不爱掉眼泪的妇女。那天我在马场村，正赶上动员老弱病残妇孩撤离。浊浪滔滔，大难临头，人们还都不愿意撤。在这儿指挥的县武装部温政委急了，说："都什么时候了，还念叨破家值万贯那一套，水不上来，东西就没不了，我们组织民兵给看着。你们再不走，我就处分你们村干部了——还不是他们工作不到家？"

人们这才怏怏地离开。留下来的都是青壮男人，紧急时刻要去护堤，不紧急就看守村子。这时候来了两个30多岁的女人，瞅着温政委抿嘴笑。

温政委问："你们咋还不走？"

一个女人说："村支书让党员留下。"

另一个女人说："她叫李淑莲，昨个儿夜里堵南大坝，那么险，她都去了，就她一个女的，政委你不知道？"

温政委迟疑了一下，说："你是党员，你留下吧。"又问另一个，"你呢？"

"我也是党员呀。"

温政委就不说话，两个女人高高兴兴地走了。有人笑着对温政委说："你受骗上当了，后边那个还长着翅膀呢（非党员）。"温政委也像猛醒似的说："我说的嘛，我恍惚记得马场就一个女党员。"

但温政委也无须后悔，后来抗灾救灾，这一真一假两位女党员表现都很不错。

像她们这样的普通人，这次在双阳，我碰到不少，他们一般没有什么惊天动地的业绩，但却是支撑我们社会的脊梁。

那回，我乘一位少校驾驶的冲锋舟在小东屯靠岸——所谓岸，也就是护村的土壕。这儿也是一座孤岛。二十几位男女村民一字排开在壕埂上迎接我们。看不到一件没沾着泥水的衣服，寻不出一张不带疲惫神情的脸，他们显然经过了几昼夜的紧张搏斗，又饿又困倦。我看那土壕上垒着的草袋、麻袋、塑料编织袋和布袋，毫无疑问，他们连自家的米口袋都拿来盛土保村子了。但是我在这一张张脸上却没有看见一丝一毫绝望的影子。他们笑着和我们打招呼，就像平常日子对待远道来的客人一样。我很熟悉这种农民的真诚的笑容，我感到振奋，在这大灾的日子里，我仍然能够看到这种笑容。

谈到灾情，他们才摇头，说："可惜的是地，今年稻子长得好，玉米也好。稻子刚打苞儿，玉米就要蹿缨儿，力气也出了，草也拔了，化肥也撒了，该花的钱都花了，就等收，没想到来了这一下子。"又叹息说，"今年吃不上大米了，我们这块儿的大米好吃，焖好的饭，揭开锅，油汪汪的。"

这儿已是房倒屋塌，但是他们不谈房子，只说庄稼，他们心疼的是庄稼，房子倒了可以重盖，庄稼毁了一年的辛苦落空，今年要缺吃的了。

少校给留下一袋饼干和一袋面包，大家都看着。一个中年妇女凑过来说："也给我们留点呗。"少校说："先给孩子们吃。"

又解释，"还会有人送救济品来，请大家相信，有共产党在，不会让大家饿着。"

女人笑说："可不就因为是共产党，才敢说要的话？我就是说说，你们走吧，我们能对付。"

冲锋舟划开水面，慢慢驶离了小东屯，远远地，村民们还站在那儿，遥望我们。我的心有点发沉，我知道，小东屯和其他所有遭灾的乡亲今年将面临很大困难，同时我也知道，他们将会奋起进行生产自救，以坚强的勇气和意志。

是啊，洪水对于我们地球上的人，本来并不陌生。我们就是在和洪水的斗争中发育、发展起来的。没有底格里斯河和幼发拉底河泛滥，哪会有两河流域的灿烂文明？若不是恒河经常大水成灾，怎么会有悠久的印度文化历史？尼罗河两岸也是这样，我们的黄河和黄土高原文明更是如此。洪水给我们造成灾害，但我们并不害怕洪水。在和洪水的搏斗中，我们前进，创造崇高，也创造壮美。

1991年，将以中国人民在中国共产党领导下，战胜特大水灾的光辉业绩，永垂史册。风雨将会消逝，大水将会退去，而在洪水造成的废墟上，我们将盖起新的房屋，播种新的庄稼，播种新的希望。

《解放军文艺》1991年11月号

《吉林日报》1991年8月12日

长春正年轻

百年一瞬

从现在起再过 7 年，我们将迎来长春作为一个正经城市的 100 周年。同我们这个悠悠古国的漫长历史相比，我们这座城市实在太年轻——树苗刚刚吐绿，花朵尚未含苞，少女还没来得及长成窈窕、丰满以及万种风情。

但它已经很动人。长春早就是中国北方名城。可能是最年轻的北方名城。1899 年它才被叫作长春府。如果我们嫌自己的城市历史太短，那么不妨上溯到 1800 年。那一年，嘉庆皇帝钦命设置长春厅——再往前，可就完全寻不到长春这个名字了。长春厅设在新立城。如今，新立城以水库风景区和长春市最重要的水源地而闻名。可当年不过是个极小的村落。因其极小，我们这座后来急剧发展壮大的城市才没有用它的名字命名，嘉庆皇帝相中了新立城旁边的另一个村落——长春堡的名字。新立城不但极小，而且地势低洼，水患频发，嘉庆皇帝的继任者道光皇帝又颁钦命，长春厅北迁到了宽城子即今长春市南关区一带地方。随着长春厅升格为长春府，这才慢慢有了稍微像样的城墙、街路和房屋。

此后的岁月便不堪回首，"小楼昨夜又东风，故国不堪回首月明中"。北边来的叫洋人，东边来的也叫洋人。洋人不是羊，我们是羊，狼入羊群，借地生财，不光借地生财，还借地打仗，叫日俄战争。战争结果是北边的修筑中东铁路，东边的建造南满铁路，长春成为两路的汇合点，于是有 1907 年建成、1992 年炸掉的长春火车站。

尤其是那东边来的，他们改长春为"新京"，也开了几条大街，也盖了几座高楼，铺那大街的不是柏油是我中国人的汗与血，撑起那高楼的不是石头和钢铁是我同胞的骨与肉。他们还留下了那么多的破破烂烂，使我人民政府改造这座城市的时候无从下手。其中有一种是妓女，专司青楼卖笑，"情如芳草连天醉，身似杨花尽日忙"，说的就是她们。五行八作，三教九流，妓女为一流。这是旧社会的畸形产物。妓女也是人，共产党善于做人的转化工作，所以妓女的改造并不难，难的是妓女们待过的那些地方，叫作窑子街或勾栏院，现在我们称之为妓馆房，新中国成立后当作居民住宅保留下来，二十年、三十年、四十年地兀立着，推不倒、剃不掉、砍不断、理还乱，妓馆房成了我们城市健康肌体上的癞疮疤，成了历届人民政府的心病，好几任市长、建委主任和房地局长都愁，说："怎么办呢？"

为你抹去阴影

1949 年末，长春市市区人口为 36.6 万人，到 1986 年末，已急剧增到 164.8 万人。这么多的人一下子涌进城市，第一需要吃，第二需要住。但是我们太穷了，我们发展经济的愿望太迫切了。我们宁可不吃不住也要搞建设，因此有"先生产后生活""先治坡后治窝"的革命口号高呼入云。作为一种精神，这口号令人神往，作为一种政策，它就失之偏颇。中国的东方红卫星已经"巡天遥看一千河"了，中国长春的妓馆区等破旧房子还在"坐地日行八万里"。

是党的十一届三中全会使我们懂得了"安居才能乐业"的革命辩证法。

长春市房地局的老领导、英勇的八路军战士黄友年，离休前最后一次巡视桃源路和南广场，但觉秋风拂面，不禁老泪纵横。他看见了什么呢？他看见了：

那么多一片又一片低矮、破旧的房子挤在一起，蜂窝比它有序，蚁穴比它完整，许多房子是拿木头支着才勉强维持不倒的，许多人家的屋地比路面还低，一到下雨天，脏水就往屋子里横灌，老百姓叫这种情形为"水深"；昔日的妓女为了营业方便，都是一人一间小屋住着，并没有单独的厨房，后来舍不得扔掉交给正经人家住，也保持了这种格局，所以不管夏天气温升高到多少度，人们都得在屋子里点起小火炉子做饭，人又多炉子又生得旺，薄薄的屋顶挡不住烤人的阳光，屋子变成了蒸笼，老百姓就又把这种情形叫作"火热"。难怪黄友年光荣离岗之前要拿手杖敲着硬土地说："这一片地方不改造我死不瞑目！"

改造的锣鼓是在1979年敲响的——早就如大旱之望云霓的当地群众一闻此讯，立刻自发地组织起秧歌队，欢天喜地簇拥着，一路锣鼓，一路欢声，去向人民政府致敬，他们还给市长送上了一块金匾，上边四个大字是"造福人民"。所有的人都在笑，偏有一个人悄悄尾随在秧歌队后边，不拣热闹地方走，专挑阴影下边行。这是一个老太太，脸上满刻着无情岁月留给她的伤痕，眼角挂着飘零风尘的泪珠。城市新生时她也获得了新生，她有了丈夫和家，新社会的生活件件如意，就是有一件心事她瞒着丈夫也瞒着儿女：住在从前的房子里总让她抹不掉从前的记忆。被侮辱和被损害的青春，时时如梦。梦醒之后就还是那个门窗那铺炕。忽然听说拆迁有望，她那颗苦难深重的心实在无法平静，她非要跟大家一块去，不能说句话也要行个礼，不能行礼也要望一望……

我们的政府和我们政府的城建工作者深知当地群众的心思，他们一开始就给自己订下了一个深得人心的目标，叫作"四个当年"：当年规划，当年动迁，当年施工，当年回迁进户。这可不是一件小事。这儿是北方，冬天比夏天还长，施工的黄金季节就那么一百多天，地基要一寸一寸挖，砖要一块一块码，是盖标准大楼不是搭马架子。

我们长春市的城建大军是一支铁军。这支大军的统帅、主管副市长李述是一位铁市长，他还曾被部下誉为"不讲理"领导，因为他给他们提出了一个十六字方针，叫作"空间占满，时间连续，风雨不误，昼夜兼程"。这就是说，工程不完，就连喘口气的工夫都不给了。

施工紧张的当口，当时的市房地局局长徐明亮决定前往工地督战。局办公室的人后来提起这件事都发抖。那会儿，徐局长眼珠子都红了，他前脚迈出门，后脚就回头对部下说："非有十万火急的事别找我，就当我这些天死了！"

桃源路和南广场旧妓馆房屋改造如期完成，人均居住面积由2.6平方米增加到6.3平方米，高楼连云，煤气暖气俱全，道路也拓宽了，还同步修建了花坛、装饰小品、商业网点、学校和其他服务设施。为完全消除居民心中旧的阴影，人民政府为改造后的小区重新命名，其中一处叫春园。老百姓很高兴，说："我们这地方真像春天的花园"。

还有一个小区叫"解民"。当地群众对这名字的理解却出人意料。

解民于倒悬

现在的"解民"小区，其实就是解放大路和民康路之间一块8公顷多的三角地带。

那地方不是妓馆房，比妓馆房还不如，是棚户区——这是我们的叫法，外国人的叫法就是贫民窟。当年伪满洲国有过一个《大新京都市计划》，按照那个计划的安排，所谓"首都新开发区"即今天的朝阳区为日本人居住区，宽城、南关一些地方才是"满洲人"和"支那人"居住区。"满洲人"和"支那人"不是人，是"苦力"，理应住泥屋、草棚和马厩，这就是长春市棚户区的由来。那个《计划》十分周详，还把城区按照人口密度划分为4个级别。第1级每平方千米住4000人，自然是日本人的特权；第4级每平方千米要住1.2万人，自然要请"满洲人"和"支那人"受用，这就是棚户区拥挤不堪的原因。在长春，类似解民小区前身这样的地方不止一处，东大桥附近，伊通河两岸……棚户区比比皆是。

从内涵上讲，我们现在不应该视棚户区为贫民窟了，因为此地居民托改革开放政策之福，早就不贫了，同别的地方的市民一样，他们大多也有电视机、洗衣机、电冰箱和其他现代家庭用品。在这里，我看见过把席梦思床架到火炕上的人家，把雅马哈轻骑摩托吊到屋梁上的人家，一间小屋放着两台彩电的人家——不是为了摆阔，小哥俩都要结婚了，说东西买来了，一冲一挤，房子说不定就拆迁得快。陪我采访的是市建委办公室主任李发锁，我就也顺嘴说是建委的，这样一来就形势不妙，人们纷纷围过来，说："咋的，是要拆迁了吗，啥时候拆迁？"就有人长出口气，说："既是建委来人，这就快了，冬储大白菜少买点吧。"听到这样的话，我往往拉着李主任赶紧逃之夭夭。

解民小区改造当时强行上马就是迫于这种形势。说"强行"是因为没有钱。当时不幸正赶上国家搞经济整顿，叫作"两缩一紧"：压缩非生产开支，压缩基建项目，紧缩银根。这是大气候。老百姓望眼欲穿是小气候。小气候要服从大气候。那么棚户区改造就停下来也免得挨累何乐而不为？但是长春市城建系统的干部偏不这么想。建委主任刘中民说，一闭上眼睛好像就看见老百姓喊我们。刘中民是哈尔滨建工学院毕业生，那年46

岁。他和市房地局商量，房地局开了常委会。他们又向主管副市长李述请示，说解民小区不想停。李述想一想，说："那就别声张，只管悄悄地干。"

还是有人给捅到北京去了，告了一"御状"，说"对着干"什么的，罪状挺厉害——大抵善告状者玩的都是这么一手，不说得厉害不容易引起上边注意。上边果然派了国务院副秘书长安成信来长春查实。秘书长同志先不听辩白，只是迈开双脚到解民地段去看，看来看去说话了，话一出口就有人高兴有人失望，有人添劲有人泄气。秘书长说："这样的地方不改造还改造什么？再缩再紧也不能缩掉紧掉这样的工程呀！"又高兴又添劲的人们就把秘书长的话变成了决心、意志和行动。那时候，房地局逯胜武局长正在科尔沁草原那边开会，会开完了主人要邀请大家去游览成吉思汗陵墓。逯局长最有思古访古雅兴，一听就兴奋起来，说："这机会可不能错过。"说完了又叹息说，"可解民的钱没凑够呢。"

逯局长回到长春的结果是：拟建的房地局招待所下马了，刚建成的局办公楼卖掉了，准备换代的小车拉倒了——司机白白欢喜了一场。

解民小区早已巍然耸立，长春市房地局至今还在旧楼办公，逯局长的成吉思汗陵墓怀古之梦不知何日成真。

解民、解民，当初不过是从解放大路和民康路各摘了一个字头当新小区名字，可老百姓认真起来了，他们一致评价说：市政府拆迁改造之举，真是解民之忧、解民之难、解民之危呀！是的，古语中有"解民于倒悬"的话，源出《孟子》："民之悦也，犹解倒悬也。"假使老百姓仍旧生活在解民一类棚户区里，可不就像有天无日，倒吊起来过日子嘛!

拨响凝固的音乐

对自己的城市怀有深厚感情的长春市民有目共睹：最近 10 年来，是本城旧区改造突飞猛进的时期。类似春园和解民那样的小区和成片改造项目就完成了 28 个，新建居民住宅面积达 360 万平方米，有大约 30 万人改善了居住条件，小区动迁户户增居住面积为 12 平方米——尽管有种种不尽人意处，归根结底，从旧区改造中获得最大实惠的，是本城"第三世界"或称"都市村庄"中的居民。

市长跟我说："哪些地方群众没权，我们得格外想着他们。"

仿佛为了验证这话，就在和市长谈话的几天以后，我在伊通河中段改造工程总指挥部热闹喧天的大院里，就像搞民意测验那样，随意找人唠嗑——都是来打听办理回迁手续的。

我碰见了一位老魏头，一看就是苦劳苦做了一辈子的普通人，就连额上的皱纹都透着善良和老实。他 69 岁了，有 5 个儿子 5 个媳妇，8 个孙子孙女，加上他和老伴，全家 20 口人。他在东头道街一条小胡同里住，家对面曾经建有文庙，早些年是"文官下轿，武官下马"的圣人香火之地，后来呢，后来是圣人早乘麒麟去，此地空余寻常百姓家了。魏家在这儿一住 44 年，历经 4 代。耐人寻味的是，老魏头自己就是盖房子的，他在市建筑公司当过工长，经他手有不少高楼万丈平地起，而他自己的家却是他和儿子们拣砖头、买油毡纸对付的。

现在行了，现在他和他的儿子们将要通过拆迁新建得到大小7间总共285平方米新居，而他家原来的居住面积只有这个零头。

不只是在老魏头这样的家庭，简而言之，应该说，全长春市的每一户人家、本城的每一个人，都可以从切身感受中体会到我们这座城市的变化。春雨无私，滋润的是每一方寸土地。旧区改造是龙头，它带动了全市各项基本建设。

唔，我的朋友，这些年来，你没有感到本城的街道一年比一年变得开阔、平坦了吗？你一定感觉到了，但你也许并不知道，我们总共新建、扩建了斯大林大街、西安大路、自由大路、普阳街和南湖大路等59条街道，光是柏油路面就达到了700多万平方米，人行步道200多万平方米，还有蔚为壮观、兼具使用和观赏价值的西解放立交桥等好几座大桥，昔日的行路难，而今安在哉！

噢，还有水！世事恍惚，那好像就是昨天的事。你要煮饭，你要洗衣，水龙头拧开了，等了半天，不闻流水声，只闻女叹息，好歹有那宝贵的东西流下来了，却是沉甸甸的一盆浑黄。有一年春节，有位老工人给李述副市长办公室打电话，说："你是共产党的官？你吃饺子我们可连水都喝不上！"可怜的市长，他哪里有心吃饺子，他当了8年主管城建副市长，赶上9个春节，倒有9回是在水厂、电厂和煤气厂过的。我们作为市民，只知道缺啥向市长要啥，全不管长春市是全国40个最缺水城市之一，又是全国20个特大城市中，人均城建费用排在倒数第一的城市。

李述不是能兴风兴雨的龙王。但是他在千难万难中，带领他的部下，供来了水、供来了好水——虽然还没有很足很多，但是会多起来、足起来的，市政府有一个"引松入长"的宏图大计。

朋友，还有一个煤气问题。我们长春曾经自豪于人，因为"烧火不用煤"。其实不用煤的是少数人家，就是这少数人家也气息奄奄、朝不保夕。"伪满"时期铺设的煤气管道早过了服役期限，输气管不叫输气管叫"酥"气管，煤气不叫煤气叫绿豆苗，还不敢加压，一加压管子就爆裂，不加也爆裂，年年冬天熏死人。这几年我们改造了老厂，建成了东郊新厂，引进了双阳天然气，更新了管道，长春差不多是名副其实的煤气城了。

普及煤气的一个附带好处是可以减少小火炉，降低城市热岛效应，改变城市大气环境——这又要提到热网工程。

长春热力公司谦虚地立在风景如画的自由大桥东边。该公司成立 12 年，投产 202 万平方米集中供热面积，今年一下子就要搞 200 万平方米。据一位供热专家告诉我，这样干法在全国是第一份。

朔风起时，200 万平方米集中供热面积一次基本运转成功，仅这一项，就砍掉 400 多台锅炉，300 多根大烟囱，年节煤 28 万吨，减少粉尘 40100 吨、二氧化硫 3600 吨。从前在飞机上看长春之冬，烟封雾锁好像盘古开天辟地时一团混沌，从今以后将是清清爽爽一幅画吧？

说到画，不禁让人想到高层建筑。众所周知，长春作为"伪满洲国"的"帝都"，那巍峨的"八大部"已经很了不起，作为城市的制高点，雄踞了许多年。

事情的变化始于 1982 年，那一年，12 层、51 米高的长白山宾馆落成，顿使紧靠它的"伪法衙大楼"（今空军医院）黯然失色。兴奋得本城居民纷纷跑到宾馆楼前摄影留念，"危楼高千尺，上可摘星辰，不敢高声语，怕惊天上人。"

谁知长白山宾馆鳌头独占的日子没维持多久，比它更高大、更壮观的高字号、超高字号建筑一个接一个出现了，就像小孩子搭积木那样轻轻松松，不过举手之劳，长白山宾馆倒又成了大个子家庭的小弟弟。光是 60 米—90 米高的楼就冒出来 20 多座，吉林电力大楼和国贸大厦都在 100 米以上，据说还要有比它们高的。

建筑是凝固的音乐、立体的画，一个设计独特的高层建筑就是一个景点，景点越来越多的时候，我们的城市就会变得更美丽。

长春：中心东移

长春火车站的轰然巨响持续了 4 秒钟。这 4 秒钟结束了和开辟了一个时代。时间是 1992 年 5 月 25 日上午 10 时 10 分。

发生在火车站的事情只是这一年几件大事中的一件，算不上最大的事件。

今年长春的头等大事是电影节。所有的市民都激动起来了，所有的有关人员都忙忙碌碌。

电影节果然极大地推进了长春市的工作。长春市政建设 1992 年大半年胜过以往许多年。

1994 年还要举办电影节，是规模更大、层次更高的国际电影节。原来说新的长春火车站要用三年建成，这回两年之后就要迎接电影节来宾，由此起被推进的还有另外几件大工程：位于二道河子的青盛小区，处在长春最早商业区永春路一带的永春居住和商业区，以及将会极大地改变长春现有城市风貌和城区格局的伊通河中段两岸改造工程。

但凡一座名城，依山傍水而建为最佳，山次之，水为重。很难设想，假如没有尼罗河、多瑙河、泰晤士河、塞纳河和黄浦江，开罗、维也纳、伦敦、巴黎和我们的大上海会是一种什么样子。

很幸运，我们长春也有个伊通河，只是这条河太不起眼。它发源于伊通县青顶子岭，是饮马河的一条支流，饮马河又是松花江的支流。支流而又支流，可见不怎么样，但据历史记载，在长春府的那个时候，伊通河也有过舟楫之利，作为物质交流航道，竟然成了城市的垃圾堆放场和污水排泄池。到 20 世纪 80 年代中期，竟有 31 个排水口每日不舍昼夜向河里排放污水。由于河水流量小，自身净化能力差，我们这唯一的一条河，竟成了使人望而生厌的臭水河。

我们破坏了自然，不能不遭到自然的报复。新中国成立以来，伊通河 4 次大泛滥，就是这报复的警报。

长春人终于认识到了他们与伊通河休戚与共的关系。1986 年，大规模整治伊通河的工作开始了，到 1989 年 7 月 22 日，市政府已经能够自豪地宣布："经过 3 年苦战，伊通河综合治理的目标实现了。"

改造一条河是为了建设一座城。

　　1992 年初，长春市人大常委会通过决议，要求市政府进行伊通河中段两岸改造工程。紧接着，李述副市长就此举行记者招待会，亲自参加在市体育馆举行的规模空前的动员大会，4月 15 日，涉及 4393 户居民、109 家企事业单位，我市旧城改造工作中前所未有的大拆迁，就在又混乱、又有序的气氛中胜利完成。与此同时，经过精心挑选的 12 家开发公司浩浩荡荡进点，在南起南关大桥，北至东大桥，东到临河街和通安街，西达东天街和头道街，占地 82.64 公顷的地面上，同时展开了声势浩大的施工，就像是进行一场大决战。

　　这的确是一场大战，是使城市向着科学、现代与健康方向发展的大战。如果把长春比作一艘大船，那么这艘船已经倾斜，难以高速前进，其标志就是头重脚轻——西重东轻，朝阳区有人口 83 万，二道河子区仅有 27 万，大家都往朝阳区挤，好像只有这边才是"解放区的天明朗的天"，其实太阳每天都是先照二道河子然后才轮到朝阳的，我市近几年新建的三大能源基地——东郊煤气厂、第二净水厂和热电二厂——都在东边，二道河子不仅占太阳之先而且得月亮之利：这里是近水楼台。

　　伊通河是二道河子区的一宝，改造后的伊通河"澄江静如练"，改建后的伊通河中段毫不夸张地会成为美人长春胸前一条光彩夺目的金项链，从经济角度看，则是现代化长春城区的一块金三角。

　　伊通河中段两岸已被命名为滨河新村，该村将有 100 余栋高水平、高标准、采用现代高科技成果的美而雅、华而实的建筑，每一座建筑将被相当于建筑本身 2.5 倍的绿地环绕，这种规格目前在全中国还找不出第二份来。新村的商贸中心大楼、康乐宫、五星级宾馆和连接两岸的造型优美的悬索桥，在长春独领风骚，在全国也是罕见的。这一切都还只是美丽的童话吗？不，都在实行中，它们的最后完成期限是1994年长春国际电影节之前——不是望穿秋水而是指日可待。就在本文采写行将结束的时候，10月27日，市政府发言人宣布了一条消息，使全城为之轰动：我市的行政首脑机关长春市人民政府将迁离寸土寸金的现办公地点，转移到伊通河岸边。这又极大地丰富和加强了伊通河中段改造的内容。这些举措意味着，长春的重心将要东移，经济、文化和政治中心也将东移，明天的长春，一切将围绕伊通河中段而展开，就像现在总是围绕人民广场和斯大林大街中段展开一样。

伊通河中段改造规划是一个大手笔，做的是一篇大文章。如果我们把此前十年来进行的一切，诸如旧妓馆房和棚户区拆迁改建、道路拓宽整修、水电煤气取暖等公用设施加强完善、卫生城和森林城达标以及科技文化发展等等工作，当作这篇文章的开头与承续的话，那么，伊通河中段改造就将作为文章的高潮而出现。李述副市长在对记者谈话时提到，这项工程总预算约为人民币6.6亿元，而此前作为标杆的春园小区改造才花了900万元，另一个作为长春电影节主体工程、全部采用新科技和新材料建设、被誉为东北亚一流建筑的长春电影宫，也不过用了1500万元。伊通河中段大建设是一个象征，标志着长春市的城建工作，结束了改造旧房为民解忧这种雪中送炭式的初级阶段，进入了按照城市发展的长远规划、进行大格局战略部署的高级阶段。从这个视点看问题，今后二三年的宏伟建设，就又成了这篇大文章高潮的起点。所以市长并非谦虚地说："我们挺进伊通河，不过是奏响了长春市城建工作的'东进序曲'。"

那么它的宏大交响乐会在什么时候出现呢？也许要到 20 世纪末吧。那时节树木成林，那时节绿叶满枝，花朵正是芬芳，少女已经成人，我们这美丽的城市，年轻的城市，又是怎样的窈窕、丰满、仪态万千呢？

《吉林日报》1992 年 11 月 21 日

我爱你 CHINA

——潘维廉教授在厦门大学

　　山光水色，像在山岚和缥缈的水气中浮动，我站在厦门大学校园里，恍若置身世外。将近十年以前，这儿的好风景吸引了周树人教授，他刚刚安顿下来，就写信给许广平，赞不绝口说他来的这个地方"风景佳绝"。夫子所见略同，现在的潘维廉教授也写信给他的夫人说："厦门大学美极了。"他的夫人一听这话就赶紧打了美航机票，带着两个孩子漂洋过海赶过来。潘维廉本来不姓潘，他的名字叫威廉·布朗（William N.Brown）。现在，潘维廉的一家人全姓潘了。两个儿子一个叫潘马太，一个叫潘申能，总算还保留了一点外国味儿，他年轻美丽的夫人的名字可完全中国化而且是俗民化了——她叫潘淑珍。如果不是我上老潘家串门儿，亲眼看见了她的一头金发好像黄金的火焰，还有那双与天空海洋一般无二的蓝眼睛，我还以为那个大名儿唤作潘淑珍的女士是布朗先生娶的中国姑娘呢。

　　但潘维廉挈妇将雏不远万里来到中国教书育人，并不只是因为厦门大学好风景。八年了，潘维廉利用学校寒暑假，不停地在中国各地走来走去，少说也走了二万五千里，他觉得中国到处都有好风景。"中国"这两个字就代表着现代世界的好风景，强烈地吸引着他的心。中国有一项很有名的"希望工程"，是救助贫穷地区失学儿童的，潘维廉在 1993 年写了一篇文章，题目是《中国——第三世界的"希望工程"》。正是"希望"这两个大字强烈吸引着这个美国人的心。

一

潘维廉刚来中国的时候才 31 岁，他怀抱着满腔热情，但现实却处处和他作对。他有博士和教授的头衔，但一点都不管用。他越是急于把自己融合在中国人民中间，就越发显得跟中国人格格不入。他知道那叫文化差异，这个世界充满了文化差异，单凭良好的愿望不能使它消失，那需要时间。他年轻气盛，不过他有足够的耐心，他的耐心来源于良好的文化素养和对这个国家的爱。艰难的日子过去以后，潘维廉写文章抒发感受，文章名为《一个美国人趣谈中美文化差异》。他把那种差异也当成了有趣的事。

他在文章里写到了这样一件事：来到中国十几天后的一个上午，他到附近一家银行办事处取钱，营业员小姐很热情也很客气，麻利地办完了他的事。他接过钱习惯地说了声"谢谢你"，营业员小姐显然也是习惯地说了声"不用谢"。美国教授惊愕地耸起了眉毛："小姐，为什么你不允许我向你表示感谢？"这时候轮到中国小姐吃惊了，她不是耸起了，而是弯起了好看的眉毛，瞪视着眼前这个不可思议的家伙。从她那眼神里，教授先生明白了，自己刚才说了一句十足的蠢话，但他弄不懂蠢在了什么地方。

潘维廉毕竟是教授，他很快就弄清了原委，当知道了中国人说"不用谢"就和西方人说"不必客气"差不多的时候，他的兴奋，真不亚于当初博士论文获得通过时的心情。在 1994 年燥热的夏天，在厦大绿树葱茏的校园里，我对着云水迷茫的大海，听他给我讲故事。潘是叙述天才，他的汉语流畅，稍微带一点闽南方言。这个人精干、随和、文质彬彬却看不出丝毫的学究气。他的西装未经熨过，而且不打领带。他的额头开阔明朗，光光如同孩子，虽然留了一把大胡子，给他那张年轻的脸平添了几许老成，但他显然并没有充分意识到利用这种老成。他总是在微笑着，你一见到这张脸，就会明白你碰到的是一个朋友，你可以对他表示信赖，无须提防，也不必担心他和你"殊非同类"。

有一个关于马和虎的故事。据说有一天他向一位中国同事打招呼，问他近来怎么样，同事回答说："马马虎虎。"这本来是一句平常话，不幸这又是一句中国式的平常话，潘维廉教授百思不得其解。他告诉我说，他费了好大劲才弄明白了，那位同事指的不是"两匹马和两只老虎"。潘大笑起来，我也大笑，我说，自从中国有了"马马虎虎"这个现成话以来，潘的解释肯定是最有特色的，我可以把他的话写信转告《汉语成语辞典》编辑部，我相信他们一定会很高兴把这新释法补充到下一版里边去。他说："我想是的。"他说这话的时候，先是凛然不笑，然后就把两片薄嘴唇揪到一起往前一送，样子滑稽极了。

潘维廉的幽默感无时无处不在，我和他在一起待了两个下午，至少有十次他笑嘻嘻称自己为"美国鬼子"。

　　"美国鬼子"潘维廉如今在厦门是一位名人，他甚至还被当地人叫作"活雷锋"。还有一个关于他送一位孕妇上医院的故事。故事说他到了医院还跟着跑上跑下忙前忙后显得有点傻头傻脑，大夫们以为他是不懂生孩子为何事的糊涂丈夫，就批评说："为什么不早点送来？"他听了并不分辩——雷锋在这种情况下总是不分辩的。潘维廉因此很有人缘。他得意地对我说，他出城进城"打的"都用不着花钱，我说是吗？他说昨天就有这么回事，一位出租车司机送他回学校，问他："你是潘维廉吧？"他反问说："你怎么知道？"司机说："大家都知道我能不知道吗？"到了地方，司机说他不用给钱，他问为什么，司机说正好顺路回家，捎个脚不要钱。但是他看到车拐个小弯又奔市里驶去了。

　　潘维廉来到中国将近八年，差不多已经融合到中国人中间了，他理应为此感到自豪，正如他在一篇文章里写的："人类的基本要求是共同的，美国人和中国人都要面对生与死、爱与恨、悲与欢、工作和娱乐等一大堆实际问题，但我们的共同点必须建立在相互尊重、相互理解的基础上，然后才能相互交流。"

　　潘维廉在中国做的，就是这样的工作，这是人类崇高的事业。

二

　　厦门大学创立于 1921 年，与伟大的中国共产党同岁，迄今校园中树立有它的创建人陈嘉庚先生的铜像。陈先生是华侨领袖，所以厦大创立之初就保有与海外相关教育机构联系的好传统。潘维廉想来中国而选择厦大不是偶然的。

1988 年，潘维廉来时首先是在厦大的国际教育中心学习汉语，半年以后就受聘于该校经济学院工商行政管理教育中心（MBA）。那时候，这个中心正处在初创阶段，潘维廉是这里唯一的长期聘用的外籍专家。他要和中心里的中国人在一起，一边教学一边创建，这就要在正常的教学之外多付出不少精力。该中心又是和加拿大达尔豪斯大学校际关系的对口单位，许多课程是由外国教授讲的，因此要求学生必须尽快提高英语口语和听力水平，这个任务责无旁贷地落到了潘维廉肩上。

潘维廉这个人不怕工作多担子重，他精力充沛，干劲十足，他住的地方离教学楼很近，完全可以回家吃午饭，但是他每天都带饭，一块面包两杯咖啡就能解辘辘饥肠。他总是一边嚼饭一边还在工作，有时候嘴里还见缝插针哼着小曲，不知是《红河谷》还是《浏阳河》。他喜欢《浏阳河》，他去过两次韶山，那个又普通又神秘的小山村极大地震颤了他的灵魂。他在那个伟人的故居前久久凝视凝思，他问山川大地他问白云青天，他问茫茫的历史："为什么这样一个地方，会产生那样一位巨人？"别人督促他回家吃口热饭，他总是笑说："我怕抵抗不了孩子们的进攻。"晚上回家以后，他才把自己交给了两个儿子，辅导他们功课还和他们一块玩耍嬉闹，不过也不完全如此。他的教学不限于课堂上的 90 分钟，他经常请学生到他家里去，至少每个星期五的晚上，他要在家里开辅导课。那时候，他家小小的客厅里就青春欢腾、热闹喧天、寓教于乐。潘维廉认为他和学生交流的过程也是他加深对学生和对中国了解的过程。潘维廉一点也不自以为是，从不因为自己是诲人不倦者就摆出高高在上的架势，他这个外籍教授不像导师倒像学生的朋友，大家都喜欢他。他从来不批评学生，相反地倒常常自责，总是要求自己把功课讲得更好这才满意。他说："假如学生学得不好，那往往不是学生的错而是老师的错。"

自有厦门大学以来，这个学校的学生普遍英语水平较高，这早就是教育界的定论。厦大 MBA 的学生英语水平又比厦大的学生好，潘维廉教授功不可没。

但潘维廉在 MBA 的主要工作不是教英语，他给学生讲的主修课程是"组织行为学"和"商业策略"，这才是这位先生的拿手戏。组织行为学是关于人们在工作中的行为和如何改善行为的科学。按照潘维廉的观点，由于文化障碍，中国事实上并没有真正关于这门科学的研究，清华大学和复旦大学的行为科学系是不久以前建立的。社会封闭和听天由命的哲学观使组织行为学变得无关紧要。西方的组织行为学认为，对心理和环境因素的正确认识，有利于理解、改变和预测人类行为，从而极大地和有效地发挥人的能力。中国人则认为通过对人民群众的思想教育，提高他们的政治觉悟，就可以最大限度地提高社会生产力，个体差异和需求是可以忽略不计的。潘维廉认为，中国只有思想政治教育工作而没有组织行为科学。按照他的看法，中国的大学有必要研究组织行为学，同时分析西方组织行为学在中国的应用和效用，更重要的是建立和发展中国自己的组织行为学。潘维廉给自己和他的中国同事提出的就是这样的任务。他相信，这门科学为中国行政及企业管理人员接受，将迅速产生实际效果：增加劳动生产率，减少旷工和怠工，提高工作满意度等等。

为了使组织行为学中国化和易于为人们接受，潘维廉在讲课中借鉴而不是照搬西方管理学理论，同时大量运用了中国人十分熟悉的材料。潘维廉把他在中国写作的《组织行为学》一书中文版送给我，那是一部20万字的专著，我注意到它的第一版只印了3000册，说明这门科学远没有引起中国人的注意。我以一个外行人的眼光浏览一遍，除了欧式修辞略感不适外，我要说这是一本非常有趣、相当深刻的著作，对中国不但有益而且必需，"中国的管理唯有研究组织行为学，舍此别无选择，否则会不断落伍"，我相信作者这个结论不是危言耸听，很可能是好朋友切中时弊的劝告。

我惊叹于书中对中国文化的理解和对现实情况把握的深度，就是中国学者在那么短的时间里掌握那样多的材料都会发生困难，不知他付出了怎样艰辛的劳动。潘维廉希望中国有自己的组织行为学，那种愿望比中国人自己还要强烈。

三

潘维廉最初萌动来中国大陆的想法是在台湾。潘维廉应征入伍，在空军服役，他是最后一批驻台美国空军。他接触中国文化正是在那个时候。他立刻对这古老东方文化的神奇和深邃着了迷，同时他相信，要真正了解中国文化，必须到中国大陆去。他知道中国大陆还不发达，所以做了充分准备。他一口气读了三个大学，取得了三个学位：得克萨斯州立大学法学学士，福东大学比较文化学硕士，瓦尔登大学管理行政学博士。与此同时，不等到读完书，他又开始涉足金融界，很快就做到了美国第一证券公司的副总裁。许多年以后，潘维廉在一份材料里写道：他之所以这样做，就是为了"不但要把大学里所学的东西，更要把一个成功企业家的经验介绍给中国，以帮助它的现代化事业"。

美国第一证券公司副总裁的年薪为 10 万美金，这个数目大约相当于半个美国总统了，而且那时候他那么年轻，他前程似锦，但是他卖掉了舒适的住宅，辞去了优越的职务，毅然到中国来了。听到这个决定的朋友们无不感到震惊，纷纷找到他鸣鼓而攻之："亲爱的布朗，你疯了吗？"

他不是一开始就决定长久留在中国的。在中国的日子愈久，他的思想愈深沉。他亲眼见到了社会主义中国的巨大变化，见到了中国共产党一心一意为中国人民谋利益。他感到愤愤不平，他不能理解为什么西方老是批评中国，这也不是，那也不是，幸亏中国人还有点自信，不然早就给批评得乱了手脚。他曾经有机会周游列国，他看到一些地方充斥着专制、腐败和残酷的非人道行为，西方却一声不吭。他认为这是不公正的，他如鲠在喉，他终于不平而鸣了。他连续写下了《西方的人权就人道吗？》《中国——第三世界的"希望工程"》《香港——帝国的最后一站》等论文，还发表了《中国给予世界的启示》等演讲，用以捍卫他心目中的正义。

1990 年，潘维廉做出了又一个他深思已久并且对许多人来说是难以理解的行动，这年 3 月，他致信厦大外事办公室，请求帮助他取得中国国籍，并申请加入中国共产党。我看到了那封情挚意切的信，美国教授潘维廉这样解释他的动机："世界上没有任何国家管理着这么多的人口，没有任何一个国家在为世界上四分之一的人谋利益。我能参加这项为世界四分之一人口谋利益的事，将是我的荣幸，从每年10万美元收入到一般水平的收入，对我来说，是一个很大的转变，但是我们不是为着自己而生存，我们活着要多做贡献。"他还说，"我申请改变国籍并不是因为我对美国失望，我热爱美国并且永远不会背叛它。如果我是个背叛祖国的人，那我也就不是中国需要的人。我觉得在中国服务一定会有更多的机会、更大的需要来实现人类的善良目标。"

在谈到申请加入中国共产党的理由时，潘维廉这样写道："我认为中国的进步和改革必须有统一的共产党的指引。某些人期望中国进行的所谓改革，只会造成无政府主义，所以我坚决拥护中国共产党并接受它的领导，我认为中国千百万人民的答案只能在中国共产党领导下，在共产主义学说中找到。"但潘是清醒的，如果说他对申请中国国籍还比较乐观的话，那么，对参加中国共产党的要求就没有把握了。他是一个虔诚的基督徒，他不愿意放弃这个信仰。他极力想在共产主义者和基督教信徒之间找到某种相通的东西，终于感到难以自圆其说，只好做出这样的表示："如果基督徒不能加入共产党，我仍然会全心全意地拥护中国共产党并为现代化努力工作。"

1992年5月，福建省有关方面郑重研究了潘维廉的申请，批准他享有在中国的永久居留权，这是在福建省获得此种待遇的第一位外国专家。

潘维廉的举动并未得到所有人的理解，其中也包括了他的一些中国学生。如果潘维廉是来自某个第三世界国家的人，犹可说也。问题是他从号称世界最为强大富裕的美国来，那个国家正是现在不少年轻人梦中的理想国，他们想去而不能去，他们的老师却偏要离开。中国的一些年轻人百思而不得其解了，便请老师为他们传道解惑，说："老师的行动固然是高尚的，但不管怎么说，你终究可以随时回到美国去，跟我们不一样。"老师回答说："你们不知道吗，我已经卖掉了自己的产业和房子，这在中国话里叫'破釜沉舟'是吧？"他有的学生又说："但你是外教，工资水平大大高于中国教授，各方面待遇也好得多，所以你不怕留在这里。"潘说"这也好办"，他就要求厦大外办把他的工资降低到和中国同事一般高。外办很为难，说这不符合国家政策，还照原样发，他就自己把超过中国教授标准的那一部分攒起来了，攒得多了，一起捐给了"希望工程"。

四

潘维廉头一次给"希望工程"捐款是寄到西藏去的，以后就近给了福建的"老少边穷"地区，主要是龙岩，他在那里设立了"潘维廉助学金"，开始时是每年给 6000 元，后来中国教授的工资提高了，外教工资也相应提高，潘维廉助学金的数额变成了每年 8000 元。潘维廉还兴冲冲跑到龙岩去，向因为得到他的捐助而有幸上了学的孩子发表讲话，他说："我出生在美国一个贫困的家庭，全家人唯独我有机会上了大学。小时候我亲眼看到许多美国孩子因为贫困而不能上学的痛苦，我希望能有机会帮助龙岩家庭困难的孩子上学，我希望以后你们能考上大学，参加中国的改革开放的建设事业。"

　　类似的话他也给厦大的学生讲过，他以朋友的坦率和学生交流思想，笑论中国大学生的短长。他认为他接触到的这些中国年轻人天分高，思维敏捷，理解能力强，遗憾的是不少人有浓厚的理想主义色彩，表现之一就是喜欢把美国的政治、经济和社会现象理想化，因此容易——用中国的一句熟语说——只见树木不见森林。他说："看美国不要光看优长，看中国不要单看弊病，这就能看明白了。"学生们承认他的说法有一定道理，不过仍有摇头的，反说他是用理想主义眼光看中国，超然物外，还是对中国现实体会不深的缘故。这话说了没有多少日子，他们发现，潘教授全家从条件优越的外教招待所搬到凌峰四号楼去了，那是中国教授的宿舍。

　　我怀着浓厚的兴趣参观了凌峰四号 201 室，他住的那个二楼实际上是一楼，窗户比外边的地面还低，是劈开山坡把楼"镶"进去的。或许是我去的季节不好，屋子里边阴暗潮湿。名义上三室一厅，那个厅不过是一个小过道。房间也很小，他的书多，两个孩子玩具多，他妻子的衣服多，屋子里边拥挤不堪，不过倒还整洁。那幢楼住的人家不少，有个小小的院子，使我惊叹的是潘维廉居然在那个小院子里修了个游泳池，大约有一张半双人床那么大。我去的时候，潘淑珍正带着马太和申能在池子里边拍水。见来了客人，两个孩子大声用汉语向我喊"你好"，美丽的夫人微笑着点头致意。我问："潘，这游泳池是学校帮你搞的吗？"

他微笑着摇头说："No，潘维廉先生是出色的泥水匠。"我看见他的眼睛里满是狡黠和愉快的笑影。据我所知，中国的大学发展太快，基础设施跟不上，大学里住房比较紧张，他挤进教授楼，大概不会受中国教授的欢迎。我把这意思跟他说了，他又接连笑说"No"，说他搬进来，中国教授高兴得很。他得意扬扬地告诉我，厦门作为改革开放最早的特区之一，经济发展迅猛异常，水电常有供不应求的时候，偶尔断电停水的事发生了，中国教授们多半会一齐怂恿他，说："让老潘去打电话，他是洋教授，比我们好使。"陪我串门儿的校外办老黄拍手笑说："有这事，有这事……"

　　1993 年国庆前夕，潘维廉博士应邀前往北京，参加由国家外国专家局向优秀外国专家颁发"友谊奖"的仪式，李鹏总理会见了与会专家。潘维廉代表获奖专家讲话，用一口流利的汉语，他说："中国给我们信任和尊重，我们包括我们的孩子，应当在此基础上修筑起沟通的桥梁，从而消除已存在的使国与国之间相互分离的怀疑和畏惧。总而言之，中国人和西方人都是人。我们都有类似的强大和弱小之处，有相近的希望和畏惧。让我们抛开畏惧，相互学习，寻求我们共同的希望：愿中国和所有的国家，愿东方和西方，和平，昌盛。"

　　讲过这样的话以后，美国教授潘维廉又回到了厦门，凌峰四号 201 室虽然狭小，但凌峰本身却如万山之绝顶，潘维廉脚踏着中国坚实的红土地，东临大海，仰望四方，就觉得千万里云水风涛都装进了心底。

《光明日报》1995 年 4 月 26 日

公主回眸应笑慰

那时，响铃公主弯弓欲射，不提防弓弦已先折断……啊啊，多少皇戚贵胄甚至可汗君主都随时光湮灭成尘了。但是人们记得她，并且把她生活过的这片土地叫作了公主岭。200多年以后，此地一位市委书记也拉满了一张弓——大时代的弯弓，弓弦响处，他箭射中的，是美丽善良的公主偶尔回眸深情凝望的故土。

我们焦急的心

栗振国担任公主岭市委书记是在1996年春天。市里五大班子换届选举，5位一把手全换了人。5个人相互对视，不觉一齐笑起来，他们发现，你我他几位老哥竟是清一色土生土长公主岭人。笑了一阵之后，几个人不约而同绷紧了面孔，他们意识到，这很不寻常。是啊，我们共产党人到天南海北做官，还要念着为官一任造福一方呢，何况在自己家乡——使命感之外又增了一份亲情。他们感到肩膀上的分量加重了，心跳加快了，要做和该做的事情多了，急了，恨不得一个早上就让公主岭山河大变样，让公主岭人民日子好起来。

我们焦急的心啊，别人不懂，这块土地懂。

我们焦急的心啊，都系于和源于这块土地。

横看竖看，左思右想，都觉得对不起她，我们的土地，我们的母亲。你给了我们身，你给了我们心，你养育了我们一代又一代。如今的我们，年轻，健壮，你为什么那样老态龙钟？东辽河涛声依旧，城市乡村旧貌依然。有长春就有了公主岭，公主岭离长春才 25 千米。有一回来了个日本旅游团，从长春一拐弯到了公主岭，一个人绕城一圈喊"腰细"，说"在公主岭旅游的干活，向导的不用，哈哈"。"腰细"就是日本话"好"。说者可能无心，听者却很在意，只觉得那话像一把刀，刺人疼。

刺得我们食不甘味、寝不安席的是责任。平心而论，公主岭不是没有发展，是发展得慢了。近的和辽宁海城比，早在 10 多年前两个城市就结了对子，那时候两城哥俩好，个头一般高。到去年不行了，人家 10 年间再造了 10 个海城，我们仅相当于再造 2 个公主岭。远的和张家港比，更脸红了，人家那地方原先不过一个大乡镇，就是现在，论人口和面积，都不如我们，人家的工农业总产值是我们的 20 倍。海城和张家港都名列全国百强县，公主岭连 200 强都不沾边。

还谈论什么 100 强 200 强的，照此混下去，只怕养家糊口都难了。一些企业停产半停产，职工放假，工人开不了支，唯有农业大旗不倒——嘿，一提农业就自豪得了不得，胸脯也高了，气脉也足了，说什么我们位于松辽平原中心，地广土肥，一直是国家产粮大市（县），全国有名的商品粮供应"五朵金花"之一，可能是五朵花当中最大和最好看的那朵。不错，对国家贡献大是好事，但我们千不该万不该，不该躺在这荣耀上睡大觉，以致造成了"农业大市、工业弱市、财政穷市"的局面，年深日久以不变应万变。没有财政，哪来钱发展工业，稳定农业，促进商贸服务业，怎么改变城市面貌？

那些天，五大班子的人都睡不好觉，栗振国更是两只眼睛往外冒火。五大班子拢起来是一个班子，他是班长，老百姓讲话了，一个地方的事跟小门小户居家过日子一样，当家人有正事，家里日子准红火。这位腿长腰直、广额锐目、从基层一步步上来的党的干部深明此理。他早就渴望干一番事业了，只是以前没处在这个位置上，有劲使不出来。现在你是书记了，共产党的书记权高威重，一呼百应，但是你得呼到点子上，别让干部和老百姓跟你瞎忙活，看着热闹喧天，劲没少使，工没少费，净玩花架子，到了归齐，熊瞎子掰苞米，一穗没剩下。

那么我们的权威朝哪儿用、嗓门往哪儿亮呢？

在难忘的 1996 年，一个难忘的日子——5 月 29 日，中共吉林省公主岭市委召开了在本地历史上具有重大意义的全市干部大会。大会开了 7 天，1700 余人与会。大会提出一个尖锐的议题：处于内陆地区的公主岭怎样发展自己？与会者就此展开了空前热烈的讨论。栗振国代表市委做了加速开发开放，大力招商引资，借外力发展自己，把公主岭建设成农业大市、工业强市、财政富市，实现综合经济实力 3 年省内站排头，5 年全国进百强的宏伟目标的报告。他说，我们不能继续在自己的一亩三分地上打磨了，我们要学东南沿海。东南沿海原先不如我们，早些年，在公主岭弹棉花的、爆爆米花的，甚至要饭的都是南方人。人家早就扔掉讨饭棍发了，我们还捧着金碗要着吃，苦了老百姓，拖了省和国家后腿。东南沿海怎么发达起来的？就是眼睛向外看，借外力发展自己，就是招商引资。

栗振国提出，公主岭正面临前所未有的机遇，这可能是最后的机遇了，时不我待。非常时期要采取非常措施，要大打招商引资的人民战争，要像当年搞土改实行家庭联产承包责任制那样，充分动员群众，组织群众，全市干部群众人人守土有责，一齐投入到招商引资中去。

好样的公主岭人

公主岭人真是好样的。改变家乡面貌的强烈愿望，使他们很快就把市委的决心变成了自己的行动。一时之间，招商引资成了人们共同的话题。有人形容公主岭人在那段时期的精神状态说，一个个像着了魔似的，除非不见外人，一见外人，三句话，就扯到招商引资上，问能不能来个项目。

市委有位干部到长春看同学，同学请吃饭，席间见他有点愁眉苦脸，问怎么了，他说："想招商引资的事走神了。"同学说："嗨，你又不是市委书记、市长，咸吃萝卜淡操心，何苦呢？来，喝酒。"那位干部说："不行啊，我虽然不是书记市长，可我有任务，我们各局委办处、乡镇、街道、事业单位都有指令性招商指标，谁的孩子谁抱，不完成不行。"同学说："你们公主岭也是，办法够绝的。"那位干部说："我们急呀，我们怕错过了20世纪末班车，人急了就什么招都得使了，栗书记说，不会招商引资不算好干部。"也是事有凑巧，在座的有一位是搞电线的，说："我听半天，我挺佩服你们栗书记，我哪天上你们那儿看看去，也会会栗书记。"那位干部像碰上了财神爷，当时就连拖带拽把人家弄车上去了，还说："我们栗书记容易见，凡是到公主岭投资的他都见。"

那人后来真在公主岭办了家厂子，他还见了栗振国，两个人谈得很投机，先称栗书记后叫老栗。夜深了，唠起家常，老栗说他晚上常睡不着。那人说："你是心有事，把觉冲没了，我责任没你大，可也有这毛病。往后你睡不着，就给我打电话，我来陪你唠嗑，长春到这儿，高速公路不就半小时吗？"

又有一位老农，因病到一家大医院住院——公主岭招商引资对干部和部门有指标，对老百姓没规定——老人家不好好看病治病，大夫查完房护士送过药，他就挨屋串，瞄瞄这个瞅瞅那个，听这个说话找那个搭腔，知道的明白他是在找招商引资对象，不知道的以为老头丢东西了，胡乱猜疑。老天不负苦心人，到底叫他看中了一个。老农凑过去说："老弟，看你是有学问人。"那人说："咋看出来的？"老农说："做派像。"那人高兴了，问："你有事？"他说："有大事，小事不麻烦你。"说来说去，这位是一家食品研究所的所长。所长说："你有这份诚心，我很感动，等出院了我上你村里看看。"老农说："那我先替乡亲谢谢你。"所长谨守承诺，真到老农那个村子了，前后一撒目，说："你们这儿是挺穷的，"又说，"不过资源挺丰富，这么的吧，我先投 300 万，建个补酒厂。"

在公主岭，人人想着招商，处处方便招商，不是虚话是实话。有个笑话，说小偷碰上来投资的，都赶紧把手往回缩。出租车司机拉上外地客商都分外热情，有时还不收钱，推手说拿着吧拿着吧。

公主岭的招商引资不光是普通干部群众的事，栗振国书记、许景珊市长及五大班子成员都有指标，九牛爬坡，个个出力。他们南到深圳、海口，北到哈尔滨，在全国 13 个大城市召开过 25 个大型招商引资会。在北京人民大会堂开的一次，请来 24 位副部级以上领导干部；在温州开那回，吸引到 1300 多名客商。很短时间内，他们的触角就伸到国内 27 个省市、18 个国家和地区。截至目前，招商引资开工项目已达 1854 个，计划投资总额 65 亿元，到位资金 33 亿元，比本地前些年吸引的资金总额还多好几倍。其中有投资 500 万引自韩国产品也销往韩国的棉花插花项目，有 800 万元资金来自美国一家公司的基因科尔生物化学项目，有来自香港的投资达 3000 万美元的马口铁生产项目，还有投资 3 亿元人民币的春威轮胎生产项目，等等。可以说是战果辉煌。

辉煌战果不仅表现在吸引来了资金，请到了人才，事情正如原先预料的那样，招商引资成了公主岭两个文明建设的启动点，带动全局协调发展齐头并进的火车头。

栗振国说，老百姓不是讲过家家吗，咱家穷，请朋友来帮助脱贫致富，咱得把家收拾利索了，盆是盆，碗是碗，家里人站有站相，坐有坐相，朋友就会说，别看这家日子过得紧巴，可是正经人家，朋友就乐意帮咱们了。

为了把家收拾利索，他们集中有限资金，用于基础建设，仅 1996 年就投入 9800 万。他们铺的一条长 4 公里、宽 120 米的大道，号称"东北地区第一宽街"。还在市内打通 7 条路，整修 8 座桥，主要大街公主大街长达 1.15 公里，宽 62 米，又改造了 36 条次干道，居民区的小胡同有的铺油渣有的铺红地毯——就是红砖，一律干干净净，不见土块找不着草棍。所有街路两旁都栽花种草，各条街的路灯都不重样，按照栗振国的说法，它们必须是用美的法则加以装饰的，为此还别出心裁在公用局下边设立了霓虹灯科。仿古街是步行街，灯是树，树是灯，火树银花不夜天，疑是身在上海滩。

当初栽花种草的时候，有人表示怀疑，说栽是栽了，一棵剩不下。还担心路灯，说"还不都给砸了"。要知道，这样的事在有的城市是见怪不怪的。但是两年过去了，类似的事在这里一件没发生。人皆叹为奇迹，殊不知公主岭的奇迹来源于坚持不懈的教育和严格管理。在招商引资同时，市委和市政府就提出了"学张家港精神，塑造公主岭人形象，创建文明城市"的要求。他们还花大气力整治机关作风、加强廉政建设和整顿治安秩序，着力提高公主岭社会环境水平和干部群众素质。有一个部门办招商手续办慢了一点，栗振国就又是批评，又是电视曝光，说慢一分钟也是对投资者的怠慢，都损害公主岭形象。那个部门就用 3 个晚上开会学习找差距订改进措施，别的部门也举一反三对照查找问题，自我加压，因而逐步形成了主动、超前、跟踪、全程、免费服务和一站式办公等独特的公主岭招商引资方式，受到投资者高度赞扬。

通过强化教育，一个团结、自强、求实、争先的新公主岭精神，深深植根于人们心中，成为推动本地历史性飞跃的强大精神力量。

招商引资还推动了农业产业化进程。公主岭处处粮山谷海玉米窝，但光靠卖粮和粮食初级加工，农民无法尽快致富，所谓"捧金碗要饭吃"就是这个道理。现在通过招商引资，多年来粮食深加工的梦想可以实现了。已建成的就有投资1.05亿元的东亚生化有限公司，投资1.23亿元的增鑫生化制品有限公司，投资1.4亿元的金龙玉米工业有限公司和投资1.3亿元的120万头生猪综合加工项目，此外还有养鸡、养牛和瓜果蔬菜等被称为几条"大龙"的项目，标志着公主岭农业正向更高和更精的现代化农业方向迈进。

当此时机，栗振国腾出手来，开始实施一项酝酿已久、充分展示他的坚强个性和宏图大略的决定性战役了，那就是被中共吉林省委书记张德江评价为"大手笔，大气魄"的中国北方温州商场建设。

天上掉下来的商城

从"中国北方温州商城"这个名字中可以鲜明地看到公主岭市领导班子的勃勃雄心。

栗振国认为，在一年来招商引资巨大成功的基础上，公主岭的招商引资应该向深层次发展，做好市场这篇大文章。归根结底，市场才是一切经济活动的温床和载体。要有一个超大型市场，应能辐射和涵盖周围广大区域，带动本地经济全面高水平发展。这样的模式早就有了，就在温州。

栗振国曾经带领 270 人的庞大队伍两次到温州考察。温州人的市场意识、经营才干和敢为天下先的闯劲儿，给他留下了深刻印象。这些都是公主岭人要补课的。他坚持在商场名字中冠以温州字样，意思很明白，就是要请温州人做公主岭人的先生，他向温州人许诺，只要他们肯到公主岭去，他保证提供最优惠的政策、最优良的投资环境和最优质的服务。温州人很受鼓舞，说，"好，我们去，你那个商城多大？"栗振国说："40 万平方米，可容纳 10 万人经商。"温州人吓一跳，说"好家伙"。栗振国说："都建成以后那么大，一期工程 5 万多平方米，你们先去试试如何？"温州人点头，又问："你这一期工程哪年建成？"栗振国说："不是哪年，是今年，请你们 10 月去好了。"

以上栗振国与温州商界的对话是 1997 年 6 月底的事，其实，在公主岭，哪有什么商城。与栗振国同行的各部门干部包括五大班子中最知心的老伙伴都讲，老栗从来"吐唾沫是钉"，这回说走嘴了。

栗振国是在说大话吗？是的，谁都觉着悬，乖乖，5 万多平方米，就三个月时间，除去一个月筹备，施工时间满打满算两个月，吹气呀！也有人把话说得挺难听，说栗书记这人哪点都好，就是不撞南墙不回头，唉唉。这话传到栗振国耳朵里，他说："谁说的？我是撞了南墙也不回头。"

市委、市政府一致通过了书记关于商城建设的想法，叫作

"抢时间，争空间，夺取制高点，打上甘岭战役"。

时间太紧迫已不容人从容不迫坐而论道，动员会后，就开始动迁。搞建筑的都明白，动迁最是劳力伤神的事，何况牵涉几百户人家，说句实的，"半年是它，一二年也是它"。但那是在别的地方，这儿是公主岭。这儿的党组织和人民政府有崇高威望，老百姓有高度觉悟：没用一年半年，仅一个星期七天整，488户居民全部动迁完毕，没一户哭天抹泪的，没一家是强迁的。

然后是资金问题，粗算一下，启动资金少说得1600万。国家不能拨，银行不能贷。想了个招，卖摊位，市里号召机关干部人人掏兜带头买，买去了自己负责招商。一期工程至少一万个摊位，每个卖4000块钱，一人至少买一个。公主岭干部实在了不起，有钱的踊跃，没钱的也不叫难，"孩子哭抱给娘"的事没有。半个月以后，不仅1600万元如数筹齐，还超了40万。后来商城如期建成，外地客商蜂拥而至，摊位不够卖了，又动员机关干部把当初买的摊位退出来，原价兑给外地客商，但这时水涨船高，摊位价格在"黑市"上已有叫到7.7万元了——此为后话，不提。

有了地盘和启动资金，8月3日，商城一期工程4层框架结构5.5万平方米建筑，破土动工。此前好多家工程公司闻讯赶来承揽生意，一伸手，先吓跑了六七家，最后一家沟都挖了，基础桩也打了，公司老板来找栗振国告饶，说："栗书记，丑话说到前头，你这工程两个月完不了。"栗振国说："你打算什么时候完？"老板说："后年这时候，是快的。"栗振国说："合同怎么写的？"老板说："合同是合同，干是干。"栗振国说："那你打算交罚金了？"老板急了，说："栗书记，我走南闯北，大小工程干过无数，你听我的没错，你这工期，天兵天将也干不了。"栗振国冷着脸说："是吗？"老板无奈，只好带着他们工程队走人，挖沟打桩的费用也不敢要。

这时，国内一家有名的敢打和善打硬仗的建筑业劲旅来了。他们给测算了一下，也说："按正常规矩，由我们这样的工程队干，至少一年半。"栗振国说："我信，但我只有两个月。"

市委做出决定，不再请专业工程队，紧急调集各乡镇民兵和共青团员组成突击队承担商城主体工程，务期两个月完工。栗振国提出要两个第一：时间第一，质量第一。针对干部的疑虑，他掰着指头算这本账：东北冬季又长又冷不能施工，说两年实际干活时间不过一年；专业工程队每天工作8到12小时，我们空间占满时间连续，几个班倒每天干24小时，一年可缩短为半年；我们的人给自己干活，干劲足，一个顶两个，一天顶两天，半年变成了3个月；再加上加强领导，合理调配，至少再省一个月。两个月的话听着吓人，实际上是可以拿下来的。干部们都点头，说老栗这账算得明白，啥话别说了，干起来吧！

那家工程队撤走的当天，第一支由乡镇民兵和共青团员组成的突击队扛着红旗，高唱战歌开进工地，立刻安营扎寨，埋锅造饭，呼号呐喊着冲上去了。一共来了10个乡镇，总计3000余人同时摆开了战场。施工高潮时，另外集中了全市最优秀的泥瓦匠1000余人同时挥刀上阵，还有400多架电焊机同时闪烁弧光。那时节，工地上红旗飘扬，歌声嘹亮，人如蛟龙，车似猛虎，让人不禁想起中国大地上曾经有过的全民同心改天换地气壮山河的场面。

　　商城建设的呼号声也激动着全体市民的心。一时间，送茶送水的，送医送药的，帮着洗衣服的，络绎不绝。有位70多岁的军属老大娘，天天来送水，说："我老了，我干不动了，孩子们，我那份活你们替我干吧。"说得大家都笑，说你老人家哪有一份活。老太太严肃起来，说："小孩子不会说话，没听栗书记说吗，建设公主岭，人人有份！"有位浴池老板，给送来500张澡票，还天天来工地看，赞叹说："这地方好，我得把我那俩小子送来锻炼锻炼。"第二天，他真领两个儿子来了。沈阳五爱市场一位男老板中秋节给送来一汽车苹果，辽宁西丰一位女经理给送来20箱糖块。更有温州人赵章汉，说就凭公主岭人在商城名字上加"温州"两个字，我捐献10万元。后来在商城建设中期，资金紧张，赵老板又拿出200万，说借你们先用。赵章汉因此被授予"公主岭名誉市长"称号。

　　工期紧，任务重，一般工程到临秋末了才搞倒计时，他们这里一开头就倒计时，突击队员年轻好胜，都想争先进当标兵。怕就怕下雨天洗兵，越洗越精神。领导担心出事，怎么喊也喊不下来。有一回刮大风，人登上脚手架像玩杂技直打晃，栗振国下令，说今晚都歇着，谁都不准干了。半夜里他不放心，歪着身子顶风到工地看，果然看见有人在上边，就找来领队问怎么回事，领队说喊急了下来一会，你前脚一走，后脚他又上去了，看不住。栗振国说看不住也得看。就这么的，后来知道，还有3个乡镇偷摸干了一宿。

　　栗振国成天长到工地上，自称"大工长"，工程进入关键阶段，他干脆住进了工地简陋的木板棚子。有关局长、委办主任和带队乡镇书记也这么干，人人累脱了一层皮，没一个嗓子不哑的，哑了好，好了哑……工地上最受欢迎的药是草珊瑚含片，全市药店里此药均告脱销。有的开调度会发不出声，带个人替讲，有的打电话说不出话，找人替说。但栗振国嗓子不哑，他一天睡两三个小时，有时几个通宵连轴转，依然目光炯炯，精神抖擞。干部们都说，老栗神了。不，哪是什么神，全部秘密在于，他是一把手，上托国家下系万民，任重如山，他不敢哑也不敢趴下。这是难解和可以理解的生命奇迹。

欲知工程量有多大，以下几个数字可见一斑：施工高潮时，每天要用200吨水泥，5火车皮沙子，2火车皮石子。光地板砖就用去18车皮，还有5车皮玻璃。欲知他们是怎样一种干法，有两件小事可知大概：有一座桥给压坏了，建设局一位副局长亲自带人抢修，说最快得7天，栗振国说我就给你3天。3天以后真就通车了。有一回变压器烧了，电业局来，说我们用最熟练的技师，两个钟头保证修好，栗振国说，那不行，只有20分钟，他就在这看着。20分钟真修好了，连电业局人自己都摇头。

1997年10月3日，即距正式开工整整两个月后，规模宏大、宛如一座城堡的中国北方温州商城，交付使用。万余名外地客商如期进驻。开业当天，客流量达10万余人次——公主岭市区人口才22万——至今9个月来，日平均营业额达400万元左右。对于这样的高速度好效益，谁听了谁叫奇，说不会是天上掉下来的吧？还有人4层楼爬上爬下，敲敲打打，然后说，质量也没得比。

温州商城建设极大地带动了本地经济发展，不仅使大量剩余劳动力有了出路，而且推动了宾馆、饭店、旅店、房地产和出租车等行业急剧发展。

外来人口和流动人口急剧增加，人人要吃饭，饭店因而生意兴隆。两年前，这里只有不到200家饭店，每日门可罗雀；现在膨胀为近600家，时时高朋满座。经商、做买卖、办企业需要来来往往川流不息，交通运输业因而被拉动。两年来，本地光是新开辟的客运班线就有52条，辐射整个东北，甚至直达关内一些地方。温州商城实行前店后厂办法，短短几个月，后厂就发展到560多个，经营者固然外地人多，但本地人也得以进厂就业，既赚了钱也学了本事。温州商城和其他引进项目建设，在解决就业难题方面大显神通。据统计，已有6万余剩余劳力得到了就业机会，其中下岗职工21308人，占该市下岗职工总数的89%。现在，温州商城二期工程建设正热火朝天进行，其规模和气魄比去年的一期还大，待到工程完成，发育成熟，预计将可再安置10万到15万人就业。通过招商引资和企业改制，还使不少原先经营困难或濒临倒闭的企业焕发了生机，这样的企业有120余家。招商引资尤其是温州商城建设，极大地促进了个体私营经济发展，在已开工投产的1854个引进项目中，95%以上为个体私营性质，一下子使非国有经济增加值在该市地区生产总值中所占的比重，由两年前的5%上升为38%，预计年底可达50%以上。招商引资和温州商城建设乐坏了出租车业主，本城原来的公共交通运输工具只是"倒骑驴"（三轮脚踏车），1元钱没人坐，现在一律换成了奥拓、夏利和捷达，上车5元钱，几乎一夜之间，就有 3000 多辆这种车子满城飞跑。

1997 年，公主岭市实现地区生产总值 46.6 亿元，比上年增长 33.2%，处于全省前列。

对栗振国和公主岭市的领导班子来说，使他们振奋不已的，不仅是可见的经济腾飞景象，更重要的是本市干部群众思想观念的变化。温州商城建设及大规模的招商引资活动，成了本市前所未有的思想解放运动。思商、议商、招商、经商很快地成了全市热点，社会风气。不少原先只认得家门、机关门，只懂得公文报表的干部涉足商海，成为市场经济大潮的参与者、探索者和推动者。很多本来只能老守田园的农民学会了经商做买卖，由门外汉变成了做生意的行家里手。1996 年以来，有 10 多万农民常年或季节性外出打工或从事经营活动，占全市农村劳力的一半以上。

诗圣杜甫有诗："天时人事日相催，冬至阳生春又来。"他说的正是我们。催我们寝食无心，直欲日行千里的不仅是天时人事，还有我们一颗颗炽热的建设好家乡故土的心，那满城飞跑着的也不是车，而是我们匆匆忙忙的脚步。啊！公主岭，这东北大平原上昔日名不见经传的小城，正以青春豪迈的英姿向着现代化城市的方向疾进。在人流和车流的交响中，人们仿佛听得见另外一种声音，一个年轻女子跃马扬鞭鸾铃声声与时代同路向前，当她偶尔侧目发出会心的微笑时，历史和现实就在那一瞬间成为永恒。

《吉林日报》1998 年 7 月 14 日

第 四 辑
电影文学剧本

不该发生的故事

（据本书作者报告文学《三门李轶闻》改编）

一

白云下，山峦起伏，林海苍茫。

金色的朝阳穿云透雾，照亮了银白的雪，油绿的松，照亮了炊烟袅袅的明月沟屯。

其实，长白山下的这个小屯并不那么诗意盎然：茅篱草舍，土墙陋巷，半塌的柴垛，破烂的猪圈，一切一切都显露着一个穷山村的特色，以及落后的经济状况。

一串清脆的自行车铃声打破了小屯的寂静。一身绿装的乡邮员骑车飞来，吸引了一群孩子，几个大人。

孩子们跟着自行车跑，大人们驻足路边，议论纷纷：

"梁财家又来汇款单子啦！"

"人家儿子孝顺，当老太爷子了！"

乡邮员在一扇栅门前下了车："梁财，挂号信！"

屋门开了。梁财，一个五十多岁，中等身材，灰白头发，黑红脸膛的老头乐呵呵地走出来。他边走边往手戳上呵气。

梁财盖了章，接过汇款单，乡邮员飞车而去。

梁财转身往屋里走，边走边喊："秀贞，秀贞！"

"哎！"甜甜的声音还没落，从屋里跳出来一个二十多岁，短发、圆脸、细眉亮眼的姑娘，她叫梁秀贞。

梁秀贞调皮地："爹，大哥邮钱来了，给我买件花衣裳吧！"

梁财瞪她一眼，佯作生气地："美的你！一会上集把钱取出来！给爹打二斤酒。"

"就惦着你的酒！"梁秀贞一蹦，进屋去了。

梁财跟进屋去。

一挂大车从小街东头驶来，车上坐满了赶集的人。赶车的小伙子高个儿、浓眉、大眼、圆腰、阔膀。他叫韩喜柱，新任的生产队长，梁秀贞的对象。

"吁——！"韩喜柱停了车，冲着梁财家喊："赶集的，走喽！"

车上的一个中年妇女逗韩喜柱："哟，这是喊谁呢？还'赶集的'，啧啧！"

"哈哈哈！"车上的人笑了。

梁秀贞出来了，她换了一身新衣服，更漂亮了。她走到车前，被那个中年妇女扯住了："秀贞，坐前边儿，挨着老板子！"

梁秀贞："挨就挨，光明正大，怕谁咋的？"说着跳上车辕板，还特意往韩喜柱身上靠了靠。

韩喜柱乐呵呵地扬鞭打马："驾！"

大车猛然启动了，惊散了一群鸡、鸭、鹅，那个中年妇女没留神，差点儿仰歪下去。

"该！"梁秀贞乐得拍手打掌。

二

大车在公路上飞驰。

车上，还坐着一个三十八九岁的妇女。她黑发、白脸、杏眼、弯眉，虽然额头稍见皱纹，但人们可以想见她年轻时会是很俊气的。她叫冷二嫂，是个寡妇。大车一晃，冷二嫂身不由己地撞了身边的一个男人。那人四十五六岁左右，厚嘴唇，眯缝眼，挺厚道的样子。他叫王老蔫儿，是个老光棍儿。他和冷二嫂有点儿"那个"意思，大伙心里明镜似的。冷二嫂脸一红，忙从王老蔫儿身上闪开了，王老蔫儿也慌慌扭过头去。

那个中年妇女故意把冷二嫂往王老蔫儿身边挤："冷二嫂，往那边靠靠，咱俩这么挤着有啥意思？"

冷二嫂低了头，近似哀求地："她婶儿，可别瞎闹！"

王老蔫儿忙往外闪着身子，差点儿把一个姑娘挤下车去。

"哎，哎！"那姑娘叫起来。

中年妇女开心地笑了，这才转了话题："哎，韩队长，听说咱队也要实行责任制了，搞啥样的呀？"

韩喜柱："根据咱队的情况，大伙要求分俩作业组，大队也是这个意思。"

一个中年男人："早该这么的，要再大帮轰，连裤子都穿不上了！"

王老蔫儿："听说这回分组，让自愿搭伙呢。"

韩喜柱："对，要人合心，马合套的。"

中年男人："这么说，那些个专往大锅粥里伸勺子的，可够呛了！"

韩喜柱："治的就是这些个人！"

中年妇女："可也还有劳力弱的呢？"

"叮铃铃"一阵自行车铃声由远而近传来了，人们回过头去。

一个衣着笔挺、三十来岁的小伙子骑车飞来，他叫李发春，党员，刚落选的队长。

"嗷！嗷！"车上的人齐声哄他。

"李队长，开大批判会去呀？……"

李发春"哼"了一声，不满地扭过头去，使劲儿蹬着车子。

"李队长，要分作业组了，'复辟倒退'了，汇报去呀？"

"哈哈哈！"一阵哄笑。

李发春又回头狠狠地瞪了人们一眼，那车子蹬得更快了，箭一般飞向前去。

冷二嫂心软了："人家刚下台，快别这样。"

中年男人："就你心软，没看他头些年把人折腾成啥样子。要不得，明月沟哪能这么穷？"

冷二嫂："头些年兴那个，也不能全怪他。"

王老蔫儿："就是呢。"

中年妇女："哟，这一唱一和的，唱二人转呀？"

"轰"一声，人们又笑了。

冷二嫂忙低下了头。

中年妇女正经地："你们俩吧，一个缺做饭的，一个缺挑担的，快点办了吧！"

王老薦儿尴尬地"嘿嘿"一笑。

三

公社集市上。

人烟辏集，熙熙攘攘。

一个四十多岁、窄脸儿、细高挑的人正高声叫卖着。他脚下是两筐大鲤鱼。他也是明月沟的人，叫魏福祥。他在高声叫卖着，满嘴吐白沫子："松花江大鲤鱼，一块八一斤，不怕香不嫌贱的快来买呀！"

冷二嫂挎一筐鸡蛋走来。魏福祥忙搭讪："买鱼呀，看这金翅金鳞的大鲤鱼，多肥实！多买少算呐！"

冷二嫂不言语，只是不无含意地瞅着他。

魏福祥这才认出是冷二嫂来："呀，是冷二嫂呀，卖鸡蛋呀！快来，我给你倒个窝儿！"

冷二嫂在魏福祥身边放下筐。

冷二嫂："她叔，咱屯要分作业组了，你不回去呀？"

魏福祥："爱分啥分啥，我卖我的鱼！"

冷二嫂一琢磨："你……倒买倒卖，合适吗？"

魏福祥满不在乎地："如今不是兴发家致富了吗？党员得带头呀！八仙过海，各显其能嘛！"

一个顾客蹲下来，冷二嫂忙掀开蒙鸡蛋的布。

四

供销社门前。

韩喜柱和梁秀贞边走边商量着。

韩喜柱："秀贞，你稀罕啥，吱一声呗！我有钱。我们家那头猪卖了，我妈让我给你买衣裳。"

梁秀贞："稀罕啥我自个儿买。我是党员，还要彩礼呀，又不是卖给你了！"

韩喜柱："那……那我合老适了，白闹个媳妇！"

梁秀贞打他一拳："去你的！"

两个人说着，走进供销社。

五

公社大院门口。

李发春拦住了公社党委李书记，看样子是在告状："这么整能行吗？"

李书记感慨地："唉！全公社的党员队长，像你这样落选的不在少数，都选上了一般社员，值得深思呀！你不当队长，还是党员，还要起骨干作用嘛！"

李发春："选队长不选党员，这里头有问题！"

李书记深沉地："是呀，是有问题呀。可问题在群众身上，还是在党员身上，得好好想想了。正好，我要到你们那儿去，参加划分作业组的会。有啥话回屯儿说吧！"

六

傍晚。冷二嫂家门前。

一个白发苍苍、双目失明的老太太拄根棍儿站在栅栏边。她是冷二嫂的婆婆冷奶奶。

冷奶奶听见了什么声音，喃喃叨念着："回来了，回来了！是她，是她！"

冷二嫂走过来了。冷奶奶颤巍巍地向前挪动着："老二媳妇，你在哪儿？"

冷二嫂忙上前去搀住冷奶奶，像哄孩子似的："妈，又出来等我干啥？快进屋去，别冻着。"

七

冷二嫂家屋里。

冷二嫂把冷奶奶搀上炕，从筐里拿出几根麻花来，递给婆婆一根。

冷二嫂："妈，给，你先吃一个。剩下的，还放这儿了。"

冷奶奶摩挲着那长而弯曲的东西，认出是麻花，脸上立刻乐开了花："麻花，麻花哟，多少年没见着这稀罕物了。这得花多少钱啊！就怨你，我这吃零嘴儿的毛病，就是你给惯的！炒点爆米花就中了呗。买这个！啧啧！"

冷奶奶香甜地咬了一口，细细地品那滋味儿："孩子，你也尝一口！"

冷二嫂："妈，你吃吧！我不稀罕甜的。"

冷奶奶感动地："孩子，你呀……"

这时,冷二嫂的女儿小玲子跑进来了。冷奶奶递过麻花:"玲子，快，你也吃！"

小玲子刚要伸手去接，看见了妈妈的目光,那目光里有怜爱,也有恳求。

小玲子缩回了手，懂事地："奶奶，我不爱吃麻花！"

冷二嫂疼爱地把小玲子揽在怀里。

小玲子仰起脸："妈，公社李书记来了，说要分作业组，屯子里都哄嚷开了。"

冷二嫂抬起头："哄嚷什么？"

八

韩喜柱家。人们出来进去，脸上藏着神秘和压抑不住的乐劲儿。

男人们或蹲或坐或站在里屋。

几个女人聚在外屋叽叽喳喳。

两个小孩子趴在门边往里看。

赵广林——一个半截塔似的粗壮男人——一只脚蹬着一个凳子，扬起小簸箕一般的大手："这回呀，那些白爪子，也该叫他们自个儿养活自个儿了，就这话！"

一个半大小老头："能中吗？"

赵广林："咋不中？李书记都来了，讲的自愿，绝对性的。"

韩喜柱："有话，上会场说吧。"

赵广林："上哪也是这话！"

他们向外走去。

门口，一个四十多岁瘦弱的男人走来。他是韩喜柱的哥哥韩喜林。

韩喜林一把拽过韩喜柱："兄弟，你要当组长，可别忘了要我呀。我身板不济，一年到头，干不了几天活，你侄男弟女又多……"

韩喜柱："哥，这事儿，看情况吧。"说完走去。

韩喜林迷惘地望着弟弟的背影。

九

王老蔫儿家门外。

王老蔫儿和一个叫郑三锹的粗壮汉子走出门来。

郑三锹："你一个人吃饱了全家不饿，我可是穷怕了，老小五六张嘴，分组咱可不能要那些秧子货！"

王老蔫儿叹口气："咋分还没准呢，听说党员还要开会。"

十

梁财家。

梁财正自斟自饮。

他的老伴坐一边劝他："分组会就开了，不早点看看去？回来再喝呗。"

梁财不耐烦地："你慌个啥？我伸那个头有啥用，出头的椽子先烂，不定啥时候又变了政策，我还得挨批，我是够够的了！"

李书记哈哈笑着走进来，后边跟着李发春。

梁财忙起身让座："李书记来了，哎，添双筷子。"

李书记："嗬，老梁，你还真能稳住驾，外头闹翻天了。"

梁财老伴儿擦炕沿儿，让座。

梁秀贞过来添筷子。

梁财："翻啥天？来，搁两盅！"

李书记："我在你们大队吃了。来，你们几个党员碰碰头，合计点事儿。这不，发春也找来了。"

"笃笃！"拐杖响，一位白发苍苍的老人走进来。他是本村德高望重的元老，人称"老农会"。人们起立相迎。

李书记："'老农会'，咋把你老人家启动来了？"

"老农会"颤巍巍地坐下，用拐杖点着地："不是开党员会吗？咋不让我来呢？分作业组，大事儿呀！"

梁财："不是不叫您老人家，怕累着您。"

"老农会"使劲顿一下拐杖："你个浑小子，开个会就累死人了？"

李书记一笑："好，开会吧，魏福祥呢？"

梁秀贞："又倒腾鱼去了！"

"老农会"："不像样！"

李书记："不等他了，咱们开个短会儿。落实生产责任制，是贯彻党的三中全会精神的大事儿。还是集体所有制嘛，还要加强党的领导。我们党员不要聚堆儿，最好分别插到两个组里去。如果社员选我们当组长，谁也不行推辞。大伙谈谈吧。"

李发春："那没说的，群众选咱，咱就干！"

李书记："老梁，你是党小组长，又当过十多年大队书记，这回分组了，还得起作用呀。"

梁财："就怕岁数大了，起不了多大作用。"

"老农会"不满地："哼！你就老了？这回，谁再拉松套，小心我揍他！"说着，举起了拐杖。大伙笑了，梁秀贞像哄小孩似的："赵爷爷，您老就放心吧。"

李书记："好，咱上会场。"

十一

会场上。

一个大红横幅，上书："明月沟生产队分组大会"。

会场就是拆了夹壁墙的三间屋。炕上，地下屋里、屋外，挤满了人。党员们散坐在群众里边。梁财面带矜持的微笑。李发春表情庄严，好像随时准备接受任何重大的使命。

主持会议的韩喜柱正在讲话："红头文件说了，分作业组，为的是发展生产，让咱农村快点富起来，好支援四化建设，不是为别的。分组以后，土地、农具分归各组使用，所有权还在队里……"

"这些早知道，就说人咋分吧。"赵广林嚷着。

韩喜柱打住话头："现在，请公社李书记讲话。"

热烈的掌声。

李书记正蹲在墙角，兴致勃勃地和一个老头唠嗑。听见掌声，他摆摆手："我没别的话，就是发扬民主，自觉自愿。不是分两个组吗？先选出两个组长来，由组长要人。"

"这么的好！"众人嚷着。

韩喜柱："组长怎么选好？"

李发春迫不及待地："还是先提候选人呗，李书记你说呢？"

李发春期待地望着李书记，希望李书记能提他。

李书记笑笑："可以。还是大伙儿先提吧。"

"好哇！"大伙儿们为李书记的话齐声叫好，像开了锅的水。但会场上很快又沉静下来了，听得见烟袋锅子的吱吱声。

"我提一个，韩喜柱。"赵广林首先打破了沉默。

"同意！"众人一声雷似的大喊着。

"哎哎！"李发春想说什么，被郑三锹抢了话头。

郑三锹："再一个，我提王老蔫儿，老庄稼把式了。"

"同意！"又响了一声雷。

李发春求救地转过头去看李书记。

李书记愣了，顾不得和那个老头唠嗑，呼地站起来，想说话，嘴动了两下，没说出来，又慢慢蹲下去。

党员们你看我，我看你，都绷着脸不说话。韩喜柱："李书记……"

李书记镇定下来了："既是大伙都拥护，那两位组长表个态吧。"

王老蔫儿慢腾腾地站起来："我……干可是干，有一宗，我们组咋种地，上边儿别瞎指挥，要不……"

李发春："可也不能不要党的领导。"

李书记瞅了李发春一眼，忙表态："今后，我保证不瞎指挥。就一条得强调，分了组，也得服从国家种植计划！"

王老蔫儿："那没说的！"

李书记："韩喜柱，你说两句呀。"

韩喜柱："没啥说的，我干！"

李书记："那就请二位组长点将吧！咱们有言在先，政策上规定，五保户不承担责任田，除了五保户，一户也不许落下！"

人们静下来了，把期待的目光投向王老蔫儿和韩喜柱。

王老蔫儿和韩喜柱对看了一眼。

王老蔫儿低声地："喜子，你先要？"

韩喜柱让了一步："咋都中，你先要吧！"

王老蔫儿不再谦让，清了清嗓子："我点了名的，要愿意，就靠外屋站。"

韩喜柱："那我们靠里屋站。"

王老蔫儿不再迟疑，好像先就想好了似的："我，要郑三锹！"

"有！"郑三锹晃着膀子站起来，得意地看了大伙一眼，这才朝组长指定的地方走去。

韩喜柱："我要赵广林！"

"有！"赵广林这个五大三粗的汉子，嗓门不亚于铜钟。他站起来，居高临下地向众人扫视了一眼，这才雄赳赳地走到韩喜柱一边去。

王老蔫儿："王喜臣！"

韩喜柱："孙嘎子！"

王老蔫儿："李凤山！"

韩喜柱："刘占国！"

……

王老蔫儿和韩喜柱一人一声地点着自己可心的人。被点到名的人一边大声答应着，一边走到各自的队伍中去。

阵线很快分明了,中间还剩了几个人,他们是:梁财、李发春、梁秀贞，还有冷二嫂、韩喜林等。

可是二位组长不再唱名了，会场上一片令人窒息的沉默。

只有会议桌上的闹表在嗒嗒响着。

梁财、李发春、梁秀贞等人怔住了："怎么的了？两个组长咋不点名了？"

"老农会"关注地朝前探着身子。

李书记手里的旱烟卷了一半儿，停住了。

韩喜柱："我点了名的，都同意不？"

他的组员们齐声回答："同意！"这声音震得会场嗡嗡响。

王老蔫儿："咱们这些人，行不？"

"行了！"王老蔫儿的组员们也齐声喊着。又是一片沉默。

人们一齐把视线射向会场中间的梁财等人。人们的表情各不相同：惊异、嘲笑、同情、怜悯、漠然。

梁财、李发春、梁秀贞、冷二嫂等人终于明白了，人家不想要他们了！

梁财惊愕、尴尬。

李发春愤懑、窘迫。

梁秀贞委屈、气愤。

冷二嫂、韩喜林的目光含着哀怨。

"老农会"像不忍看，又像被这意外的场面弄得晕眩了，他闭上了眼睛。

李书记的烟终于卷好了，但连着划了好几根火柴都点不着。他的手在颤抖。

韩喜柱瞅瞅梁秀贞，又瞅瞅韩喜林，心软了。

他转过身去刚要开口跟组员们商量，赵广林说话了："组长，咱人够了吧！"

韩喜柱无可奈何地叹息一声，低下头去。

王老鸢儿偷眼瞅瞅冷二嫂，对身边的郑三锹低声说："冷二嫂寡妇失业的……"

郑三锹梗起了脖子："要她一个人，就多三张嘴，咱拖累得起吗？"

沉默，又重新窒息了会场上的空气。

梁财和李发春等几个党员羞愧难当，只有低头的份儿了。

他们的额头沁出了细密的汗珠。

李书记也急出了汗，但他还在强作笑容："接着点啊，都是社员，不能剩人呀！"

门口，晃晃荡荡进来一个人，这是魏福祥。人们纷纷投以鄙夷的目光。

魏福祥掏出一盒过滤嘴烟，讪讪地递给周围的人。有人接了，有人装没看见。魏福祥悻悻地揣起烟，自己点上一支吸起来。

李书记："噢，还有魏福祥，哪组要他？"

赵广林瞥魏福祥一眼，有所指地："有的人不干活，还吃大伙，拿大伙的，咱可不敢要。"

魏福祥故作镇静地仰起头，大口吐着烟圈儿。

一个怯怯的声音："把党员都剩下了，这合适吗？"

"老农会"听了这话，像是被人扇了一耳光，大颗的泪珠涌上眼角。一段往事，出现在他眼前——仿佛还是在这个屋子里，屋山墙上贴着"互助组分组大会"的横幅。

当年，四十多岁的"老农会"和二十几岁的梁财被人拉着、拽着。

王老蔫儿那时还是十八九岁的小伙子呢，他急切、激动地说："互助组没个党员领头哪行？我要梁财大哥！"

另一个人紧紧拽着梁财："不行，梁财上我们组了，咋也得论先来后到呀！"

王老蔫儿又去拽"老农会"："那，我们要赵大叔！"

又一个人："不行，他上我们组了！"

王老蔫儿火了："这么分，不公平，我有意见！"

昔日的情景消失了，"老农会"眼角的泪珠滚落下来。

李书记的脸一阵白一阵红，万般无奈，只好再动员："喜子，老蔫儿，不能剩呀，接着点呀！"

沉默，令人窒息的沉默。

党员们如坐针毡，梁财和李发春额头上豆粒大的汗珠也直往下掉了。

梁秀贞一双冒火的眼睛使劲瞪着韩喜柱。

韩喜柱不安地动着身子。

梁秀贞冒火的眼睛。

韩喜柱张了张嘴唇。

有人使劲踩他的脚。

韩喜柱咬了咬牙："我要老梁大叔！"

梁财如释重负，感谢地看了韩喜柱一眼，迈步往韩组组员一边走去。

"轰"一声，韩组炸锅了。

"这不行！谁没仨亲俩故的，要都这么攀扯，我退组！"

"人家有福享了，不稀罕跟咱搅在一块儿受罪！"

"那可不，人家成天小酒盅一捏。多自在，还稀得入组？"

梁财站在地当间儿，进退不是，左右为难，尴尬万分。

李书记秉力搭救："我看梁财上喜子那组行。论庄稼活，喜子不是个儿。分组嘛，谁也不能落下，互相帮衬着才好。"

一个人的声音："人家当老太爷子了，还用咱帮衬？"

韩组的一个人："我们组就这些人了！"

梁财又蹲下去。此刻，有个地缝他都想钻进去！

韩喜柱蹙眉思索着，忽然眼睛一亮，一拍大腿："有了，我有办法了！"

众人把目光一齐投向韩喜柱。

韩喜柱:"我看李书记说的对,分组,还是社会主义嘛!不能有撑死的有饿死的,是不?依我说,这么的,把剩下的人名写在纸条上,我跟老薦儿叔抓阄,抓着谁要谁,大伙看行不?"

闷了一会儿。

有人说:"实在没招儿就这么的吧!"

有人随和:"中,抓阄吧!"

韩喜柱扯了纸,很认真地写起来。

突然,梁秀贞跳上前去,夺过纸就撕,还把碎纸片子使劲儿往韩喜柱脸上摔。她气得声音都变了:"你,你少埋汰人……"说着,已经哭起来,猛一甩头发,转身撞开屋门跑了出去。

韩喜柱呆住了。

众人面面相觑。

"笃!"有什么在响。

众人吃一惊,忙扭过头看,却见"老农会"用拐杖戳着地,"呼"地站起来,仰着头,脸上泪水横流,一步步朝门口走去。

人们给"老农会"让开了一条路。

"老农会"走出门,他那"笃笃"的拐杖声却越来越响了,震撼着人们的心。

歌声起:这故事究竟怎样发生?

想起它叫人阵阵心疼。

从前我们情同血肉,

为什么今天这样陌生?

啊……

失落的该到哪里去寻找？

美好的记忆留在梦中。

哪一天我们重新相认？

冰消雪化春光融融。

啊……

十二

屯街上。

"噼里啪啦"鞭炮乱响着。

一群孩子蹦着、跳着，满地抢着崩落的小鞭。

人们兴高采烈地走在街上。

一个高嗓门的声音飘过来："这政策没别的，就怕小孩儿脸似的一时一变。"

另一个声音："这回，或许变的慢点……"

街角。韩喜柱追上了梁秀贞。

韩喜柱："秀贞，你别生气呀！这事儿，我个人也说了不算。反正，咱也快成一家人了，不就是一个组了吗？"

梁秀贞怒不可遏："谁跟你一家人？远点儿扇着！"

梁秀贞捂脸哭着跑了。

鞭炮声更响了。

韩喜柱呆呆地望着梁秀贞的背影。

韩喜林走过来，怒视着韩喜柱。

韩喜柱负疚地："哥……"

韩喜林气得抬起手来，颤抖地指着他："你，你六亲不认，出息个暴啊！"

韩喜林说完，猛烈地咳嗽起来。

十三

冷二嫂栅门前。

鞭炮声仍在响着。

王老蔫儿追上了冷二嫂。

王老蔫儿："她婶儿！"

冷二嫂回过头来，哀怨地看了王老蔫儿一眼。

王老蔫儿："唉，依我呢，就都要了！她婶儿，你别着急，我再跟大伙说说，你上我们组吧！"

冷二嫂又瞅了一眼王老蔫儿，扭身走进棚门。

十四

屯街上。

梁财脚步蹒跚地走着。他走到一堵土院墙前，不禁心头一震。

几年前，就是在这土院墙里，一面写有"割尾巴战斗队"字样的旗帜迎风抖着。旗下有几个人手持斧头、锯子，在李发春带领下，要砍一棵硕果垂枝的海棠树。郑三锹手拎一把大锹跑出屋门要拼命。双方紧张地对峙着。

王老蔫儿拉来了梁财："老梁大哥，你是党员，你得说话，要出人命呀！"

梁财叹了口气，转身要走，王老蔫儿扯住了他："郑三锹一大家子人，就指望这棵树出个咸盐钱！老梁大哥，你不能不管呀！"

梁财无可奈何地摇摇头，还是走了。

砍树人一拥而上，郑三锹举起大锹与砍树人搏斗起来。

郑三锹被人捆绑着，押走了……

梁财羞愧地低下头，离开土院墙，向前走去。

十五

夕阳西下，屯街上的炊烟还未散尽。

赵广林家。

赵广林、郑三锹等人在喝酒。

赵广林举起杯来："来，干，庆祝分组大胜利！"

众人举起杯来。

赵广林的媳妇上菜来了："你们把党员都撤下了，这，行吗？"

赵广林："脚上泡，自个儿走的，活该！干杯呀！"

"干！"

"干！"

"干！"

"哈哈哈哈！……"

十六

魏福祥家。

魏福祥坐在饭桌前,皱起眉头:"没做点好吃的?"

他的老婆:"分组没人要,你还有心思吃好的?"

魏福祥满不在乎地:"他不要拉倒,我还不稀得进呢!往后,我就卖鱼,损不济一天也混它十块八块的,不比撸锄杠强?"

他的老婆:"那倒是,可是人家能让吗?你还有党票,好歹也得扳着点儿。头几年叫你当个队长,你吃东家喝西家;当个会计吧,又贪污!还叫人家抓住了,受了处分,我这心里……"

魏福祥:"……你少嘟囔!吃穿不缺你的就中呗!人生在世,吃穿二字,盛菜!……"

十七

李发春家。

炕桌上,摆着饭菜。

李发春双手捂脸,低头坐在炕沿儿上。他的媳妇王玉琴正伤心地数叨李发春:"……搁我也不要!头几年,批这个斗那个的,数你欢实,把人都得罪遍了!"

李发春:"我是个干部,上边那么号召,我能不执行?"

王玉琴越说越来气:"上边号召?上边多暂号召干部不干活光要嘴皮子了?平日里,寻思你们在党的人忙,家里头天塌下来也不敢惊动你。只盼你像个人样,我这当家属的也光彩。可谁像你？你看看'老农会'，七十多岁的人了，还起早爬半夜地给队上拣粪呢。你，你对得起谁呀？"

王玉琴伤心得落了泪……

十八

梁财家。

梁财坐在饭桌前边，却不动筷子，傻了似的。

梁财老伴扎撒着两只手，忧心忡忡地："小的不吃，老的也不吃，这要熬出病来……"

她的话没说完，梁财"咕咚"躺下了。

梁秀贞瞪着眼睛："分组不要党员，明摆着的，不是阶级斗争是啥？"她的眼睛扫到墙上，墙上有糊着的和镶在镜框里的奖状："土改先锋""合作化带头人""好党员"……

梁财老伴的叹息声："咳！咋就到这步田地了呢！"

她拿来了酒盅，"要不，喝点压压火？"

梁财像有病似的"哼哼"了两声。

"咣当"一声门响，李发春闯了进来，一屁股坐在板凳上，气不打一处来："哼！我想不通！我们干这些年了，没功劳还有苦劳，没苦劳还有疲劳，干吗这么硁碜人？我承认，我批过人家，斗过人家，可上边的政策说变就变，倒霉的是咱小喽啰。哼，我想不通！"

梁财老伴忙去捅梁财："发春来了！"

梁财慢慢地坐起来。

梁财长叹一声："唉——！发春，上炕。喂，添个盅子！"

李发春上了炕，梁财老伴看着他们，摇摇头，李发春不再言语，两个人只是一盅接一盅喝酒，疯了一样。

外屋地，梁财老伴正往灶坑添柴。

这时，"老农会"进来了，径直闯进屋里。

梁、李二人只顾闷头喝酒，没发现"老农会"。

"老农会"气哼哼地瞪着他们，突然，他举起了拐杖。"哗！"一声，拐杖所到之处，杯盘碗筷四处乱飞。

梁财、李发春吓得酒早醒了一半，赶紧站了起来。

梁秀贞和她妈急忙过来擦炕沿，扶"老农会"坐下了。

这时，冷二嫂走进院子，听屋里有吵嚷声，便在门旁停住了。

里屋，"老农会"的目光剑一样射在梁财脸上。

"老农会"："你们，你们都成啥样子了，啊？知道难受了？当初都干啥来？梁财，说你呢！不假，这些年搞运动，你是受了点委屈，共产党对不起你了？你小酒盅一端，当起老太爷了？七老八十了？像个党员样儿吗？"

门旁的冷二嫂心头猛地一震。她身后，响起了脚步声。

李书记走进院来。

冷二嫂欲打招呼，李书记朝她点点头，径直走进屋去。

"老农会"一回头发现了李书记，更火了："好你个李石生！我正想找你呢。你当书记了，下边党员啥样你瞅不着？我介绍你俩入党宣誓时候咋举的拳头？'奋斗到底'！你们'到底'了吗？小发春还是个孩子，我先不说他，那个，那个——魏福祥呢？"

没人吱声，静极了。

"老农会"看见梁财已是满眼的泪水，不忍心再说了。他从幔杆儿上拽下一条手巾扔了过去，口气缓和下来："擦擦！胡子多长了，还淌眼抹泪儿的，不怕孩子们笑话呀？"

梁财接过手巾，抬眼见"老农会"自己也是老泪纵横了。

"老农会"愧疚地："这也怪我，寻思老了，懒得操心，我，对不起党啊！"

李书记低下头，痛心地："不，不怪您老，是我们，给党抹了黑！"

李发春、梁秀贞也低了头，淌了泪。

梁财老伴不忍见这场面，撩起衣襟边擦泪边往外屋走。

外屋，冷二嫂也已是热泪盈眶，她扭头跑了出去。

冷二嫂跑出院门，跑过墙角，跑过房山……

已是深夜了，夜空中浮云飞掠，掩住了星星，遮住了月亮。

十九

山坡上。

洁白的积雪闪烁着耀眼的光。

一双脚踩倒了枯草。

梁财缓缓走在雪地上。

雪地上一行深深的脚印。

梁财边走边思索着，神色凝重，心潮难平，耳边似有一些声音在响：

"人家有福享了，才不稀罕跟咱搅一块儿遭罪呢！"

"你俩宣誓的时候，都咋举的拳头？'奋斗到底'，你们'到底'了吗？"

梁财突然止住脚步。他看见李发春、梁秀贞从不同方向朝他走来了。

三个人远远地止了步，谁也不说话，只是互相望着。

好一会儿，梁财迸出一句话来："回去，开小组会！"

二十

梁财家。

窗外，几个孩子好奇地探头探脑朝屋里瞅。屋里，党小组会正在进行。

梁秀贞打破了沉默："他不要咱，咱还不稀得入呢！要我说，咱自个儿建个组，干个样给他们看看！"

李发春："这话有骨气！穷不靠亲，冷不靠灯，不怕别人揭短，就怕自个儿不长脸！"忽然又有些担心地，"可咱们……能行吗？"

梁财："咋不行？开飞机，造火箭不是个儿，种大地，还用现学去？我还不服他们呢！"

李发春来劲了："可也是！"

"老农会"想了想："我看中。可也不为治气，咱们不单要种好地，还要改改毛病，像个党员样！"

窗外，小孩们又喊喊喳喳起来。李发春隔着窗玻璃摆手撵他们："去，去，去！"

孩子们一窝蜂地跑开了。

二十一

屯外。

一个人飞快地跑过柳毛趟子。这是韩喜林的妻子。

韩妻气喘吁吁："他爹——！"

正搂毛柴的韩喜林一怔："你……出啥事儿啦？"

韩妻："有，有'党组'了，党员自个儿成立组了。"

韩喜林惊喜地："真的？"

韩妻："还有假？屯子里正哄嚷呢。"

韩喜林把耙子一扔："走！"

两个人刚要走，韩喜林又站住了，怔怔地摇头，叹气。

韩妻："走啊，找老梁大叔说说！"

韩喜林沉思不语。

韩妻急切地："你快去呀，我估摸，能行！"

韩喜林迟疑地："那两个组都不要咱，他们……"

韩妻满怀信心地："他们和那两组不一样，他们一色是党员，咱是贫农，旁人不要咱，党不能扔下咱不管！"

韩喜林眼里闪出希望的亮光。

二十二

梁财家。

党小组会还在进行，气氛低沉。

李发春："唉，就是人少点儿呀！还没入组那几户要能参加咱组就好了！"

梁秀贞："不要！不要！就咱几个党员干——光荣的孤立！"

"老农会"："傻话！孤立了还光荣？剩下的都是老弱病残了，咱不要他们……"

梁财沉吟有顷，说："群众不要党员，党员再不要群众，咱屯儿可就更热闹了。依我说，咱不能那么做，剩下的咱全要。"

几个人同时惊讶地："啥，全要？"

李发春："人家未必看得上咱们呢，听说没入组的都托人想进那两组。"

正这时，"咣"一声，门被推开了，韩喜林出现在门口。

在场的人都望着神情怯怯的韩喜林。

韩喜林见这阵势，失去了信心，往后退了一步。

梁财："喜林，你进来，有事儿呀？"

李发春热情地："老韩大哥，快进屋！"

韩喜林鼓足勇气，走进屋来，溜边坐下了。

梁财："喜林，有啥事儿，你说吧！"

韩喜林："大叔！我，我，我体格是弱点儿，可我还能多少干点活呀！我不调皮不捣蛋，保证，服从领导……"

李发春急切地："老韩大哥，到底啥事儿，你快说呀！"

韩喜林狠狠心，终于说了："你们建组，能不能……要我？"

几个党员"呼啦"一声全站起来，激动地围上了韩喜林。

韩喜林瞅瞅大伙："你们，要我？"

梁财紧紧拉住了韩喜林的手："只要乡亲不嫌弃，剩下的几户，我们都要。"

韩喜林大喜过望，哽咽着说："大叔！……"

好几个人的手紧紧握在了一起。

二十三

冷二嫂家。

小玲子正和他妈说着什么。

冷二嫂："党组？"

小玲子："都是党员，就叫'党组'。妈，你要是党员就好了，咱也入党组。"

冷二嫂心中一动：都是党员……

二十四

巍峨的山峦，苍郁的松林。

林间小路上，李书记推着自行车和梁财并肩走来。

李书记："你们自己建组，不单要把地种好，更重要的是要发扬党的光荣传统。这些年，党的这点儿家底儿快让咱们给丢光了！"

梁财受触动，思索着。

李书记叹了口气："是得好好想想了，咋就到这份儿上了呢？咱这几个党员同志，群众为啥一个都不要？"

梁财沉痛地："……唉！这几年，我，也不像个党员样了！"

李书记："你们党小组开个生活会，敞开思想，好好谈谈，找找原因吧！"

梁财："嗯哪！"

李书记："我听说，你们队不止五个党员，还有一个。"

梁财："还有一个？那是谁呢？……"

他们来到山梁上，看见山底下有一个人影在缓缓向前移动着。

来人是冷二嫂。她踏着洁白的积雪艰难地攀登着。

李书记和梁财向山下走去。

冷二嫂的身影越来越清晰，越来越近了。

李书记眼睛一亮，思索着，辨认着……这个奋力攀登的身影使他感到似曾相识……

那是一个十七八岁的姑娘，一条大辫子垂在印花小褂的前胸上，她正和几个棒小伙子一块，在春天的田野上拉犁播种。犁上插着一面小旗，上写："刘玉梅农业生产合作社"。她在奋力前行，粗糙的绳子磨破了印花小褂。

现实中的冷二嫂已经来到面前了，不容李书记再思索。

梁财："她婶儿，你这是？"

冷二嫂气喘吁吁："我，我要上公社，找，找……"

李书记："找谁呀？"

冷二嫂："我，找党！"

梁财疑惑地望着她。

李书记思索着、辨认着冷二嫂。

冷二嫂急切地、激动地又说了一句："我，我要找党啊！"说着，低下头去。

李书记确信了自己的判断，问她："你娘家在哪？"

冷二嫂："三棵树。"

李书记："你叫什么名字？"

冷二嫂："刘玉梅。"

李书记对梁财说："我想起来了，就是她！"

梁财惊诧的神色。

冷二嫂羞愧地低下头去。

梁财："你是党员，咋不早说呀？"

冷二嫂低声哽咽着说："我，我当姑娘时候入的党。可出了门子，有了孩子，就围锅台转了。嫁到明月沟这些年乱哄哄的，批这个斗那个，我也弄不明白了。党支部又让人夺了权，我就没交关系。慢慢地，都忘了自己是党员了。我知道我不配了，可我……还要求……"

冷二嫂说不下去了，紧咬着嘴唇。

李书记感慨万端地："是呀，这些年，我们有多少同志忘记了自己是个共产党员呐！"

梁财很受震动，陷入深沉的思索中。

冷二嫂拿出一个小红布包，一层层打开了，把一沓纸递给李书记："李书记，这，是我的组织关系。我要求，考验我！……"

李书记握住了冷二嫂的手："刘玉梅同志，党委一定考虑你的请求……"

冷二嫂激动的目光。

二十五

公社集市。

魏福祥在高声叫卖。

突然，一个老头拎走了他的鱼筐。

魏福祥丢了鱼，慌忙四顾。

魏福祥穿过人群，一把抓住了老头的衣领："你为啥拿我的鱼？"

老头一扭头，魏福祥傻眼了：原来是"老农会"！

魏福祥尴尬地："嘿嘿，老赵大爷！……"

"老农会"气愤地："魏福祥，你，你这像话吗？"

魏福祥不服气地："我，我咋的了？"

"老农会"："咋的？你自个儿还不觉警呢，眼下政策是宽了，可也不兴倒买倒卖！"

魏福祥："这，也不光我一个人……"

"老农会"厉声地："你是个党员！"

魏福祥："党员咋的，分组不要咱，不想点来钱道还行！"

"老农会"："党员自个儿成立组了，回去干活！"

魏福祥吃惊地："自个儿成立组，咱那几个人能种地？"

"老农会"怒气不减："咋不行，你不是庄稼人呐？"

二十六

大粪堆前。

粪堆已用白灰划为三份。

人们提锹扛镐地走来了。

郑三锹："哼，'党组'那几个秧子哪像个庄稼人，这些年都歇惯腿儿、吃惯嘴儿了，还能干活？秋后嚼甜杆儿吧！"

赵广林："能吃上甜杆儿还不错呢。"

一个嘎小子接了话茬："别的先不说，就看眼下这冻粪咋刨下来吧！"

"哈哈哈！"人们笑了。

梁财好像听见了这话猛然回过头来，人们嘻哈笑着的脸板结了，有的吐出了舌头。

三挂大车并排停在粪堆前，等待装运。

"党组"的车老板梁秀贞，腰扎皮带，头戴狗皮帽子，像个棒小伙。

三家兵将走到各自的地段前开始刨粪。"党组"居中，左右是王、韩二组。

手起镐落，冻粪断裂，王、韩二组早已刨下了大堆。车老板子、跟包的嗷嗷叫着把大粪往车上扔，很快就装满了车。老板子抹过车头，大鞭子一甩赶走了。

"党组"却只刨下来一些小碎块儿，梁秀贞用锹扫着扔到车上，还没盖住车箱底儿。梁秀贞急得直冒汗。

"党组"的辕马着急了，咴咴叫着，前蹄子直劲儿刨地。

李发春紧挨着"韩组"的人们刨着，样子显得很笨拙。

赵广林讥讽地："发春啊，今儿个没会呀？不去抓大事儿呀？"

"轰"一声，人们笑了。

李发春白了他一眼，仍旧低头刨粪，可惜不得法，小洋镐只在冻粪堆上留下一个个小白点儿。

韩喜柱抹把汗，拄着镐把，向李发春投去鄙夷的目光。李发春当年批判他的情景又闪现在他眼前——

十几岁的韩喜柱胸前挂着写有"资本主义小歪苗"字样的牌子站在台上，李发春在他面前挥着拳头，高呼口号……

韩喜柱冷笑一声："发春儿，刨粪这活儿跟高喊口号不一样，得要真功夫！"

观众已经熟悉的那个中年妇女也不甘沉默："要说发春儿大兄弟呀，论干活是不太踏实，骑洋车可没比的，小轮子蹬得嘤嘤的呢！"

韩喜柱存心出李发春的丑："发春儿，你不是说共产党员是特殊材料吗？咱可是一般材料。咱俩比试咋样？我使俩手算欺负你，保证三镐下去就是一大块。连抡它一百下子，我要大口喘气儿就算输，咋样？"

"好！""好！"——韩、王两组的人发出雷一样的喊声。

"党组"的人们神态各异：梁财瞪了韩喜柱一眼，又担心地瞅瞅李发春。魏福祥拄着镐把，等着看热闹。冷二嫂忧虑重重。

赵广林加钢了："发春儿，怕他呀？没听样板戏里唱吗，'天下事难不倒共产党员！'"

李发春看看韩喜柱手里那把大镐，又瞅瞅自己的小洋镐，鼓足了勇气："比就比呗，扎呼啥？"

"好样的！"韩喜柱呼地脱了棉衣，透过贴身的红红的尼龙线衣，显现出他身上发达的肌肉块子。

只见韩喜柱抓起他的虎头大镐，单臂一叫力，一手叉腰，一手抡镐，"嗖"一声，竟把那大镐抡圆了，砸在冻粪堆上发出"咚咚"的声响，三声响过之后，"哗！"磨盘大的粪块子滚落下来了。

"好！"众人齐声喝彩。

梁秀贞看着韩喜柱的表演，紧紧咬着嘴唇，目光里含有多种情绪：有喜爱，有嗔怪，也有气恼。

李发春拼命抡着他的小洋镐，可是那冻粪连个缝也没欠，自己倒上喘了。

李发春的身子开始摇晃，脸上汗水淋漓，举起的镐头更加迟缓、无力了。

韩喜柱的大镐仍圆圆地抡着，粪堆不断在他镐下瓦解、断裂。

"好！"

"好！"

人们为韩喜柱叫好的同时，又来戏谑李发春：

"李发春，加油！"

"李发春，加油！"

李发春再也支持不住了，他扔下镐头，急眼了，"你们，你们干吗这么砢碜人？"说着，晃晃悠悠地走开，蹲到一边去了。

韩喜柱得意忘形地："咋的，要当逃兵？你是党员，咋能见硬就回呢？"

"哈哈哈！"一片嘲笑声！

赵广林瞥了一眼"党组"的人们，挑衅地："不服的，上，谁还敢比？"

"我比！"

一声怒吼，把众人震住了，待到回头看时，原来是梁秀贞。梁秀贞秀目怒张，红头涨脸，开始解皮带，摘帽子，脱棉袄。

"要不好，穆桂英要生擒杨宗保了！"谁不知趣地说了一句。一片沉静，静得吓人。

人们面面相觑，感到这场玩笑可能开大了。

梁秀贞逼近了韩喜柱，一副拼命的样子。

韩喜柱连连后退着："秀贞，别，别……"

梁秀贞逼近一步："来，咱俩比！"

韩喜柱告饶了："秀贞，别，别，我们，闹着玩呢！"

梁秀贞气得声都变了："闹着玩？你党员长党员短的，啥意思？"

嘎小子上来打圆场："嘿嘿，上纲了。我们认输行不行？"

赵广林阴阳怪气儿地："咱们干活是不如人家'党组'，咱得麻溜干呐，要不得，这大粪堆一春天怕也刨不下来！"

韩喜柱断喝一声："你们少跟着掺和！"

梁财走到梁秀贞身边，把棉袄披在她身上。他两眼通红，嘴唇抖动着，竭力克制着自己的激愤："今儿我也卖卖老，喜子，把大镐借我出点汗。"

韩喜柱更慌了，后退着："大叔！……"

梁财逼近一步："咋的，看我老了，比不过你？"一把甩掉了棉袄。

冷二嫂忙上前去劝："老梁大哥，可别的——"

梁财轻轻拨开她的手："我试试。"又对韩喜柱，"把镐给我，给我！——"

韩喜柱怯生生地递过了镐。

一张张惊慌的面孔。

一双双骇然的眼睛。

梁财往手心吐口唾沫，也只用一只手，"嘿"一声，镐尖早插进冻粪层，只三镐，就震裂下来一大块。

"好啊！"众人喝彩了。

"嘭嘭"又是几镐，又下来一大块。

"好！"又是一片喝彩声。

梁财还想再刨，镐把已经让王老蔫儿按住了。

嘎小子趁机夺过大镐，朝韩喜柱一挤眼："喜子，油梭子发白，你还短炼呢。"

二十七

街上。

夕阳西下，暮色苍茫。

收工了。梁秀贞赶车过来了。韩喜柱追了上来，把大镐往车上一扔，一偏腿儿坐辕板上了。

梁秀贞扭过头去，不理他。

韩喜柱嘻嘻笑着，往里靠了靠。

二十八

生产队院内。

韩喜柱帮梁秀贞卸车。

梁秀贞头扭向一边，不理他。

韩喜柱凑上前去："秀贞，秀贞！"

梁秀贞也不回头。

韩喜柱："秀贞，你生气了？你要想解气就打我两下。哎，你打，你打呀！"

梁秀贞正色地："告诉你，姓韩的！从今往后，你少跟我套近乎，你是先进的大组长，我是落后的小党员，你跟我在一块儿，别捎了你的色！"

韩喜柱："秀贞，你咋这么说呢，我可不是冲着党员来的。"

"老农会"背着粪篓子走过来，留心听着两个青年人的话。

梁秀贞："你不冲党员冲谁？李发春是有毛病，他以前还斗过你不假，那你就这么整他？"韩喜柱："我，没想那么多。"

梁秀贞："那你都想啥了，凭你年轻，有力气，能干活就行了，也不图个上进？"

韩喜柱不以为然地："那你还想让我入党咋的？就你们这套号的，哼！我还嫌碽碜呢！现在年轻人，谁是党员，对象都不好找！"

梁秀贞勃然大怒，声都变了："你，你！好啊！打这往后，咱俩一刀两断！"

梁秀贞一转身，跑了。

韩喜柱呆呆地愣在那里。

"老农会"慢慢走过来，拍拍韩喜柱的肩膀："喜子，话可不能那么说呀！有的党员是不咋着，那是他们个人不好，党还是党啊！你还小，不懂事儿，你来，爷爷跟你唠唠。"

韩喜柱心中无比怅惘，似乎没听准"老农会"说什么。

"老农会"："你来呀！"

韩喜柱这才随"老农会"走去。

二十九

梁财家。

梁财躺在炕上，手按着腰，直哼哼。

梁财老伴："喜柱还是个孩子家，跟他治那个气干啥？"

梁秀贞一头撞进来，满脸泪水。

梁财老伴："秀贞，你咋的？"

梁秀贞坐在炕沿儿上，气得直哭。

梁财："到底咋的了？"

梁秀贞抽泣着："我，我和他吹了！都怨你，让你拐带的分组我也没人要，呜呜……”梁秀贞一头栽到炕上大哭起来。

梁财气不打一处来，吼着："你嚎啥？连你也嫌弃我了？这个家搁不下你，你走！"

三十

弯月如钩，星光点点。

李发春家。李发春直挺挺地躺在炕上生闷气。

他的媳妇王玉琴正在地下洗衣服，边洗边叨咕："也不是七老八十的，回家放挺，不能挑挑水去？"

李发春动也不动。

王玉琴上前推了一把："起来呀！"

李发春烦躁地："去，去，去！"

王玉琴："像个木头疙瘩似的，这又咋的了？"

李发春没好气地："一边儿去，我心烦！"

王玉琴伤心了："啥你烦？烦谁？烦我呀？"

李发春火了："行，行！在外边受人欺侮，回家还得听你数叨，这日子我过够了！"

王玉琴赌气地："过够了就散！你还烦呢，五尺高的汉子，干啥不像啥，出来进去叫人家指脊梁骨，你不砢碜，我早没脸出这个门儿了！"

这话正捅到李发春的痛处，铲粪时憋的气全发泄在媳妇身上了。他吼了一声："你嫌跟我砢碜你走！"

王玉琴伤心地哭了："走就走！我早知道，你嫌弃我们娘儿们！"

王玉琴抱起孩子，转身就走。

孩子"哇"一声哭了。

李发春这才后悔了，跳起来追出门去："玉琴，玉琴！"

王玉琴猛地站住了，她等待着李发春上前哄他，请求她原谅，隔了一会儿，她却听到了这样的话："你走，你走吧！我现在，不配你！……"

王玉琴听了这话，眼角的泪水滚落下来，哭着，跌跌撞撞地跑了。

李发春失魂落魄地往屋里走，不小心被什么东西绊了一下。他低头一看，却是那把小洋镐。"当"一声，他把小洋镐踢到一边去了。

三十一

王老莺儿家。

王玉琴抱着孩子"咚"地撞开门，走了进来。

王玉琴哭着："爹！"

王老莺儿："玉琴，你这是咋的了？"

王玉琴见了爹，满心的委屈发泄出来，哭得更厉害了。

王老莺儿着急，又问了一句："到底是咋的了？"

王玉琴哽咽着说："我，不跟他过了！"

王老莺儿惊诧地："啊？……"

王玉琴抹着泪："我妈不在了，就你一个人儿，顾了地里顾不了家里，我给你做饭。"

王老蔫儿打了个唉声："我都惯了。你呀，回去吧。"

三十二

夜色沉沉，山影朦胧。

明月沟睡了。

突然，响起了一种"咚咚"的声音，这声音在沉静的夜里传得很远、很远，惊飞了林中的鸟，震撼着天上的星，在山谷里回荡。

原来，大粪堆前有人在奋力刨粪。

刨粪人正是李发春，他好像借以发泄心中的郁愤。

三十三

梁财家。

梁财、梁秀贞披衣坐起倾听着。

冷二嫂家。

冷二嫂正纳鞋底，她住了手，倾听着。

魏福祥家。

魏福祥已躺在被窝里了。

他的老婆从外边回来："八成党组夜战刨粪呢，你不去呀？"

魏福祥披衣坐起，犹豫一会儿，又躺下了。

三十四

大粪堆前。

李发春手中换了大镐，用力挥舞着。

梁财、梁秀贞、冷二嫂也从不同的方向扛着大镐来了。他们互相瞅了瞅，谁也没说话，刨起粪来。

韩喜林也来了。

只是缺了魏福祥。

把把大镐上下翻飞。

块块冻粪纷纷崩裂。

"咚咚"的声响更浑厚，更高亢，更动人心弦了。

梁财来到李发春身边，一面比画一面说着什么。

李发春感激地瞅瞅梁财，会意地点点头。

李发春终于会使巧劲儿了，他顺着一个眼儿狠砸，只几镐，也刨下来磨盘大的一块。

李发春欣喜的神色。

冻粪块子纷纷断裂、滚落下来……

三十五

断裂、滚落的冻粪块子化为断裂、浮游的冰块。

春天来临了。

阳光明丽，晴空如洗。

嫩绿的杨柳间，几只百灵子在飞旋、鸣唱。

深邃的山谷里，清泉漫过薄冰在汩汩奔泻。

向阳的山坡上，杜鹃花开了，像一片红霞。

闪亮的犁瓦耕起一道黝黑的土浪。

田野上，绿油油的禾苗已长到半尺高了，在微风中轻轻摇曳……

三十六

公社集市。

梁秀贞在人流中穿行着。韩喜柱和嘎小子从供销社五金部出来,手里拿着几张锄板儿边走边唠着,没有看见身后的梁秀贞。

嘎小子："喜子哥，找找秀贞姐呀！"

韩喜柱："找她干啥？"

嘎小子："说两句小话，就好了呗！"

韩喜柱："我先晾晾她，过几天你看她怎么上赶着找我吧！"

"你臭美！"

韩喜柱一回头，看见了梁秀贞一双愤怒的眼睛。他尴尬地咧嘴一笑，捅了嘎小子一下，转身跑了。

梁秀贞愤愤地瞪着跑去的韩喜柱。

梁秀贞边走边思谋如何整治一下韩喜柱才能解气。她走到照相馆门口，停了脚步，她看见橱窗里展览的照片中有一幅订婚照。她眼珠一转得意地笑了。

三十七

韩喜柱和嘎小子正在往车上搬运水田除草剂锄板之类的东西。

王老蔫儿、冷二嫂和中年妇女等也买了东西先后坐上了车。

韩喜柱抓起鞭子要赶车走，随即又放下鞭子，直盯盯地望着远处。

嘎小子一瞧，逗趣地："喜子哥，你那脖子不酸啊？"

韩喜柱摆摆手："去去！"

嘎小子回头看见了远处走来的梁秀贞："喜子哥，说真格的。你那眼睛正经挺尖呢。"

韩喜柱不以为然地瞪了嘎小子一眼，待到梁秀贞走到近前了，他才扯起鞭子，"驾"一声，把车赶得飞快。

被甩在后边的梁秀贞气得瞪圆了眼睛，紧跑几步追上大车，一偏腿上了车，故意往韩喜柱身边挪了挪。

韩喜柱向嘎小子挤挤眼，意思是："怎么样，上赶着和我套近乎来了吧？"

中年妇女："秀贞，都买啥了？"

梁秀贞："没买啥，就取张相片。"

中年妇女："取啥相片，谁的？"

梁秀贞："我的，我俩照的。"

韩喜柱："咱俩的？我没跟你照相呀！"

梁秀贞冷笑一声："'咱俩'就是你呀？你就是'咱俩'呀？哪儿凉快猫哪儿待着去得了！我跟别人照的。"

韩喜柱撇嘴一笑："我不信。驾！"

梁秀贞："没叫你信，用不着你信！"

梁秀贞掏出一张她和一个解放军战士的合影晃给嘎小子看。

嘎小子惊讶得"啊"了一声！

韩喜柱仍不相信。伸出手来："给我看看！"

梁秀贞："看就看。怕谁咋的？正大光明！"

梁秀贞那照片又在韩喜柱眼前晃了一下。韩喜柱的脸顿时变了颜色，握鞭的手也发抖了。

梁秀贞见状无比开心，得意扬扬地说："哼，有人说现在年轻人谁是党员对象都不好找，我就找着了！还是干部呢！"

韩喜柱心慌意乱，大车在道上直打横。

梁秀贞得意地哈哈大笑起来，伸手夺过鞭子，脆脆地甩了三个响鞭，大车飞似的向前驰去。

三十八

"党组"水田边。

细弱的渠水缓缓流着。

韩喜林拄着锹把眼巴巴地瞅着那水。

韩喜柱向上游望去，上游是"韩组"水田，赵广林在看水。

韩喜林高声喊道："广林呐，你那水咋样啊？"

赵广林："不行啊！"

韩喜林："咋回事儿？"

赵广林："不是说上游开了水田吗，水让人截去了！"

赵广林一低头，见注入池埂的水流越来越小了，他急得来回乱转。无意中，他用锹头挡住了通向"党组"水田的渠道，注入池坝内的水流明显加大了。

赵广林眼珠一转打定了主意，他偷偷瞅了下游的韩喜林一眼，几锹就堵死了通往下游的水渠。注入池埂内的水流骤然加大了。

赵广林得意又不安的神色。

三十九

"党组"水田边。

水，断了。

韩喜林焦急地向上游望去。

魏福祥扛锹走来了，韩喜林指指上游的方向。魏福祥："走，咱们看看去！"

魏福祥、韩喜林一前一后来到"韩组"水田边。

赵广林笑嘻嘻地迎上前来。

魏福祥见水被堵住了，立即翻了脸："赵广林，你也太缺德了！"

赵广林仍笑嘻嘻地："等我们组的田灌足了就放给你们。"

魏福祥怒不可遏："你不要脸！我们还耙不耙田？插不插秧？"

魏福祥说着，夺过韩喜林手中的锹，几下子挖开了通向自己组的渠道，堵死了"韩组"池埂的水口。

赵广林气得扭住了魏福祥的胳膊："你，你凭啥堵我们的水？"

魏福祥："是你们先堵的！"

赵广林气得脸红脖粗："你，你也太蛮横了，你还想欺负人呐？你仗着啥？仗着你是党员呐？呸！"

魏福祥气得鼻歪嘴斜，不顾韩喜林的阻挡，伸手揪住了赵广林的袄领子，赵广林揪住了魏福祥的头发，两个人打得难解难分。

人们越聚越多，有看热闹的，有想上前拉架又不得上前的，有在一旁议论的。

"皆因啥呀？"

"争水，赵广林堵了'党组'的水，魏福祥又把他们的水堵了！"

"上游开了水田，水不够。这么争，怕是谁也插不上秧啊！"

"这魏福祥也太豪横了，抬手就打人呐！"

梁财急匆匆地跑来了，挤上前去大喝一声："魏福祥！"

魏福祥一愣神儿，赵广林乘机把他摔倒了。

魏福祥爬起来，哪肯罢休，还想往上扑，梁财又喝了一声：

"魏福祥，你干出这种事来，不知道碜碜？走，你惹不起，还躲不起吗？"

赵广林听出了梁财的话音儿，蹿上来叫："就不给你水，魏福祥，有招你想去！"说着，又堵死了水道。

梁财瞅瞅赵广林，瞅瞅被堵死的渠道，气得嘴唇直哆嗦。

魏福祥手指着赵广林："今儿这事没完，我上公社告你去！"

韩喜林也嘀咕着："这也太损了！"

梁财憋在心里的怒气全发泄在魏福祥、韩喜林身上了："都给我回去！"

梁财怒气冲冲地走了。

梁财通红的双眼。

梁财急促的脚步。

四十

梁财家。

梁财怒气不减，坐在炕沿上抽烟。

梁秀贞气哼哼地往外走："我找他们组长去！"

梁财头也不抬："找谁？"

梁秀贞："韩喜柱！"

梁财："你回来！"

梁秀贞哪里肯听，"啪"地一摔门，走了。

四十一

韩喜柱家房后。梁秀贞走来。

屋里传出韩喜柱和赵广林的争吵声。

梁秀贞站住了。

韩喜柱："你这么干，咱组丰收了也叫人指脊梁骨。"

赵广林："他打人就有理了？啥时候了，他还欺负人。过去他当队长，当会计，光猪肉炖粉条子吃了我多少？不给吃就穿小鞋！"

韩喜柱："那不是过去的事儿嘛？"

赵广林："过去的事儿？过去人家批你小歪苗，就忘了？"

韩喜柱："嗨，不管咋说，这事儿，人家有理，痛快儿给人家放水去！"

赵广林急了："我知道你，身在曹营心在汉，向着你老丈人！"

韩喜柱："谁是我老丈人？"

赵广林："你问梁秀贞去吧！"

韩喜柱："梁秀贞？她看不上我，我也不要她！"房后，梁秀贞听了这话，气得嘴唇发抖，一扭头跑了。

四十二

梁财家。

梁财还坐在炕沿儿上抽闷烟儿。

李发春："没这么欺负人的！分组，不要咱们，咱自己干，不是讽刺就是挖苦，如今又堵水。再一、再二，不能再三再四！"

魏福祥："骑党员脖梗上拉屎，这要不叫阶级斗争，就没阶级斗争了！"

李发春："水田泡不上，过了节气，秋后吃啥？"

梁秀贞闯了进来："上公社，告他们去！"

啪、啪、啪！梁财在炕沿上磕烟袋锅子，冲梁秀贞："你，给我出去。我心烦！"

四十三

夜空中，浮云遮住了月亮，盖住了星星。夜色，墨一样浓。空气，铅一样沉重。

田野上，移动着一个人影。

人影渐渐近了，他是梁财。

梁财蹲下来，抓起水田上一块干土块子。

那土块子在梁财手中好像有千斤沉、万斤重，压迫着他的心。

梁财的手使劲捏紧了干土块子，粉碎的土面子从他指缝中洒落下来。

梁财慢慢站起身来，一步一步地向屯里走去。

四十四

"老农会"家。

"老农会"坐在炕沿上一声不响，低头抽烟。

梁财坐在一个小板凳上沉默不语。

"老农会"的烟锅忽明忽灭，丝丝发响。

梁财心里憋着气，说不出话来。

"老农会"："啥事儿，说吧！"

梁财不得不说了："我估摸，这事儿您也知道了。分组，不要我们。我们自个儿干，他们又这么整。这问题严重了。"

"老农会"瞅了梁财一眼，没吱声。

梁财："水田泡不上，地耙不了，耽误了插秧，到秋后咋办？"

"老农会"还不吱声，梁财期待地望着他。

"老农会"深深叹了口气，"哒哒哒"在炕沿儿上磕磕烟袋锅子，耐心地问："梁财，土改时候分浮财的事儿，你还记着不？"

梁财愣了，不明白"老农会"何出此言。

"老农会"又问："你入党多少年了？"

梁财又是一愣，迷惑不解地望着"老农会"。

"老农会"的语声有些激动了："你当过多少年的大队书记？"

梁财咕哝了一句："大伙都想不通！"

"老农会"的脸突然变了颜色，拿过手杖指点着梁财："你，你给我出去！"

梁财惊诧地抬起头来："您？"

"老农会"的手抖着，指着门："出去！"

梁财也急了，他感到委屈，呼地站起来，语声也变了："好！我走，我出去，我上公社！"

梁财气呼呼地走出门去，狠劲儿一摔门，那门"哐"一声合上，又震开了。

"老农会"气得上喘了，忽然想起什么来，鞋也没顾上穿，跑到门口，对已经走出院的梁财喊着："你，睡不着觉，好好寻思寻思啊！"

梁财也没回头，腾腾地走去。

四十五

梁财家。

梁财躺在炕上辗转反侧。

梁财耳边又响起"老农会"的责问声："土改时候分浮财的事，你还记得不？"

那难忘的岁月，梁财还记得的……

当年，就在那个高门大院里，刚翻了身的衣衫褴褛的农民们排着队领取衣物——地主的浮财。

"老农会"，当年的农会主席才四十来岁，他精神矍铄，目光炯炯，举着一件皮袄问大家："这皮袄，给谁？"

一个中年人："给梁财吧，他站岗放哨，穿不暖和咋行呢！"

众人："对，给梁财！"

梁财，那时才二十来岁，他背条三八枪，穿件开花的小棉袄，正抱肩缩脖地站在后边，听了这话直摆手。

人们把梁财推到前边，梁财接过皮袄，给当年才十五六岁的王老莺儿披上："给小猪倌儿吧，他没爹没妈的……"

王老莺儿推辞着："梁财大哥，我不要，你光想着旁人，你自个儿……"

梁财执意地把皮袄给王老莺儿披上，转身走了。

沉思着的梁财眉头舒展开了，好像刚刚做了场梦，他还在揣摩着那梦的启示。

天上的云散了，窗外，透进来一束月光。

李书记的声音好像和月光一起进来的："……这些年，党的这点家底儿快让咱们给丢光了！"梁财再也躺不住了，一个鲤鱼打挺坐起来，披上衣服。

梁财打亮了灯，下了地，向门外走去。他走到门口，手扶门框站住了，"老农会"的声音又回荡在耳边："你入党多少年了？"

梁财一抬头，看见门框上的一副对联。那对联已陈旧得褪了颜色，但墨迹还是清晰可辨的，上面写着："红心向党永不变"。

梁财眼一亮，大步走出去，推开外屋的门。

一片银色的月光，涌进门来。

夜空中，云已散尽，明月皎洁，星光灿烂。

四十六

中午，梁财家。

梁财仍坐在炕沿上抽烟，不过好像已经成竹在胸了。

炕头上，梁秀贞和冷二嫂交换了一个眼神。

魏福祥比比画画地嚷着："我打了人，不假，可这回咱站在理儿上，要不整整他们，出不了这口恶气！"说着，瞅了瞅李发春。

李发春脸像挂层霜，也不答言，两只眼睛直瞪瞪地望着墙角。

梁秀贞："咱们旱田就不如人家，稻子再插不上，只能改种荞麦了，秋后，这一大组人……"

魏福祥："喝西北风吧！"说着，又瞅了李发春一眼。

李发春还是没答言。

梁财："我说说。今年水不足，要是两组分着用，咱们谁也插不上秧子，依我说，不如就让他们先灌。"

梁财的话，像是点燃的导火索，在人们心中燃烧着。

炕沿上，冷二嫂在低头思索，手捏撮着自己的衣襟。

大柜旁，梁秀贞撕扯着自己的头绳，发泄心中的愤懑。

魏福祥坐在炕里，背靠着窗台，嘴角挂着一丝冷笑。

李发春站起来，双手抱在胸前，两脚叉开，一脚门里一脚门外地靠门框站着，像是来要账的，不给就要玩命。

"老农会"悄悄进来了，坐在外屋的一个小凳上。

冷二嫂瞅了大伙一眼，神情怯怯地："我，我说两句。"

所有的目光都集中在冷二嫂身上，冷二嫂失去了勇气，又低下头去。

梁财："她婶，你就说吧！"

冷二嫂声音低低地："我琢磨着，老梁大哥说的在理儿。街比邻右住着，还讲有尊有让呢，咱们虽说分组了，还是一个生产队儿，哪组减了产都是集体的损失。再说，咱们不同旁的组，大伙都叫咱是'党组'。不能和他们一般见识。我，就说到这儿……"

梁秀贞刚要发火，冷二嫂使劲儿扯住了她的衣襟

魏福祥又瞅了李发春一眼，李发春的火气憋不住了。

李发春："这不行，咱就说治气不对，记仇不对，可也得替全组几十口人着想着想啊。咱也是逼得没路走了，有旁的办法，谁不愿发扬风格！"

魏福祥瞟冷二嫂一眼："就是！拜年嗑好听可顶不了大米干饭！"

冷二嫂脸红了。

"老农会"从外屋跨进来："大米干饭好吃，咱也不能跟群众抢！要不，还叫啥党员？"

李发春张张嘴，看见"老农会"严厉的目光，不敢吱声了。

魏福祥还是牢骚满腹："那好，咱就掐脖等死！"

"老农会"："谁叫你等死了？俩肩膀扛着脑袋呢，不会想法子？"

梁财："你老有招儿？"

"老农会"："招儿倒有一个，昨晚我琢磨半宿，刚才，我又去看了看，他们毛孩子不知道，你能记着，水田边茅坑子不

是眼井？当初有个妇道想不开跳进去了，大伙忌讳，就填了。"

梁财："对，对！我想起来了，当初那水溜子正经挺冲呢。咱把井掏了，拿水泵抽。"

梁秀贞噘嘴胖腮地："行，咱挖井，反正干活累不死人！"

李发春也没笑模样："这回就让他们，下回呀——"

"老农会"："下回该让也得让！"

魏福祥从鼻子里"哼"了一声。

这时，李书记满脸笑容地走进来。

李书记："开会呀？"

大家围上了李书记，有的想告状，有的要汇报，心绪不一。

李书记："我上沟里路过这儿，顺便告诉你们个好消息。"

人们期待地望着李书记。

李书记走向冷二嫂："冷二嫂，不，刘玉梅同志，你的党籍问题，党委研究了，考虑到这些年来的主客观情况，和你本人的表现，决定恢复你的党籍。你要总结经验教训，增强组织观念，做一个合格的共产党员。"

冷二嫂激动得说不出话来。

梁秀贞上前拉住冷二嫂的手："二婶儿，祝贺你！"

冷二嫂眼角的泪夺眶而下，她扭头向外跑去。

四十七

冷二嫂跑过一道道栅栏，一座座房屋。

冷二嫂跑过清澈的小溪，溅起朵朵浪花。

冷二嫂跑过一排挺拔碧绿的白杨树。

冷二嫂兴奋的脸。

蓝天、白云倾斜、翻转。

冷二嫂的双脚飞过开满小花的草地……

四十八

冷二嫂跑到自家栅栏门前,站住了。她像是要会见贵客似的,精心地拢了拢鬓角的头发,拍了拍身上的尘土,两眼闪着异样的光彩,仿佛逝去的青春又复苏了。

冷二嫂走进院子,向屋里跑去,惊得院中的小鸡四处飞散。

冷二嫂收住脚步,喜爱地瞅了小鸡一眼,跑进屋去。

正坐在院中海棠树下写作业的小玲子,诧异地望着妈妈的背影。

少顷,冷二嫂返身走出屋来,端着一盆鸡食"咕咕咕"地唤着小鸡。

小鸡撒着欢儿集结在冷二嫂的脚下,拼抢着鸡食,围着冷二嫂欢腾、跳跃。

冷二嫂像个年轻的姑娘似的团团转着,撒着鸡食。

小玲子惊异的目光。

冷二嫂旋转的身影。

欢腾跳跃的小鸡。

冷二嫂旋转着的、兴奋的脸。

小玲子感到奇怪,喊了声:"妈!"

冷二嫂仿佛进入了另一个境界中，她什么也没听见，只顾团团转着、转着。

小玲子有些害怕，跑上前来："妈！"

冷二嫂顺手扔了鸡食盆子，也不知哪儿来的那么大的劲儿，一下子把小玲子抱起来转了一圈儿，又放在地下。

小玲子吃惊地："妈，你，你咋的了？"

冷二嫂疼爱地打量着小玲子："玲子，妈这些年没给你做好吃的。今儿个，妈给你吃鸡蛋！你愿意吃煮的，煎的，还是爱吃鸡蛋糕？"

小玲子："妈，今天，你过生日吗？"

冷二嫂："不是……啊，对，对，妈过生日！"

小玲子："妈，你，你变了！"

冷二嫂："妈，变了？变啥样了？"

小玲子："你年轻了，好看了！"

冷二嫂嗔怪地一笑："你呀，净瞎说！"

冷二嫂往屋里跑："妈，妈！"

没有人回答。

冷二嫂跑进屋，见冷奶奶在炕头上躺着，孩子似的扑上去，撒娇地搂住了冷奶奶的脖子："妈！"

冷奶奶抬起手来，握住了冷二嫂的手腕子："孩子，你回来了！"

冷二嫂发现冷奶奶头上挂些柴火末子，责怪地："妈，你又出去了？磕着碰着咋整？"

冷奶奶笑笑："不怕的。"

冷二嫂拿过梳子："妈，我给你梳梳头吧！"

冷二嫂一根一根地从冷奶奶的头发上摘掉柴火末子。

冷二嫂细心地给冷奶奶梳起来。

冷奶奶声音颤抖了："孩子，你待妈越好，妈越不忍心拖累你。老二死了以后，可苦了你啦。自打成立作业组，你起早爬半夜地干，回家来还……"

冷奶奶说不下去了，眼角溢出了泪。

冷二嫂："妈，你说这干啥！"

冷奶奶："有时候，妈寻思，妈该走了。妈活七十岁了，知足了。不的，也累赘你！"

冷二嫂忙拦住冷奶奶的话："妈，快别说这些！你活七十岁，都过的啥日子呀？眼瞅着，日子一天天好过了，你也该享享福了！这个家有你在我走到哪儿心里都踏实。回家来，看见你躺在炕上，我心里也敞亮！"

冷奶奶："好，好，妈活着！"

冷二嫂："妈，你等着，我给你做饭去！"

小玲子走进来："妈，不用了。今天，你吃现成的吧！"

冷二嫂一愣。

小玲子揭开锅盖，锅里升起一团热气。

冷二嫂不解地望着小玲子。

小玲子："这是奶奶做的，她抱柴火都摔了！"

冷二嫂心头一震，手中的梳子掉在地上了。她望着婆婆：那么大年纪了，又双目失明，还给她做饭。冷二嫂心里一震，眼角流出了泪，扑上去搂住冷奶奶的脖子，哭了……

四十九

"韩组"水田边。

赵广林扛着锹，边走边嘟哝："放就放！我也是为了咱组！"

赵广林不情愿地挖开了通向"党组"水田的渠道。

李发春走来，挥锹又堵死了。

赵广林："你？"

李发春："水，你们先灌吧！"

赵广林："那，你们呢？"

李发春有些得意地："我们有办法了！"

赵广林抬眼一望，远处的一个水泥管子喷出了水，在阳光下闪闪发亮。

赵广林惊愕地瞅着李发春。

李发春也不理赵广林，转身走了。

韩喜柱从另一方向走来了。

赵广林乐呵呵地迎上前去。

赵广林："喜子，党组把水让给咱们了！"

韩喜柱瞪了他一眼，没吱声。

嘎小子从韩喜柱身后走过来："这把，咱输了，闹个一比零！"

赵广林不解地："啥，咱输了？"

嘎小子："嗨，人家都是能说会道的，这一发扬风格，还不可哪介绍经验啊？咱们组，就成了对立面了！"

韩喜柱疑虑地："别瞎说！"

嘎小子："看看，你还不信，他们讲你没听过咋的？"

韩喜柱叹口气："走着瞧吧！"

韩喜柱心事重重地走了。

赵广林、嘎小子呆呆地望着他们组长的背影。

五十

夕阳西下时，田间小路上。

梁财、梁秀贞扛着锹，一前一后走来。

梁财忽然想起什么，回过头来问秀贞："这些日子，你跟喜子又演的哪一出？"

梁秀贞撒娇地一笑。

梁财："你还乐！这么大了，一点儿正形没有；他在身后边儿呢？你跟他唠唠！"

梁秀贞："我不！"扭头走去。

梁财厉声地："你回来！"

梁秀贞站住了，撒娇地："爹！"

梁财板着脸："少叫爹，我是党小组长，跟你谈工作呢！你是团支书，喜子是团员，他有缺点你该帮助他。哪有像你这么闹的？你等等他！"

梁秀贞噘着嘴："我不理他！"

梁财："你敢！党小组怎么分的工，不是让你帮助他吗？"

梁秀贞嘴噘得老高，不情愿地站下了。

梁财瞪了梁秀贞一眼，转身走去。

韩喜柱从一条毛道上走过来，看见梁秀贞，他想过去，忽然又故意地仰起头，旁若无人地往前走去。

梁秀贞见他这样子，气不打一处来，喊了声："韩喜柱！"

韩喜柱停了步，回过头，狡黠地一笑。

梁秀贞气昂昂地："我跟你谈谈！"

韩喜柱："谈啥？给我看照片呀？我知道了，那是你表弟！"

梁秀贞板住了脸："少来这一套，咱们以公对公，不谈私事儿！"

梁喜柱不以为然地："啥事儿？"

梁秀贞拿出公事公办的样子："你是队长，又是组长，还是团员，大队党支部很关心你的进步。党小组让我跟你谈……谈思想。"

韩喜柱哈哈笑了："思想？得了吧，空头政治不吃香了。秋后产量上见！"

韩喜柱反倒神气起来，向前走去。

梁秀贞气极地："有能耐，一辈子别找我！"

韩喜柱回过头来笑，梁秀贞气得扭过身去。

五十一

李发春家。

李发春走进院子，见屋里通明瓦亮的，心中一动，急忙走进屋里。

外屋地上没人，只见锅里冒着热气儿。李发春揭开锅盖，里边是热腾腾的饭菜。

李发春疑惑着,他一回头,发现妻子正笑呵呵地站在自己面前。

李发春怔住了,半天才说出一句话来:"玉琴,你回来了?"

王玉琴柔声细气地:"我的家嘛,咋不回?"

王玉琴忙去端饭,盛菜。

李发春要帮忙,王玉琴柔声地:"你歇会儿吧!"

王玉琴把饭菜摆上了桌:"发春,快吃饭吧!"

李发春端起碗来:"玉琴,你也吃呀!"

王玉琴深情地望着李发春:"这一阵子,你瘦了!都是我不好,我不该离开你。这几天你们让了水,屯里人都夸呢!我听了,这心里,就别提多高兴了!"

李发春感情复杂地放下了饭碗,呆呆地望着王玉琴。

王玉琴把一碗荷包蛋推到李发春面前:"你们发扬了风格,这个,是给你的奖励!"

李发春心头一震,手颤抖着放下了筷子,愧疚地低下头去:"玉琴呀,你不知道,让水,我……"

话未说完,咽住了。

王玉琴:"你,你咋的了?趁热吃呀!你,还生我的气呀?"

李发春羞愧难当,双手抱头,眼眶中闪着泪花。

王玉琴吃惊地望着李发春。

李发春哽咽地:"玉琴,你不知道,当个党员,我,不够格呀!"

王玉琴走上前去,双手捧起李发春的头,用手轻轻地擦他眼角上的泪，温情脉脉地："可依我说，你知道不够格，就是够格了！"

李发春激动地："玉琴！"

王玉琴："发春！"她一头扑到丈夫怀里……

五十二

清晨的"韩组"地里。韩喜柱神情愁苦地查看苗情。

片片秧棵泛着浅黄，是脱肥的征兆。

梁财着急忙慌地走过来。

梁财："喜子，我转悠了一圈，各组的苞米都脱肥了，得赶紧追化肥，这些年大帮轰，队上没钱，去年也没买起化肥。"

韩喜柱："可不，队里一斤也没有。"

梁财："你是队长，你得张罗。"

韩喜柱："公社没指标，上哪张罗去？依我说，现在就得小鸡打鸣——'各顾各'了。谁有门子谁走，哪组弄来哪组用。咱们来个八仙过海，各显其能吧！"

五十三

自行车轮在飞转。

韩喜柱焦急的面孔。

公共汽车的轮子在疾驰。

车厢里，王老蔫儿焦灼的神色。

韩喜柱、王老蔫儿分别出入各样的楼门、院门、房门口……

王老蔫儿坐在路边的柳树下擦汗，喘气儿。

韩喜柱一身尘土骑车过来了，在王老蔫儿身旁下了车，像根木头似的躺倒了。

王老蔫儿关心地：“喜子。咋样？”

韩喜柱沮丧地：“腿肚子跑转筋了，唉……”

王老蔫儿叹口气：“听说，秀贞和李发春上公社了。”

韩喜柱突然坐起来：“他俩要能整来化肥，有多少我都吃了它！”

五十四

公社办公室。

梁秀贞、李发春期待地望着胖胖的公社秘书。

胖秘书显然感到为难，不住地擦汗。

李发春：“我们组的庄稼，本来就不如人家……”

胖秘书：“公社是一斤没有了！”

梁秀贞：“只要有三吨硝氨，就行了！”

李发春：“对，只要三吨！”

胖秘书下了决心：“当初，人家不要你们，全公社党员都受了震动。现在，你们有了困难，大家不能不管！我给各大队党支部打电话！"

梁秀贞、李发春的眼睛放出希望的光。

五十五

冷二嫂家院门。

王老蔫儿挑一挑水走进院来。

王老蔫儿挑水走到门口，见门紧闭着，敲了敲门。

屋里，传来冷二嫂的声音："谁呀！"

王老蔫儿："我。"

冷二嫂惊喜、慌乱的声音："你，你等着！"

王老蔫儿也不放下水桶，傻呵呵地站在门口等着。

屋里，冷二嫂好像在换衣服，急忙结上扣子给王老蔫儿开了门。

王老蔫儿也不抬头，也不言语，把水挑到缸前，下了肩。

王老蔫儿伸手去拎水桶，冷二嫂也忙伸手去拎。慌乱中，两人的手握在一起了。

冷二嫂忙闪开手，王老蔫儿急忙把水倒入缸里。

王老蔫儿去拎另一桶水，冷二嫂也同时握住了桶梁，两人一齐把水倒入缸里。

王老蔫儿含情地瞅着冷二嫂，想说什么，又低下了头。

冷二嫂："她叔，有事儿呀？"

王老蔫儿搓着他的手，头上冒了汗。

冷二嫂眼巴巴地望着王老蔫儿，期待着他说出心底的话。

王老蔫儿吭吭哧哧地："我，我跟你说个事……"

冷二嫂低了头："你……说吧！"

王老蔫儿终于没能鼓起勇气来，竟说出这样一句话来："你，你们让了水，大伙都说你们是这个！"说着伸出了大拇指。

冷二嫂一笑："就这事儿呀？"

王老蔫儿好像听见门外有脚步声，红着脸，忙走出门去。

门外，中年妇女迎面走来了。

中年妇女拍手打掌笑着："这不两家变一家了吗！"

冷二嫂脸红红地跑进里屋。

中年妇女这才想起要办的大事儿："组长，我到处找你，谷地起虫子了！"

王老蔫儿大吃一惊："啊，快，快打敌敌畏！"说完，与中年妇女急忙跑去……

五十六

"王组"地里，中年妇女等十几个女社员戴着口罩在喷洒"敌敌畏"溶液。

风，把药雾吹向旁边高粱地，高粱怕敌敌畏，片片高粱叶子翻了白，垂了下来。

王老蔫儿气喘吁吁跑来了："别，别打了，风变了！"

中年妇女等住了手，不解地望着她们的组长。

王老蔫儿带着哭声喊："把人家那两组的高粱打了！"

众人扭头望去，见邻地的几垄高粱翻了白，打了蔫儿，组员们全吓呆了。

王老莺儿看见梁财和冷二嫂从那边赶来了，吓得直转磨磨，一拍大腿，说了声："还不快走！"

众人在王老莺儿带领下仓皇逃遁。

五十七

"党组"高粱地里。

梁财手托着翻了白的高粱叶子，心里发痛。

冷二嫂又气又恨："问问他去，咋整的！"

梁财叹了口气："问有啥用？你看那边儿，把喜子他们的高粱也打了！"

五十八

街上。

"叭，叭！"两声响鞭震荡山村。

梁秀贞站在车辕板上，得意扬扬地把装满化肥的大车赶进了屯子。李发春坐在后边，扬起了脸。

"党组来化肥了！"

"党组来化肥了！"

一群小孩呼喊着，跟着车跑。

村旁，院里，地前，人们眼巴巴地望着大车上的化肥，指点着，议论着……

"还是人家，上级照顾呗！"

"唉，人家是'党组'嘛，咱老百姓组，还是不行。"

韩喜柱眼巴巴地望着车上的化肥，像看见了什么好吃的东西，馋得直舔嘴唇子。

韩喜柱狠了狠心，追上了大车。

梁秀贞把头扭向一边，装作没看见他。

韩喜柱是个硬汉子，但事到如今不得不低头了。他"嘿嘿"一笑："发春哥，秀贞，这化肥，咋弄来的？"

梁秀贞憋住笑，故意气他："这会儿知道叫发春哥了，咋弄来的？上级特批。"

李发春："别听她的。喜子，你们整来没有？"

韩喜柱："嘿嘿，上哪整去！"转对梁秀贞，"你们整来多少？"

梁秀贞还要气他："给十吨，我们用不了，存那儿了，就拉来这一车！"

李发春板不住笑了："秀贞……"

韩喜柱信以为真了，急忙央求："那——都整来，匀咱点儿呗。"说着，一跃上了车，伸手就要接鞭子，"秀贞，来，我赶，你跟发春哥大老远的，歇会儿。"

梁秀贞："我累不累关你啥事儿？"

韩喜柱专拣贴心的话说："我，我……互相关心呗。"

梁秀贞扳住了笑："少跟我甜嘴麻舌地套近乎，实话说吧，刚才是逗你玩的，我们组总共才三吨。驾！"

大车骤然加速，把韩喜柱闪了个后仰，他的脸拉长了。

五十九

韩喜柱家。

赵广林等"韩组"社员聚在韩喜柱家发牢骚。

韩喜柱低着头，一言不发。

赵广林："唉，还是人家，神通广大呀！"

韩喜柱打了个唉声。

赵广林瞟了韩喜柱一眼，接他自己的话茬："……再说，人家要理论有理论，要文词儿有文词儿，跟上级也能说个明白呀！"

韩喜柱不满地瞪了赵广林一眼。

赵广林："要不，你跟老梁大叔说说，咱们匀点儿？"

韩喜柱已碰了一回钉子，哪里还肯再去舍脸？理也不理赵广林，只顾自己喘粗气。

赵广林埋怨地："兵熊熊一个，将熊熊一窝！"韩喜柱忽地站起来，急了："我熊，我还不干了呢！他们能耐，你请他们来当组长！"

赵广林等面面相觑。

六十

生产队仓库前。

"党组"的人们正在卸车。

自分作业组以来，他们还是头一回这么眉开眼笑呢！

韩喜林扛起一袋化肥："这回呀，看谁吃甜杆吧！"

梁秀贞在给旁人上肩，接过话茬："咱们要吃甜杆呀，叫他韩喜柱嚼咱吐的渣子！"

"轰！"起了一阵笑声。

连魏福祥也来了劲儿，梁秀贞已经放他肩上两袋化肥了，他还要："再来一个！"

旁边，"老农会"正和梁财低声谈着什么，梁财点点头。

梁财走上前来吩咐："分三堆儿摞着，一堆儿一吨！"

梁秀贞像明白了爹的用意，抿嘴一笑，望了望李发春。

李发春："大叔，您的意思是给他们——？"

梁财："老老少少眼巴巴地瞅着呢，咱们能吃独食儿？"

不知什么时候嘎小子走来了，在院墙外缺口处往里看。

"我反对！""咚"一声，一袋化肥摔到了地上，说话人是魏福祥。

韩喜林："大叔，按说，喜子是我兄弟，可我也反对给他们！"

嘎小子的脑袋从墙缺口处消失了。

六十一

韩喜柱家。

赵广林和另一个社员火腾腾地闯进门来。

赵广林："喜子，不好了！"

韩喜柱："啥事儿？"

赵广林："他们也太缺德了！"说着，一屁股坐到炕沿上，大口喘粗气儿。

另一个社员："就数那块地长得好呢，这下子全完了！"

韩喜柱着急地："到底出啥事儿了？"

赵广林："咱高粱地让人家给药了！"

韩喜柱："谁干的？"

另一社员："王老蔫儿他们。"

韩喜柱生气地："啊？我找他去！"

六十二

屯街上。

王老蔫儿低头靠墙根走着。

韩喜柱从后边追过来，一把薅住了王老蔫儿。

韩喜柱红了眼睛："你，你们，也太阴损了！"

王老蔫儿赔礼不迭："喜子，我们可不是净意儿的呀！"

韩喜柱："不净意儿的？你们不知道高粱怕敌敌畏？"

王老蔫儿："我、我……"

韩喜柱："我们那是高产品种，全指望它出产量呢。"

王老蔫儿低下了头，惶恐异常。

冷二嫂走过来了："她叔，你们……这是咋整的呀？"

韩喜柱松开手，转对冷二嫂："二婶儿，你说说，好好的高粱……"

王老蔫儿趁机一溜烟跑了。

韩喜柱拔脚要追："你往哪儿跑？"

冷二嫂拽住韩喜柱："喜子，你坐下，消消火。"

韩喜柱被冷二嫂按坐在一块石头上，还是气鼓鼓的。

冷二嫂慢声慢语地说开了："喜子，这事儿呀，你老梁大叔问过他们的人，他们不是净意儿的。开头刮的是南风，老蔫儿才让打的药。后来那风冷丁变了，打药的妇女不明白，这才惹了祸。你老梁大叔叫我跟你说说，别为这点事儿闹不团结。你是组长，可你还是队长呢。三个组的生产你都该管。"

韩喜柱嘟哝了一句："感情没打你们地了。"

冷二嫂笑了："喜子，你糊涂了，咱两组高粱地不是连片的吗？你去看看，打得比你们还邪乎呢。"

韩喜柱没词儿了，尴尬地笑着，摸摸后脑勺子。

六十三

仓库门前。

党员们都落座了。

李发春："按说呢，这三吨硝氨，咱自个刚够，可是……"

魏福祥忙接过话茬："就是，那两个组没有个好饼，堵水的堵水，药高粱的药高粱，趁大风天扬了也不能给他们。我同意发春儿意见！"

李发春白了魏福祥一眼："我可不是这个意思！"

冷二嫂鼓励地："秀贞，你说说！"

梁秀贞眼前闪过韩喜柱向她要化肥时的可怜状，她寻思一下，正话反说着："蔫儿叔他们组还行，韩喜柱嘛……"

魏福祥不满地"哼"了一声。

短暂的沉默。

人们，不约而同地把目光集中在梁财身上。

梁财深沉地："说心里话，这化肥，我也舍不得给旁人呐！建组的时候，我也是想争口气。这些日子我总寻思，这口气给谁争呢？该给党争啊！咱们不光要种好地，咱还要团结大伙，带领大伙一齐朝前奔。一时一刻也不能忘，咱们是党员呐！"

"干什么？党员就得吃亏呀？"魏福祥大喊一声，赤膊上阵了。

"嘿！""老农会"开言了："魏福祥，这算让你说着了！党员，就得吃亏！那叫'吃苦在前享受在后'！这些年，有些党员净想占便宜捞香油，个别的还胡作非为，贪赃枉法，欺压百姓！那不叫共产党，那是国民党！"

魏福祥气急败坏地："不管啥党，要是老这么的，胳膊肘子往外拐，我退组！"说着，就往门外走。

梁财急了，大喝一声："魏福祥！"

魏福祥站住了，挑战似的望着梁财。

梁财两眼冒火："你退组，退不退党？"

魏福祥嘟哝着："退就退，早知道这样……"

梁财看穿了魏福祥的心思："早知道入党占不着便宜，就不入了，是不是？"

"老农会"气得发抖："你，你……起初，你咋入的党，当我不知道啊！还不是半夜三更把工作队拽家去，拿血肠大片肉换个党票？打入党那天起，你就不够格！"

魏福祥被揭了底儿，不禁恼羞成怒："嫌我不够格，我还不干了呢！"

梁财向魏福祥逼近一步："你不干是好事！党风不正的时候你自在，如今，你觉着当个党员不合适了！共产党不是大车店，想走就走，想留就留。就写个手续，你写！"

魏福祥失了锐气，一下子蹲在地上，冲着墙角生气。

梁财："你只要在党里待一天，就得服从党小组的决议。"

六十四

又是一个宁静的清晨。

一串自行车铃响打破了小屯的沉静。乡邮递员在梁财家门前架起了车子："梁财，挂号！"

梁财走出门来，往手戳上哈着热气去领汇款单子。

嘎小子走过来："老梁大叔，我大哥又邮钱来了？买点好吃的保养保养吧，人家都说你这一阵子累瘦了！"

梁财嘿嘿一笑！"嘎小子，麻烦你跑个腿儿，把老蔫儿找来，我有事儿！"

嘎小子答应一声，跑去了。

六十五

"王组"苞米地里。

王老蔫儿和郑三锹在铲地。

王老蔫儿瞅着细细的苞米苗发愣。

郑三锹："嗨，有半吨化肥就行了。'党组'那化肥是不能给咱了！听说因为这事儿他们都打起来了，唉，我要有闺女，非嫁给化肥厂的不可！"

王老蔫儿叹了口气："三吨化肥，他们自个都不足呢。再说咱打了人家高粱，给咱们，咱也没脸要啊！"

郑三锹："打药这事儿，怕要坏。魏福祥管这叫阶级斗争呢！"

王老蔫儿害怕了："啊，这咋办？"

嘎小子早站在一边儿了，听他俩的对话，眼珠一转计上心来，大喝一声：

"老蔫儿叔，'党组'找你算账呢，叫我传你去，快走！"

王老蔫儿吓得连连后退。

嘎小子见他更害怕了，越发吓唬他："快去吧，你躲过初一还躲过十五了？"

王老蔫儿哀求着："嘎小子，你给大叔过个话。我，可不是净意儿的。"

嘎小子信口胡诌："有话你自个说去，公社公安都来了，说你是破坏生产呢！"

王老蔫儿转身想跑："我，我待会儿去！"

嘎小子上前抓住了王老蔫儿："你跟我走吧，快走！"

六十六

梁财家。

嘎小子把王老蔫儿拖来了："报告，王老蔫儿带到！"

王老蔫儿见梁财、冷二嫂、李发春都在，更害怕了，连忙哈腰道歉："老梁大哥，我对不起你们呐！"

梁财感到莫名其妙："老蔫儿你说些啥呀？"

王老蔫儿："那……那风，冷丁就变了！"

嘎小子心满意足地笑笑，走了。

梁财这才明白他是闹误会了，忙安慰他："老蔫儿，那点事儿还挂在心上呀？是这么回事儿，那不是秀贞拉回来三吨化肥吗，是全公社各大队支援咱的。你找人，扛一吨去！"

王老蔫儿还在发愣。

冷二嫂嗔怪地一笑："你是咋的了？匀给你一吨化肥。"

王老蔫儿惊愕地瞅着梁财。

梁财："快找人到仓库去搬吧，节气不等人！"

王老蔫儿终于听明白了。但他仍然动也不动地站在那里，嘴唇抖动着，说不出话来。

冷二嫂也无缘无故地眼圈红了，想上前去劝慰王老蔫儿，又不好意思，只怔怔地望着他。

梁财："老蔫儿，快点呀，搬化肥去！"

王老蔫儿激动地："老梁大哥，你，你打我两巴掌，也比这……让我心里好受啊！"

王老蔫儿说不下去了，眼角涌出了泪。

梁财真诚地："老蔫儿，这算啥，你们还派人帮我们着犁杖呢！"

"大哥！"老蔫儿忙扭过身子，用袄袖子抹眼睛。

六十七

另一条街上。

梁秀贞走来了。她拦住了迎面来的小玲子。

梁秀贞："玲子，给大姐送个信儿呀！"

小玲子："啥信儿？"

梁秀贞低声俯耳向小玲子说了几句话。

小玲子答应一声，跑去了。

六十八

韩喜柱家院里。

韩喜柱沉着脸，正编土篮子。

人不顺心，梢条子也脆，韩喜柱拧一下断一根儿。他气得把断了的梢条子扔得老远老远。

一根梢条扔到小玲子脚下。

小玲子拣起梢条子悄悄走到韩喜柱身后。

小玲子轻轻地用梢条子尖儿捅韩喜柱的脖梗。

韩喜柱一回头："谁？"

小玲子"咯咯"地笑了。

韩喜柱不耐烦地："去，去，去！"

小玲子："喜子哥，秀贞姐找你呢！"

韩喜柱以为小玲子逗他，使劲一跺脚："你走不走？"

小玲子："你不去，可别后悔呀！有好事儿呢！"

小玲子转身要走。

韩喜柱："哎，有啥事儿呀？"

小玲子："我不告诉你。你去不去吧？"

韩喜柱："你不告诉我，我去干啥？"

小玲子憋不住笑了："给你化肥！"

韩喜柱惊喜地"啊！"了一声，跳起来拉起小玲子就跑。

六十九

仓库门前。

梁秀贞不动声色地端坐在一个石磙子上。

韩喜柱笑嘻嘻地来到梁秀贞身边，梁秀贞故意扭过脸去。

韩喜柱："秀贞！"

梁秀贞又把脸扭到另一边。

韩喜柱嘿嘿笑着，很想问化肥的事儿，又羞于开口，吭哧半天，说了这么一句："秀贞，你，你，你吃饭了吗？"

梁秀贞想笑，又忙扳住了。

小玲子向韩喜柱努努嘴儿，意思是："你问呀！"

韩喜柱只好单刀直入了："秀贞，是给我们化肥吗？"

梁秀贞："凭啥？你不要我们，砢碜我们，有功了？"

韩喜柱傻眼了。

小玲子咯咯笑了。

韩喜柱瞪了小玲子一眼，以为自己上当了，低头往外走。

梁秀贞"扑哧"笑了，拉开了仓库的门："回来，扛去吧！"

韩喜柱惊喜的目光。

仓库里的一堆化肥。

韩喜柱奔上前去。

梁秀贞拦住了他："告诉你，这可是党小组的决定！"

韩喜柱又惊喜又激动，喃喃地："党……"

七十

韩喜柱家。

一张纸上写着"秀贞"两个字，但随即又被划掉了。

韩喜柱抬起头来，思索着。

纸上，又写上了"亲爱的秀贞"几个字。

这几个字又被划掉了。

屋外，宁静的月夜传来阵阵蛙声。

韩喜柱苦苦思索的目光。

韩喜柱的耳边又响起梁秀贞的声音："凭你年轻，有力气，能干活就行了？"

那张纸被韩喜柱揉成一团了。

又一张纸上，写上了这样的字："亲爱的贞……"

韩喜柱又抹掉了纸上的字，又沉思起来……

七十一

梁财家。

李书记跨进门来。

李书记笑呵呵地问梁财："今天，是不是喝一盅？"

梁财老伴："自打分组那会儿，'老农会'砸了酒盅子，人家就戒酒了，说不干出个样来不喝酒。"

李书记哈哈大笑："精神可嘉，具体做法值得研究。"

梁财老伴端了菜来，试探地："李书记？"

李书记："'党组'干得不错。就说这化肥的事儿吧，我就怕影响不好，赶紧来看看。我瞎操心了，他们处理得好！"

梁财老伴："李书记，你可别夸他了，越夸越上脸，这一阵子没死没活地干哪！头些年那股虎劲儿又上来了！"

李书记高兴地从挎包里拿出一瓶酒来："就凭这股虎劲，开戒！"

梁财眼巴巴看着那酒："老李——？"

李书记："我批准了，喝！"斟了两杯酒，边斟边问，"秀贞呢？"

梁财："上河洗衣裳去了。"

酒，溢出了杯。

七十二

小溪边。

清澈的溪水倒映着梁秀贞苗条、秀丽的身影。

溪水漫过梁秀贞的赤脚汩汩流淌。

梁秀贞挽着裤脚，穿着白地儿红花的确良半袖衫在石板上搓洗衣服。

韩喜柱来到梁秀贞身后。

梁秀贞看见了韩喜柱水中的倒影，稍一愣神儿，又没事儿似的搓起衣服来。

韩喜柱紧挨着梁秀贞蹲下了，伸手抓梁秀贞洗的衣裳："秀贞，你歇歇，我洗！"

梁秀贞推开韩喜柱的手："别扯扯拉拉的，让人看见像啥？"

韩喜柱又向前凑了凑。

梁秀贞笑着捧起一捧水来要泼韩喜柱："你走不走？"

韩喜柱往后躲着："我，我找你有事儿呢！"

梁秀贞瞅了他一眼，仍低头洗衣服。

韩喜柱："我也是以公对公，不谈私事儿。"

梁秀贞："谈啥？"

韩喜柱："谈谈……思想。"

梁秀贞感到"思想"这词儿从韩喜柱嘴里说出来十分意外、新鲜，不禁想起不久前他自己的话来。她回了一句："思想？得了吧，空头政治不吃香了！秋后产量上见！"

韩喜柱严肃了，沉痛地："秀贞，我错了，你原谅我吧！"

梁秀贞越发感到新鲜，冷笑一声："原谅？"

韩喜柱："是呀，你看看我写的这个！"

韩喜柱从怀里掏出一沓纸来递给梁秀贞："给，你看看！"

梁秀贞不喜得看他写的情书，推开他的手："我没工夫！"

韩喜柱又递了过去："看看呐！"

梁秀贞手一抢，把韩喜柱那叠纸拨拉到溪边草地上了："去，去，走！"

韩喜柱一张一张地把纸捡起来："秀贞，这，是我的心呐！"

韩喜柱端端正正把那叠纸举到梁秀贞面前。

梁秀贞惊诧的目光。

纸上的几个大字："入党申请书。"

梁秀贞双手抖着接过韩喜柱的入党申请书。

一时间，梁秀贞惊喜交加，藏在心底的爱，对他以往的怨全搅在一起了。

梁秀贞嘴唇抖动着："喜子！……"

七十三

冷二嫂、王老蔫儿院内。

月光透过枝叶茂盛的瓜秧架洒下斑驳的光点。

冷二嫂正在铲园子。

隔一道篱笆，邻院的王老蔫儿也在侍弄地，不时朝冷二嫂这边看。

冷二嫂也直劲儿往那边瞅。

远处的蛙、墙角的蟋蟀在叫。

冷二嫂故意把锄头弄得铮铮响。

王老蔫儿靠近篱笆，左右瞅瞅没人，才低低地叫了一声："她婶儿！"

冷二嫂过来了，扬起脸望着王老蔫儿。柔和的月光下，她的脸显得越发清秀、端庄。

冷二嫂："她叔，你，铲园子？"

王老蔫儿吭吭哧哧地："我，我……"

冷二嫂瞅他憨厚的样子又是爱，又是气，鼓励他一句："有啥事儿，你尽管说吧！"

王老蔫儿："我，我……"

冷二嫂期待地望着王老蔫儿。

王老蔫儿吭哧半天："……我想问你，入党，咋个手续？"

冷二嫂听了这话又是惊，又是喜，又有些意外："你，要入党？"

王老蔫儿："我怕……配不上你呀！……"

一股暖流传遍了冷二嫂的周身，她脸红了，眼亮了，心跳了，羞涩地望着王老蔫儿。

王老蔫儿说出这句话来，心中很是不安。

冷二嫂认真地："那，这个认识可不行……"

王老蔫儿："我知道，当党员的，都得豁出来吃亏、吃苦，好事儿想着别人……"

冷二嫂忘情地扑上前去："她叔！……"

王老蔫儿壮起胆子，隔着篱笆紧紧抓住了冷二嫂的手。

冷二嫂："咱俩的事儿……"

王老蔫儿："等秋天，丰收了，咱就办，把她奶也接过来……"

冷二嫂向往地："秋天……"

七十四

金色的秋天来到了。

　【歌声起】

　　长白山上落彩霞，

　　长白山下有人家。

　　栽上了桃李盼结果，

　　撒下了种子盼发芽。

　　盼来了党的阳光照，

　　种豆得豆，种瓜得了瓜。

　　长白山上落彩霞，

　　长白山下有人家。

　　祖祖辈辈汗水洒，

　　年年盼开幸福花。

　　盼来了党的阳光照。

　　欢歌笑语绕山崖。

　【歌声中闪过如下画面】

　　稻浪像一片黄金的海。

　　梁财等"党组"的人在收割。

高粱似千万面火红的旗。

王老蔫儿和他的组员在收割。

场院上，韩喜柱和他的组员在扬场。

纷纷坠落的豆粒像一阵金色的雨。

渐渐地，金色的雨化为飘飞的雪花。

七十五

生产队院内，夜，雪花纷飞，鞭炮炸响。

人们喜气洋洋地走进生产队的院子，走进会议室——

还是年初划分作业组的那个屋子。

山墙上挂一条横幅。上书"明月沟生产队总结分红大会"一行大字。屋里、屋外、炕上、地下挤满了人。

我们熟悉的几个党员散坐在人们中间，只有"老农会"还端坐在会议桌旁的椅子上。魏福祥双手抱膝坐在墙角，眯着眼，像是没睡醒的样子。

韩喜柱开始讲话了："大家别说话了！"

会场上，渐渐安静下来。

韩喜柱："咱们队，三个组都是大丰收！分值呢，也算出来了。我们组勾了一块八角五。老蔫儿叔那组是一块七角六。就是，就是'党组'少点儿——一块五角七。"

会场上。立时开了锅——

"那还不得少哇，好骡子好马都让给咱使着！"

"化肥说分就分了，人家自个儿还没够用。"

"人家的地也薄，人说话嘛，不能昧着良心！"

韩喜柱摆摆手。大家又渐渐安静下来。

韩喜柱："这个，咱们以后再说。现在先说说明年咋干吧！根据咱队土地、人口、畜力的情况，当初分两组正好，可后来……可后来硬多了一个组。大伙要求再变回来，还是分两组。李书记……"

韩喜柱的目光在人群中搜寻着李书记。

李书记正蹲在墙角和一个老头唠着什么，这时抬起头来："分两组我看是应该的，就分吧！"

韩喜柱问大家："大伙说，咋分？"

短暂的沉默。

王老蔫儿这回抢了先："我的意见，把党组拆开！"

"同意！"——响起了一声雷。

党员们——有的欣喜，有的兴奋，李发春却有些惶惑。魏福祥呢，则有些惊惧了：再没人要咋办？

中年妇女起哄了："这回呀，可好分了，把冷二嫂给老蔫儿，秀贞给喜子！"

"轰"一声，全笑了。

冷二嫂正在王老蔫儿身边，不再害臊了，脸上浮着幸福的红晕。

梁秀贞大方地："这回呀，我要不要他还两说着呢！"

"老农会"捋着胡子，呵呵笑着。

李书记麻溜地卷好了烟，点着了。

韩喜柱："说正经的吧，我们组要老梁大叔。"

梁财笑吟吟地站起来，走向韩喜柱一边去。

"王组"的人"轰"一声炸了：

"不行，老梁大叔上我们组！"

"上我们组！"……

梁财走到中间，停住了。

王老蔫儿红了眼，一把扯过梁财："老梁大哥，我们都合计好了，让你当组长呢！"

韩喜柱："不行，得有个先来后到，我先要下的。"

郑三锹火腾腾地："韩喜柱！生产队你家开的呀？说要谁就要谁？你不能不讲理！"

韩喜柱也火了："我，我咋不讲理？"

李书记调解地："哎，哎，都坐下，都坐下！这事儿好商量嘛，都别急眼。"

梁秀贞站出来："我有个主意。干脆——抓阄！"

众人愣了一下，"轰"一声笑了，气氛缓和下来。

韩喜柱失去了锐气。嘀咕一句："这不是砢磣人吗！"

"老农会"像个得胜的将军端坐在椅子上，眼角闪着欣喜的泪。

没人提李发春的名字，他躲在人后，局促不安，一个人问他："发春，你上哪组？"

李发春叹口气："唉，我这号的，谁愿意要？"

李发春侧着身子一步步往外挪着，他想趁早离开这个尴尬的境地。

韩喜柱望着梁财，对大伙说："我的意见，明年让老梁大叔给咱当队长。"

众人一哄声地："中啊！同意！"

梁财："不行不行，我老了，你年轻，还是你干！"

韩喜柱："我不行，一个组就够我张罗的了。"

韩喜柱忽然看见了正往门外蹭的李发春，忙喊："发春哥，你别溜啊！"

众人的目光齐刷刷地集中在李发春身上。

嘎小子把李发春推了回来，说："发春哥，不能走！"

李发春站在地当间儿，头低着，额上冒了汗。

人们的目光。

李发春紧张的神色。

韩喜柱走到李发春面前。

李发春后退两步，近似哀求地："喜子，过去，我对不起你……"

韩喜柱："发春哥，你说些啥呀！咱说好了，明年，还是你当队长。"

李发春还不敢相信，惶惑地："喜子，你，别，别的！我，我不行！……"

韩喜柱郑重、深沉地："发春哥，你别谦虚了！说真格的，这一年来，跟头把式的，我算明白了，为人、处事儿，还得说党员，我韩喜柱正经得练阵子呢！大伙同不同意再选发春哥当队长？"

众人一哄声地："同意！"

李发春又羞、又愧、又悔、又恨，面对着这些质朴、善良、热情的乡亲，他眼圈红了，泪，哗地淌了下来！他握住韩喜柱的手："喜子我，我不行！"

李书记、梁财、梁秀贞、冷二嫂的眼圈儿也红了。

"老农会"回过身，在人群里搜寻。他看见魏福祥正蜷在墙角装睡，拿起拐杖捅了魏福祥一下："魏福祥，醒醒，醒醒吧！"

魏福祥睁开了眼睛。

"老农会"腾地站了起来。满屋的人一齐向他看。"老农会"嘴角含着笑，"笃笃"地拄着拐杖，一步步地往外走去。大家尊敬地站起来，让开条路，目送他走出屋。

屋外，雪霁云散。月亮在天海中遨游，清光耀眼。

地上一片皎洁。"老农会"大步前行，脸上喜泪涌流。

"好啊！好啊！……"一片欢呼声接着一片掌声，海涛似的，震荡着小山村，震荡着夜空，像在欢送"老农会"，像在为以自身行动恢复了党的传统的共产党员们助威、鼓劲……

明月皎皎，繁星闪闪，夜空深邃。

【刊发于《电影文学》1982 年 10 月号，长影 1983 年拍摄，导演张辉。影片获《大众电影》百花奖、金鸡奖、文化部奖、长影小百花奖、优秀编剧奖和长白山文艺奖，剧本发表和拍摄时与万捷共同署名。】

相会在今天

（据本书作者报告文学《我有嘉宾，鼓瑟吹笙》部分章节改编）

一

夕阳柔媚的光线辉映着北方某中等城市——兰江市的高楼矮舍，短巷通衢。

一条大江穿城而过，有如一条银带熠熠闪亮。

瑰丽的晚霞染红了一江碧水。

一艘渡轮破浪而来，搅得江水有如红云朵朵，桃花片片。

习习晚风深情地拂动着江堤上丝丝垂柳。

一束柳丝被拨开了，现出了一对青年男女的身影。姑娘身材不高，显得苗条、洒脱、秀气，她叫王小星。小伙壮健一些，但不能说是魁梧，有些文质彬彬，他叫赵梦奇，是市外贸局的翻译。两人像是初恋，行走间保持着一定距离。

他们的话儿，洋溢着蜜意柔情。

王小星："我得回去了，爸爸要下班了！"

赵梦奇："你爸爸，管你很严吗？"

王小星："哼，他呀，总把我当成小孩子！"

赵梦奇："哎，你还没告诉我呢，你爸爸是做什么工作的？"

王小星咯咯一笑："他呀……"

二

兰江市市长方克寒从市政府楼前的阶梯上走下来。他五十多岁年纪，头上已现斑斑白发，身材不高，较单薄，给人一种精明干练的印象。不过此刻他的心绪不佳，神色焦虑，步子也显得缓慢、沉重。

方克寒走下阶梯。一个五十多岁的小车司机刘师傅给他打开了"上海"轿车的车门："怎么，你不舒服？"

方克寒没吱声，钻进了车门。

三

华灯初上，夜色渐浓。

方克寒的"上海"轿车疾速驶来。

坐在车里的方克寒右手托着头，手指捏着眉尖，心如火燎。

刘师傅关切地回头望他一眼。

红灯亮了。刘师傅刹住车，又回头瞅瞅神情焦虑的方克寒。

方克寒抬起头来，两眼布满了血丝，叹了口气："老刘啊，你看我是当市长的料吗？"

刘师傅回过头来，诧异地瞅了方克寒一眼。

方克寒泄气地："有时候，我真想辞职啊！"

刘师傅白了方克寒一眼："嗨，我认识你这么多年，弄了半天是个误会！"

方克寒："什么误会？"

刘师傅："我寻思你是个英雄呢！……"

方克寒："原来是个狗熊？"

刘师傅笑了："我可不敢这么说。"

方克寒叹息地："工业抓不上去，全市百分之八十的工业亏损，工人开不出工资……"

刘师傅同情地叹了口气，刚想说什么，车子已到了岔路口，他忙打了舵。突然，一片红光映亮了车前窗，他刹住了车子："老方，砂纸砂布厂又烧废品啦，绕过去吧！"

方克寒执拗地："不，下去看看！"

四

市砂纸砂布厂门前，火焰熊熊。

工人们抱着一捆捆废品投向火堆。那神情像是向亲人遗体告别。

方克寒挤在人群里，心如火焚。

方克寒看见一个矮胖的小老头正抹眼泪，他的心颤抖了，忙低下头去。

那矮胖的小老头姓李，是这个厂的退休工人。他不忍再看这大火，低头挤出人群。

有人问："质量不合格，低价处理了呗，干吗要烧呢？"

一个声音："哼，跟人家外国人订的合同，规定的质量不合格，就地烧毁！"

又一个声音："没看印着人家外国厂家的商标吗？低价处理了，怕影响人家的声誉！"

又一个声音："咱中国人的声誉就不值钱了？该烧！"

另一个声音："嗨，这烧的是老百姓的血汗呐！"

方克寒的额头冒汗了。人们的议论声，像一根根钢针刺痛了他的心——

"月月这么烧，上级领导知道不？他们也不着急？"

"嗨，领导也没法子呀！"

"哼，领导？也是饭桶一个！"

方克寒的心，一阵颤抖。

又一个声音："哼，倒不一定是饭桶，人家当官的犯不上操这份儿心！"

方克寒头上冒汗，有些站立不稳了。老刘上前扶住了他，搀着他向外走去……

五

方克寒一步步登上楼梯，步履蹒跚。

方克寒推开房门。室内没人，空荡荡，静悄悄的，只有墙上的挂钟嘀嗒响着。

一种凄凉的感觉袭上心头，方克寒随手丢下文件包，叹了口气，一步步向厨房走去。

方克寒的脚步声显得很重、很响。

方克寒扎上围裙，划着了火柴，要点煤气炉。

燃着的火柴突然化为砂纸砂布厂门前的熊熊大火，响起群众的议论声：

"嗨，这烧的是老百姓的血汗呐！"

方克寒的手一抖，火柴熄灭了。

方克寒重新划燃了火柴。

那燃着的火柴又扩大为那堆大火。

又是群众的议论声：

"哼，领导，也是饭桶一个！……"

方克寒的手一抖，火柴又熄灭了。

方克寒再无心做饭，围裙也没摘，走出厨房，跌坐在沙发上，双手抱着头。

墙上的挂钟发出有节奏的、无休止的嘀嗒声。

房门开了，方克寒的妻子王洁音走进来。她体态匀称，皮肤白皙，看上去只有四十多岁。她关切地注视方克寒有顷，叹了口气，走到他身边："老方，你回来了！"

方克寒抬头看看妻子，没吱声。

王洁音温柔、关切的目光。

方克寒满布血丝的双眼。

王洁音知道她的丈夫又遇到了难题，凄苦地一笑，俯身轻轻摘下方克寒腰间的围裙，向厨房走去。

方克寒动也没动，依然缩在沙发里。

厨房里，传来锅勺叮当响声，还有王洁音的呼唤声："老方，来，帮帮忙！"

方克寒动也没动。

又是王洁音的声音："老方，快来呀！"方克寒不情愿地站起来。

厨房里，王洁音正往蒸锅里摆冷馒头，听到了渐近的脚步声，头也没回，吩咐道："快，打鸡蛋！"

方克寒神不守舍，到处乱翻。

王洁音递过一个小筐："唉，在这儿呢！"

方克寒从筐里拿过一个鸡蛋就磕裂了，却没有备下碗来接，蛋液滴落下来。王洁音白了他一眼，急忙递过一个碗去，接住了滴落下来的蛋液。

一双筷子搅动了碗里的鸡蛋。

筷子搅动的速度越来越快了，搅起了一个金黄的漩涡……

方克寒的脸色渐渐地平和了。

正在切菜的王洁音宽慰地松了一口气："老方，听说省里领导来检查工作，把咱们市批评了，啥事儿？"

方克寒叹了口气，脸上布满阴云。

沉默。

只有王洁音切菜声在响，那一刀刀好像剁在人心上。

方克寒的两眼像是燃着火。

王洁音的切菜声停了，急切地问："老方，到底为的啥事儿？"

方克寒的脸陡然变色，他把碗使劲搁到碗架上，爆发地："哼，还能是啥事儿？产品滞销，企业亏损，工人开不出工资，国家没完没了地补贴，赔款！还有不挨批评的？"

方克寒怒冲冲地瞪着王洁音，好像都是她的责任。

王洁音哭笑不得："行了，行了，你这是何苦呢。你以前是个只管精神产品的副书记，现在接的又是个烂摊子，急有啥用？目前，亏损企业多着呢，上边会有办法的。"

方克寒怒气不减："上边的办法从哪儿来？工人们开不出工资，妻儿老小就要饿肚子，能等吗？"

王洁音："那，你想怎么办？"

方克寒一时语塞，其心如焚。他趔趔趄趄走出厨房，瘫倒在沙发上，重复了砂纸砂布厂门前一个工人的话："我，我没办法，我是个饭桶！"

方克寒双手捂头，再不言语。

王洁音撩起围裙擦擦手，轻轻走过来，坐在方克寒身边，柔声地："老方，你不是组织个工业调查组吗，还没结论？"

方克寒："结论，是有了，光有结论有啥用？"

王洁音："怎么回事？"

方克寒："很简单。工人的技术水平差，为了子女就业，大批有经验的老工人退休，接班的不懂技术。再就是缺乏科技人员，全市工程师以上的科技人员占职工总人数的百分之一点五，还不到内地大城市的一半呢！"

王洁音："那，就怨不着你了！"

方克寒忽地站起身来："怎么不怨我？我是市长，市长！你懂吗？人家讲当一天和尚还要撞一天钟呢，何况我是一个共产党员，党把我安排在这个位置上，干不好就是失职呀！"

方克寒急步走到窗前，指着远处的大火："那儿烧的，是老百姓的血汗呐……"

六

砂纸砂布厂门前的大火已近尾声了。围观的人们渐渐散去。只有一个人动也不动站在火堆旁，他的一双眼睛红红的，也像在燃烧。这人高高的、瘦瘦的，一脸连鬓胡子，看样子像是年岁不小了，其实他还不到四十岁，他叫冯志才。那个矮胖的退休工人李师傅来到他身边。李师傅："志才，你来了？"

冯志才微微点了头，算是作答了。他的目光还没离开那堆燃烧的火。

李师傅近于央求地："志才，要不，你再到车间给看看，到底毛病在哪儿呢？机器设备，工艺流程，你不都看到了吗？"

冯志才纹丝不动，像是一座雕像。

李师傅催促着："志才，走啊，再给看看！"

冯志才情绪复杂地摇摇头，转身走了。

李师傅上前追了两步："哎，你别走哇！"

冯志才的身影融入沉沉夜色中，李师傅凝神思索起来。

七

砂纸砂布厂的一个会议室里。

中层以上的干部正在开会。

主持会议的是一个五十多岁的壮汉，他就是有名的"马三炮"马兴，是这个厂的党委书记兼厂长。战争年代担任过炮兵团长，形成了一种独特的风格，说话时总是两腿叉开，一手高举，声若霹雳，像是在下达开炮命令："头拱地，也得把质量给我突上去！当年，我三炮就消掉了敌人一座碉堡……"

门突然被推开了，李师傅闯了进来："马，马书记！我，我提个建议！"

所有人都扭头注视着李师傅。那目光里的含义各不相同：有的是期待，有的是怀疑，有的是不耐烦。

马兴："李师傅，我们开会呢！"

李师傅："我，我举荐个人。他，兴许能解决咱厂的质量问题呢！"

马兴："谁？"

李师傅："我们邻居，叫冯志才。他可是个万事通，给不少厂子解决了技术难关呢！"

马兴："他是哪儿的？"

李师傅："光明街电机厂的。"

有人笑了，是轻蔑的笑。

马兴不耐烦地："李师傅，回家歇着去吧，我们正忙呢！"

李师傅气得直抖："你，你们咋这么小瞧人呢！"气哼哼地往外走，使劲关上了门。

八

方克寒卧室的门被拉开了，王洁音走进来，递过来一条毛巾。

正在烫脚的方克寒没接毛巾，却问："哎，人事局长同志，能不能给我调来一些工程师？"

王洁音："上哪儿调去？谁愿意到这偏僻地方来？大城市有的大厂技术人员成堆，很多人有劲使不上，可是有的人不想来。想来的呢，原单位又不肯放。咱们的人事制度就是这样，一次分配定终身，改嫁难呐！"

方克寒接过王洁音递过来的擦脚毛巾，却没有擦脚，呆呆地发愣。

王洁音："行了，行了，别寻思起来没完了，快擦呀！"

方克寒擦着脚忽然想起："哎，小星呢？"

王洁音："这些天，说是跟外贸局的一个翻译学外语呢。"

方克寒警觉地："翻译？男的、女的？"王洁音："好像，是个小伙子。"

方克寒惊讶地挺起身来："这么说，她搞对象了？"

王洁音瞪了方克寒一眼："姑娘大了还不让人家处朋友？你呀！"

方克寒自知理亏，又不服气地："她刚二十出头，就大了？没早没晚地到处逛，一点儿正事儿不务，都是你惯的！"

这时，院门响了一下。方克寒忙掀开窗帘看。

方克寒的眼睛一下子变长了，他看见女儿小星正和一个小伙子告别。那小伙就是赵梦奇。

方克寒气得一头仰倒在床上大口喘粗气。

屋门响了，王小星哼着歌儿走进屋来。

外屋，王洁音的声音："小星，你咋才回来？"

王小星调皮地："我呀，搞一项保密工程！"

王洁音责怪地："什么'工程'，没正形！"

王小星咯咯笑了："我呀，正在制造一颗原子弹！"

王洁音低声催促着："快吃饭去吧！"

王小星瞟了妈妈一眼，走进厨房。

方克寒气哼哼地把脱下的外衣扔到一边去，忽然又想起了什么，急忙走到王洁音身边："哎，这届大学生不是要分配了吗？你上省里去要人呐！"

王洁音不耐烦地："你呀，想起一出是一出，分配还早呢！"

方克寒认真地："不，先下手为强！你去，明天就去！"

九

灿烂的阳光把兰江市的轮廓清晰地展现在我们面前。纵横交错的马路把各种城市建筑物切隔开来，势如棋盘。车流如梭，编织着新的生活。

方克寒的"上海"汽车也在车流中。刘师傅挂了快挡，不断超越前边的车辆。

刘师傅瞥了一眼方克寒："我看你这两天精神头还行，原来我还寻思你要辞职呢！”

方克寒狡黠地瞅瞅刘师傅：“我辞了职，你干吗？”

“我？……”刘师傅嘿嘿笑了。

十

方克寒的“上海”汽车停在市政府大楼前。

在这历经劫难，百废待兴的年代，当个市长是多么不易呀！方克寒下了车子就围上一大堆人。看样子有上访的，有请示工作的，方克寒应接不暇。在工作人员的“接应”下，方克寒脱身走进大楼。

方克寒走进自己的办公室，一个秘书模样的人迎上来：“方市长，省城的电话接通了。”说完退出屋去。

方克寒抓起耳机。

这时，王小星提个兜子走进来。

方克寒：“洁音呐，你都去一周了，有点眉目没有？什么？能给多少？哎呀，太少了！要多多地要，越多越好！……再去找找领导，谈谈我们的困难嘛！”

王小星一把夺过耳机：“妈，我是小星啊！别忘了给我买裙子，是筒裙，上海产的！妈，你啥时候回来？还得半个月？”

方克寒瞪了王小星一眼，抢过耳机：“先别忙回来，争取多要点人！”

方克寒挂断了电话。

王小星一噘嘴，坐到爸爸的椅子上。

方克寒心烦意乱，在屋里踱步不止。

王小星从提兜里拿出饭盒放到桌上："中午也不回家，还得人家给你送饭来，吃吧！"

方克寒仍眉头紧锁，不停地踱步。

王小星急了："爸，你倒是吃饭呀！"方克寒没吱声，还是不停地踱步。

王小星埋怨地："没像你这样当市长的，动不动就不吃饭！"

方克寒瞟了一眼女儿，还是踱步不止。

王小星眼睛一亮，像是要哄爸爸高兴："哎，爸爸，你不就是缺人才吗？你学燕昭王啊，花重金聘请！战国时，燕昭王筑起一座高台，上置黄金千两，招纳天下贤士……"

方克寒回过头来望着女儿，眼里闪着异样的光彩："对，古人还知道选贤任能呢，何况我们共产党人呢？小星，今天你立了一功，坚定了爸爸的决心！"

方克寒拨通了电话："刘师傅，快把车开来，我上市委！"

通体绿色的内燃机车迎面扑来。

列车风驰电掣般地飞向前方。

车厢里，王洁音浏览着一本杂志。

王洁音的对面座位上，一个干部模样的中年人看完一份报纸，感慨地："还是兰江市有气魄，人家张榜招贤了！"

他对面的王洁音和另外一个知识分子模样的人忙凑上去看。

中年干部指着报纸说："看看，凡愿意到兰江市工作的科技人员，都给优厚待遇，家属随迁，给 50 到 70 平方米住宅，有真才实学的，农村户口也能进城呢！"

王洁音忙抢过报纸看："兰江市人民政府招贤榜"的大号铅字赫然入目。

王洁音急切地看着招贤榜的内容，眉头越蹙越紧，神情紧张、焦虑。

列车的钢轮撞击着铁轨，发出"咣咣"的声响，动人心魄。

飞转的钢轮化为疾走的双腿。

王洁音飞快地跑上楼梯。

十二

夜。王洁音心急如火地推开房门。

室内，却是一派轻松、欢乐的气氛：录音机正放送一首电影歌曲；方克寒背对着门，笨拙地打着拍子，样子很可笑。王洁音想笑，又没那种情绪，快步上前，关掉了录音机。

方克寒一怔，发现是王洁音，更加欢喜了，忙拉王洁音坐在沙发上，狡黠地一笑："哎呀，我的人事局长大人，你可回来了！给我要来多少大学生啊？"

王洁音不理他，生气地把手中那张报纸往桌上一摔："老方，你这是搞的什么名堂？"

方克寒不很严肃地："这不是名堂，是招贤榜呀！"

王洁音火了："你这是违背人事制度的！"

方克寒装傻充愣地："是吗？"

王洁音更火了："再说，你搞的这是招聘，资本家才这么搞！"

方克寒不服气地："他资本家可以搞，我就可以搞，他资本家算老几，这还成专利了？"

王洁音疲惫地坐下来，神情沮丧地："你，要犯错误的！"

方克寒长叹一口气："这些，我想过了。我是死猪不怕开水烫了！"

王洁音："就没有别的办法了吗？"

方克寒："什么办法？"

王洁音："比如，办夜大，培训……"

方克寒："这些我想过了。夜大要办，培训要搞！可是，远水不解近渴，就得招贤。"

王洁音担心地："市委同意了吗？"

方克寒："研究了几次意见不一致。最后，第一书记拍了板，总算原则上同意了。"

王洁音更加忧虑地："原则上？"

十三

清晨的江水闪映着橘红色的霞光。

长堤外的小树林里，有人在散步，有人在打太极拳。

方克寒边走边甩手投足，用他自己独特的方式去锻炼身体，样子很可笑。

忽然，传来一阵吵嚷声。

方克寒循声望去，只见一个小吃部前挤了一堆人在买油条，秩序很乱。

方克寒快步走上前去："同志们，排队吧！这样挤怎么行呢？"

顾客中有人也嚷着："对，排队，排队！"

人们开始排队了。

突然窜过一个小伙子，挤到前边就要买。

方克寒上前拽住了他："年轻人，排队去！"

那小伙一回头，见是个干瘦小老头，不屑地甩手一抡，把方克寒抡个趔趄，叫嚷着："多管闲事！"

一个壮汉走过来，把小伙抓到一边去："排队去！"

人们很快排好了队。

方克寒在前边和一个人唠着什么。

冯志才和李师傅排在队伍后边。冯志才一眼认出了前边的方克寒。

冯志才的目光是复杂的。

冯志才眼中的方克寒化为当年的某大学一个系党总支书记的方克寒。他正逼视着他的学生冯志才。

冯志才哀求地："方书记，我有错误我改。党培养我上了大学，再有半年就毕业了，我……"

方克寒痛苦地摇摇头，把一叠材料扔到桌上："你呀，自己把自己毁了！就学业来说，你是很有前途的。可你，都散布了一些什么言论呀？都够开除的了，系里保了你，已经定了，勒令退学！"

冯志才从痛苦的回忆中醒来，望着前边的方克寒，自言自语地："方市长，原来就是他呀！"

李师傅："怎么，那个小老头是方市长？"

冯志才笑了笑。

李师傅："好，我找他去！"

李师傅快步走到方克寒身边。

李师傅："方、方市长！……"

人们惊愕地瞅着方克寒，有人悄声说："他就是方市长啊！"

一个中年人悄声对身旁的一个人说："招贤，就是他的主意，挺有气魄！"

方克寒笑呵呵地望着李师傅："您是……"

李师傅："我姓李。哎，方市长，你不是招贤吗，我给你推荐一个人……"

排尾的冯志才觉得李师傅像是和方克寒在谈他的事儿，抽身走了。

前边的李师傅期待地望着方克寒。方克寒兴奋地握住了李师傅的手："李师傅，谢谢你了！像他这种情况，没有文凭，我们也要！经过考核合格了，就给职称，给工作！李师傅，一定让他参加考核呀！"

李师傅拍了拍胸脯："这事儿，包我身上了！他，就在这儿呢！"

李师傅回头一看，冯志才已经走远了："嗨！这个怪人！方市长你看，就是他！"

方克寒只看见冯志才一个远去的背影。

十四

江水辉映着夏日的阳光，色彩斑斓夺目。

一条小船破浪而来，载来王小星清脆的笑声。

船上，王小星深情地望着赵梦奇。

王小星："你坦白，你处没处过女朋友？"

赵梦奇摇摇头："没有。"

王小星："为什么不处呢？"

赵梦奇："我……我想集中精力，再攻两门外语。"

王小星："那么，也没人介绍？"

赵梦奇："有。昨天还有人介绍一个呢，是个高干的女儿，我一听就吓了一跳。"

王小星的心猛地一沉，诘问道："怎么，高干女儿，都不好吗？"

赵梦奇："也不能那么说，可我……"

王小星调皮地："你看，我像不像高干的女儿？"

赵梦奇像刚刚认识王小星似的，上下打量她一番，说："你，不像。"

王小星咯咯笑了。

赵梦奇："明天，和我一起去接姐姐，好吗？"

王小星："姐姐来了？"

赵梦奇："要不是咱们这儿招贤，还调不来呢！省环保局工程师成堆，有劲儿使不上。再说，她不喜欢再在那个环境里生活下去了。"

王小星："怎么？"

赵梦奇叹了口气："姐姐很不幸。大学时代有个男朋友，吹了。后来，和一个处长结了婚，感情不和，很快又离了……"

王小星同情地："唉，真不幸！"

十五

江上，一艘客轮远远驶来……

船舷边，倚着一个三十多岁的女人。她衣着朴素，但仪态不凡：端庄、清秀、文静，神采中显示着她深沉、内向的性格。她叫赵梦君，是赵梦奇的姐姐。

赵梦君信手翻阅着一本科技杂志。一篇文章的标题下，她看到了"冯志才"三个字，心头倏地一震，忙把那杂志凑近眼前细看。她看见那篇文章的题头还印有一幅照片，啊，那不是他吗？她猛然抬起眼，凝望着远方，喃喃地："是他……"

人生最幸福的时刻是永世不忘的。

坐在某大学校园一座假山上的赵梦君深情地望着她对面的冯志才。

两个人沉浸在幸福的静默中，只有树上的鸟儿在唧唧鸣啭。

冯志才打破了沉默："梦君，你小时候是不是扎着羊角辫儿？"

赵梦君笑了，感到他的话很有意思："这个我记不得了！"

冯志才有些失望地："唉，我最喜欢扎羊角辫儿的女孩子。"

赵梦君咯咯地笑了："是吗？那么，我一定是扎过的，一定！"

冯志才壮起了胆子，猛地拉住了赵梦君的手……

客轮一声长鸣打断了思绪，她凝望远方，好像在寻觅失落了的希冀和幸福。

赵梦君喃喃自语："他，在哪里？"

十六

光明街电机厂的一个简陋车间里。

冯志才正和几个妇女一起缠线圈儿。

有人喊他："冯志才，来稿费了，拿手戳来！"

冯志才起身走到一间窄小的办公室里，掏出手戳，领了汇款单。

一个四十多岁的女工对他说："志才，刚才市政府招贤办来个电话，让你去考试呢。"

冯志才一愣。

女工又说："你去考吧，在咱们这儿，你是大材小用了。"

冯志才情绪复杂地摇了摇头。

十七

码头上。

赵梦君随着拥挤的人流走下码头。

赵梦奇和王小星奔向前来。

"姐姐！"赵梦奇喊着。

赵梦君欣喜地："梦奇！"

姐弟俩久别重逢，欣喜、激动地对视有顷。

王小星一把接过赵梦君手中的箱子。

这时，赵梦奇才慌忙介绍："姐姐，这是小星！"

赵梦君微笑着打量王小星。

王小星规规矩矩地弯腰行礼："姐姐！"

赵梦君欣慰地笑了。

十八

一扇门上写着"招贤办公室"几个醒目的字。

走廊上人来人往，热闹非常。

一个农村小伙子背着行李，傻乎乎地走过来，高喉咙大嗓门地嚷："同志，招工的在哪？"

被问的那人疑惑地："招工？招什么工？"

农村小伙子："不是说，城里招工，户口还能进城吗？"

走廊上，人们"轰"地笑了。

屋里，方克寒正亲自接见一个应召工程师。那工程师五十多岁，戴一副高度近视镜，是内地某大城市来的，姓吕。

吕工有些局促不安，他的手抖动着，拉开一个塑料兜的拉锁，拿出一大把用过的火车票，对方克寒说："方市长，您看，我这么大岁数了，还两地分居呢！钱，都送给铁路局了！我，我希望领导上考虑我的具体困难……"惶惑不安地瞅着方克寒。

方克寒紧紧握住吕工的手："吕工，欢迎你呀！你能来，是对我们有力的支援！"

吕工激动得眼睛发潮："方市长，你派我上哪个厂子工作？"

方克寒："吕工，先别急，你回去办关系，准备搬家！"

吕工频频点头答应。

十九

"招贤办公室"门外。

方克寒往外送吕工，赵梦君往里走。在两个人擦肩而过的一瞬间，彼此望了一眼，内心似乎都有所动。

赵梦君站住了。

方克寒送走吕工，也站住了。

赵梦君的目光表明她的思绪回到了遥远的过去。

大学生赵梦君倔强地站在系党总支书记方克寒面前。

方克寒无可奈何地摇摇头："你是个团员，要和冯志才划清界限……"

赵梦君不待听完，就愤愤地跑去了。

她跑过长长的走廊。

她跑下一节节楼梯。

她跑过操场，跑进学生宿舍，推开一个房间的门。

一张床已经空了，草垫上放着一张纸条。

赵梦君扑过去，拿起纸条，只见那上面写着："梦君，我已被勒令退学，忘了我吧！冯志才。"

回到现实：

赵梦君两眼挂着泪珠，像是当年的泪水还没流尽。

方克寒走向赵梦君，唤了一声："同志，你？"

赵梦君回过头来。

方克寒："你，是不是……"

赵梦君还沉浸在往事的痛楚中，冷淡地："我……赵梦君。"

赵梦君转身要走。

方克寒马上想起来了，"啊"了一声，热情地迎上前去："梦君！来，咱们好好谈谈！"

二十

冯志才家。

这是一间阴暗、狭窄、低矮的房子。室内显得凌乱不堪。显眼的是窗前的一张桌子，桌上是小山一样的书籍和笔记本、笔筒等。冯母正在洗衣裳。

冯志才走进门来，柔声地叫了一声"妈"。

冯母喜爱地瞅了儿子一眼："咋才回来？"

冯志才从提兜里拿出一叠布来，递给了她："妈，这是我买的一块衣料，您，做身衣裳吧！"

冯母一脸的笑纹："哟，这孩子，我这么大年纪了，穿啥不中，这得多少钱呐！"

冯志才："我，来点稿费。"

李师傅突然闯进门来喊着："志才，快，跟我走！"

冯志才愣了："啥事儿？"

李师傅不容分说，拽起冯志才就走："唉，你就跟我走吧！"

二十一

公共汽车上，拥拥挤挤，李师傅和冯志才挤在人群里。

李师傅有些炫耀地："方市长再三嘱咐我，一定让你参加考试。我对方市长说了，没问题，这事儿包我身上了！"

冯志才扯扯李师傅的衣襟，不让他吵嚷。

乘客们都在瞅李师傅和冯志才。

冯志才显得很不自在。

两个时髦青年也在冯志才身旁议论着。

青年甲："你参加招贤考试，有把握吗？听说还考实际操作呢。"

青年乙："唉，你懂个啥？考试那是走个形式，我爸早托好人了！"

冯志才的眉头皱了起来。

二十二

考场设在一所中学里。

赵梦奇陪王小星走来。

赵梦奇："别紧张，你一定会考好的。"

一个胖胖的干部模样的中年人和一个姑娘迎面走来。

王小星忙打招呼："韩伯伯！"

"韩伯伯"忙给那姑娘介绍："佳佳，这是你小星姐，是方市长的女儿。"

"韩伯伯"女儿和王小星打了招呼。

"小星姐！"

赵梦奇的心猛地一沉，呆住了。

"韩伯伯"及其女儿走了过去。

王小星："梦奇，你咋的了？"

赵梦奇盯问一句："小星，方市长，是你父亲？"

王小星："是呀！"

赵梦奇烦恼地："你，快去吧！"

王小星向考场走去。

赵梦奇痴呆的目光。

二十三

考场里。

冯志才一目十行地扫视机械原理试题，嘴角泛起一丝冷笑。

冯志才提笔答题。

监考员在前边来回踱步，发出有节奏的脚步声。

考场里，有严肃的青年，也有时髦女郎和轻浮的少年。他们当中有人一边眉目传情，一边嘀嘀咕咕，还有的递条子，打手势⋯⋯

冯志才抬起头来，目睹着这一切，皱起眉头。

冯志才又埋头答卷了。

监考员有节奏的脚步声还在响。

冯志才答完卷子，思索起来。

冯志才嘴角又泛起他那种冷冷的笑。

冯志才翻过卷子，在背后画着什么。

监考员走过来看，面呈惊诧之色。

二十四

市长办公室里。

一个四十多岁的中年人递给方克寒一张卷子，他是科委徐主任。

一张考卷背面有一幅漫画：一面写有"招贤"字样的牙旗被一个大腹便便的人扬扬得意地高举着。在他的身后集着一大群人：儿子，女儿，外甥，妻弟，表侄⋯⋯

方克寒先是一愣，随即笑了，啧啧赞赏着："嗯，画得不错！这个人录用了没有？"

徐主任："他，考试，包括实际操作，成绩是最好的。咱们从省里请的几位专家都很赞赏他,可是……"

方克寒:"可是什么?"

徐主任指指漫画:"有人说,他政治上不严肃,不主张录用。"

方克寒忽地站起身来,激动地:"无稽之谈!他怎么不严肃?他痛恨不正之风,还错了?"

他停顿一下又说:"当然了,他有些偏激,可以找他谈谈。他叫什么名字?"

徐主任翻过卷子,方克寒看见了"冯志才"三个字"噢"了一声。

学生时代的冯志才的形象浮现在他面前……

方克寒坚定地:"这个人我了解,一定要用,要重用!"

徐主任答应着,走出办公室。

敲门声。

方克寒:"请进!"

进来一个三十多岁的青年人,细高个儿,窄脸,眼睛显得很大,眼珠转动的频率也很高。他很不客气地坐到方克寒身边了:"方市长,我是天津印染厂的,叫丁万才。听说你们这儿招贤,我家在这儿,想调回来。我是搞花布图案设计的。目前花布产品滞销,主要问题是设计陈旧,不新颖。我要能调来,保证让你们印染厂的产品畅销全国。您看,这是我的设计图!"

丁万才从提兜里拿出一本设计图,一页页翻给方克寒看。

方克寒兴奋地:"好,不错,不错!我给你写个条子,你到招贤处把情况说一下!"

丁万才喜形于色,随即皱起了眉头:"方市长,我,还没住下呢。"

方克寒边写条子边说："让他们安排！"

丁万才："我……没有宿费，伙食费也……"

方克寒："这好办，都给你写这上了！"

丁万才急切地接过方克寒给他写的条子。

二十五

方克寒家。

马兴很随便地仰靠在沙发上。

王小星悄悄走过来，抢下了他的烟。马兴央告地："小星，今天才第二支。"

王小星："第一支也不行。"

马兴佯作恼怒地："快拿来，要不，你爸再打你，我就不管了。"

王小星："我都多大了，他还打我？"

马兴："谅他也不敢！我早跟他说了，再欺负我干女儿，我跟他拼命！小星，给——"

从衣兜里拿出一个袖珍录音机。

王小星："我看看！"拿过录音机，一按，传出了音乐声。

马兴脸上浮现出父亲般的笑容："小星，喜欢？"

王小星："嗯。"

马兴："老战友从外地带来的，我就知道你喜欢！"

王小星扑过去抱住马兴的胳膊摇着："好伯伯……往后不抽

烟了，行吗？"

外边，传来汽车刹车声。

马兴："你爸爸回来了。"

方克寒走进门来，他有些疲惫了，见了马兴，强打起精神："老团长，啥时候来的？"

王小星给父亲倒杯水，然后走进了自己的房间。

马兴站起来，叉开双腿，像当年下达战斗命令似的："你累了，我就照直嘣了，再给我点钱吧！"

方克寒坐在沙发上："要钱干啥，扔火里去烧？"

马兴提高了嗓门儿："我的工人都开不出工资了！"

方克寒："老团长，你那大火，得彻底扑灭了！"

马兴激动了："你寻思我不着急吗？你看看我这眼睛！"

方克寒见马兴的双眼熬红了，一种凄楚的情绪袭上心头。

方克寒站起来，踱到窗前，像对马兴，又像对整个城市在说："我的老团长，现在是原子能、电子计算机和人造卫星的时代了。再靠你那三炮不行了。"

马兴："那……你说怎么办？到底给不给钱？"

方克寒沉思有顷："我，是要给你的，但不是钱。"

马兴："那，你给啥？"

方克寒有些激动地："给你人！他能扑灭你的大火！"

二十六

冯志才家。

方克寒推门进来了。冯母惊愕地打量着他："同志，您……"

方克寒也不客气，坐下了："老嫂子，志才呢？"

冯母："您是……"

方克寒："我是市政府的，通知他去报到，招贤考核，他考得不错！"

冯母惊喜地："真的？不是说他政治不合格吗？"

方克寒："合格，都合格呀！志才回来，您老告诉他一声，让他去报到！"

冯母连声答应："哎！哎！老同志呀，你看看这一大堆材料，这些年呐，他成天写呀算的，这回可派上用场了！"

方克寒："他人呢？"

冯母："又不知上哪个厂子了。同志呀，别看他人不起眼儿呀，不少厂子机器出了毛病都找他去帮忙呢。"

方克寒："他爱人在哪个厂子工作？"

冯母："嗨，哪来的爱人！我呀，糟心的就是这个！高不成低不就的，耽误了！头几年倒是有个同学给他来过好几封信，他说自个没个正经工作，配不上人家，说啥也不回信呐！后来，听说人家结婚了，你看！"

冯母拿出一张照片给方克寒看，那是大学时代赵梦君的照片。

方克寒"噢"了一声，心里很不是滋味。

二十七

市政府小会议室里，市长办公室的空气显得很紧张。

沉默。

有人抽烟，有人在呷茶。

方克寒低着头，那神色不像会议主持人，倒像是在挨批判，有人清清嗓子，发言了，那气势是逼人的。

发言者一："根据有关规定，我市每年迁入的人口不得超过千分之二……"

发言者二："由于大张旗鼓地张榜招贤，目前，这个比例已经被突破了……"

发言者三："这样下去，商品粮供应将发生困难……"

发言者四："住房的紧张情况也在加剧……"

发言者五："我们的许多做法已经违背了国家现行人事制度，我担心，现在已经有人说我们是搞资产阶级自由化了。一旦上级怪罪下来，怕不好交代吧……"

方克寒"砰"地放下了手中的茶杯。

水，溅了出来。

王洁音担心地看着他。

会场静了下来，有人偷眼望着方克寒。

方克寒板着脸，翻开小笔记本，胸有成竹地："刚才有人摆了一些数字。自从发布招贤榜以来，借招贤名义从农村迁入城市的就有26户，招贤考试不合格的工人转干部的有13人。请问，这些人是怎么回事？是谁开的绿灯？"

徐主任义愤填膺地："需要从农村调进的有用人才共有 9 名，现在只进来 3 名。可凭关系迁入的就有 26 户！"

方克寒强压住心头的怒火："这叫趁火打劫！哼，很有意思。有人也把我的女儿王小星从工厂调到了科技情报所！"

有人低了头，有人向方克寒投以敬佩、支持的目光……

方克寒冷笑一声："这很有意思。我想起了一件事：日本鬼子和八路军打仗，常抓些老百姓放到前边作挡箭牌。如今，我的女儿也成了挡箭牌了！"

王洁音紧张地微微欠起了身子。

方克寒"呼"地拍案而起："不像话！"

全场静得怕人。

王洁音不由自主地站了起来。

有人说了一句："王小星是考试合格的。"

方克寒白了那人一眼，一字一板地："刚才我提到的那些不合法进来的，一律不算数，统统退回原地、原单位去。作为人事局长的王洁音同志也开过绿灯，也要检查。"他一边收拾东西，准备走，一边又说："我提醒一句，我是市长，我的话不是放屁。散会！"

人们向门外走去，神情各异。有的兴奋，有的沮丧，有的不满。公安局长走到方克寒跟前，语气里含有挑衅的意味："方市长，我，向您请示一下。"

方克寒："什么事儿？"

公安局长："有个诈骗犯，我们想逮捕他！"

方克寒："这是你们公安局的事儿问我干什么？"

公安局长："这，这是您招来的贤……"

方克寒："什么？"

公安局长掏出一张照片来，照片上的人正是那个毛遂自荐的丁万才。他说："他骗走了招贤办200元钱，是从天津流窜来的惯犯。你看……"

方克寒一愣，拍拍额头，气急败坏地："该抓就抓嘛！"

公安局长极力掩饰着内心的得意。

二十八

傍晚。方克寒家里。

方克寒气哼哼地走进屋，发现妻子正坐在床边低头垂泪。

方克寒有些饿了，到厨房看看，却是空锅冷灶，使劲一拿暖瓶，却是空的。他越发生气了，走出来，没好气地对王洁音："委屈你了？你不帮我一把，反倒给我捅娄子……"

王洁音不理他，走到窗前去了。

方克寒："你，你说说……"

王洁音头也不回，语调哽咽："你让我说什么？我放的那几个人，都是你惹不起的人开的条子，得罪了他们，我怕你一个贤也招不进来了。你查查，那里边，有我一个亲戚、熟人吗？"

方克寒语塞，想一想，确实错怪了妻子，他叹一口气，走到厨房，拿起围裙扎上，开始切菜。

听见刀剁菜板声，王洁音苦笑了一下。

方克寒的声音："老伴儿，陶渊明写的那个桃花源，不就在你老家吗？"

王洁音不理他，拿起一本书坐到沙发上。

方克寒的声音："唉，我真想到那儿清静清静去，你想不想？"

王洁音仍不理他。

方克寒忽然跑进来："不管咋说，得让小星回她那个厂子去。"

王洁音："小星，她成绩够了。"

方克寒："扯淡！她一天到晚疯疯癫癫的，我不信……"

屋门"当"的一声被踢开了，王小星走进来。她一脸怒气地站在门口，逼视着她的父母。她站了一会儿，猛然把游泳衣、遮阳伞摔在地下，然后径自跑向自己的房间，随手把门狠狠摔上了。

王洁音惴惴地走向女儿的房间。

王小星正一件件往箱子里塞东西，有的塞进去又扔出来。

一只手拽住了她的胳膊。王小星回头看，是她的妈妈。她一甩胳膊，把王洁音抡个趔趄。

王洁音："小星，你爸爸的脾气，你还不知道？"

王小星不答言，又去搬另一个箱子。

王洁音："你爸爸他……有难处啊。好孩子……"

王小星声泪俱下了："你们，不是招贤吗，我凭成绩考上的，凭什么给我拿下来？"

王小星说着，提起箱子向外走去。

王洁音："你，上哪儿去！"

王小星：“我不想借你们的光，也不受你们的株连！”

王洁音拽住女儿，近于哀求地：“小星，好孩子，你看，你爸爸，他容易吗？工厂亏损了，冲他要钱；农民歉收了，朝他要粮；他走到街上有人堵，回到家里有人等。一天到晚，喘口气儿的时间都没有。他这么大岁数了，你就忍心……”

王洁音哽住了，眼角溢出了泪花。

王小星抬眼望着蜷缩在沙发里的爸爸，一时百感交集，箱子从手里滑落了，一下子跌倒在沙发上呜呜哭了……

二十九

江堤上，垂柳下。

赵梦奇和王小星默默走来。

王小星脸上阴云笼罩，泪痕斑斑。她不时哀怨地瞅一眼赵梦奇，满腹的委屈。

赵梦奇呢，脸上也是冷冰冰，阴沉沉的。两人就这样默默走着，走着。

江浪冲击着堤岸，又退下去，发出一阵阵有节奏的哗哗响声。

赵梦奇终于开口了，说出的话像冰块子，又硬，又冷：“你真是方市长的女儿？”

王小星没好气地：“是，又怎么样？”

赵梦奇：“那，你怎么姓王？”

王小星气哼哼地：“我随妈妈姓，不让吗？”

赵梦奇低了头，痛苦的激流在他胸中沸腾。

王小星没能从赵梦奇这里寻到安慰，反而看到了一副冷冰冰的脸子，气得嘴唇直抖："你没别的话说，我走了！"

赵梦奇哀伤地："好，你，走吧！以后……"

赵梦奇说到这里停住了。王小星惊异、愤愤地瞅着他："以后怎么的？"

赵梦奇终于下了决心："以后，你还叫我赵老师吧！"

王小星倒退了一步，呆呆地望着赵梦奇。

赵梦奇倒显得平静了："你知道，我从小失去了父母，是姐姐把我带大的。姐姐她含辛茹苦，省吃俭用供我上了大学，不容易。我，想娶个普通人家的女儿。工作、长相，我都不计较，只要人老实，心眼好，能待姐姐好就行！"

王小星的心，怎能经得住这沉重的一击！她身子摇了一下，泪，无声地流下来。

赵梦奇上前去扶王小星。王小星甩手推开，扭头跑了。

赵梦奇久久地呆立在那里。

三十

方克寒在市政府大楼走廊里匆匆走着。

方克寒办公室里的电话响起来。他忙跑进屋去，拿起了话筒。

方克寒耐心地听着对方的话，然后以不容置辩的语气下了指示："不行，这座楼要优先分配给工程师以上的科技人员，分配上一定要把住关！"

方克寒放下话筒。

一个工作人员把冯志才请进来。

方、冯二人对望有顷，各有感慨在心怀。

方克寒给冯志才倒了一杯水："快，快请坐！"

冯志才坐下了。

沉默有顷。

方克寒深有感触地叹了口气："唉，当年，我错了！这些年来我们天天喊千万不要忘记，可是不该忘记的却忘记了。爱惜人才，现在才想起来，已经吃到苦头了！"

冯志才还没吱声。

又是沉默。

冯志才："方市长，你找我有什么事儿？"

方克寒认为可以直入正题了："小冯，你见过砂纸砂布厂的大火吗？"

冯志才点点头。

方克寒："我了解了，你考试成绩是最好的，又有组织能力，经市里研究决定任命你为砂纸砂布厂工程师兼副厂长。"

冯志才感到突然、意外，困惑地："方市长，你是开玩笑吧？"

方克寒摇摇头，感伤地："玩笑，开了这么多年了，不能再开了！"

冯志才思忖有顷："我，干不了！"

方克寒眉毛竖了起来："为什么？"

冯志才冷冷地："不为什么！"

方克寒叹了口气："唉，不干就算了吧！算我看错了人！"

冯志才起身向外走去。

方克寒用这样的话送他出门："我还以为你是个卧薪尝胆的有识之士呢，原来是个胆小鬼、懦夫！"

走到门口的冯志才回转身来，眼里冒着火："方市长，你把话说清楚，你说谁呢？"

方克寒狡黠地："还不清楚吗？"

冯志才转了话题，自己下了台阶："你说清楚，几个月扑灭那大火？"

方克寒忍住笑，死板住脸："两个月，越快越好！"

冯志才回身坐下了："我，还有个条件！"

方克寒笑了："这好说！"

三十一

冯志才家。

冯志才刚要往外走，冯母叫住了他："志才！"

冯志才一回头，见母亲抖开一件崭新的男中山装。

冯志才埋怨地："妈，不是给您买的吗？"

冯母笑了，"这回你担子重了，出来进去的得像个样！快，换上！"

冯志才只好脱下外衣，穿上新衣。

冯母一边给冯志才细心地系好扣子，一边说："这回嘛，还像个人样。听妈的话，得抓紧张罗个媳妇了。这事儿，成了妈的心病了！"

冯母眼圈红了。

冯志才直挺挺地站在那里，任凭妈妈的摆布，感受着暖人肺腑的慈母之爱。

冯母给冯志才扣上最后一个纽扣，抬起头，细细端详着他身负重任的儿子。

三十二

砂纸砂布厂会议室。

干部会正在进行。

马兴瞥了一眼冯志才："下边，请副厂长谈谈想法吧！"

与会者的目光一下子都集中在冯志才身上了，那目光里有期待，有怀疑，也有鼓励。

冯志才胸有成竹地站了起来："我来厂子好几天了，到处转了转，征求了一些干部和工人的意见。在这之前咱们厂退休工人李师傅早就领我仔细察看了主体车间的设备情况。我认为，我们厂质量上不去的原因除了管理上的混乱和岗位责任制不健全以外，在技术上，主要是设备安装不合理。目前，需要暂时停产几天，重新安装设备！"

会场一下子炸了锅。

有人嚷道："停产，完不成任务谁负责？"

冯志才口气很硬："现在，生产就意味着浪费，停产几天是为了提高质量！"

一个技术员站了起来："我同意冯副厂长的意见！"

马兴不满地瞪了一眼那技术员，敲了敲桌子："同志们，全面停产可是件大事，要党委研究了才能决定，还要呈报市里批准……好吧，我们现在就开党委会。"

冯志才惊异地望着马兴。

马兴："党委委员留一下吧。"一个四十来岁的女政工干部嘴角浮上微笑，嘲讽地望着冯志才。

冯志才的脸腾地红了。他很费力地站起来，像要说什么，终于没说出来，低着头往外走去。

马兴像突然发觉自己的做法有点过分了，他叫道："冯副厂长！"

冯志才站住了。

马兴："……要不，你留一会儿……列席？"

冯志才不想领这个情，低头急步走了出去。

三十三

市政府楼内。冯志才使劲儿敲方克寒办公室的门，好像在发泄心头的郁愤。

市长秘书开了门，客气地："啊，是您……"

冯志才："我找市长！"

市长秘书："他不在，上医院了。"

冯志才转身走去。

三十四

医院。

方克寒推开了一个病房的门。病床上，吕工正戴着眼镜看书。方克寒悄悄走过去，摘下了吕工的眼镜。

吕工见是方克寒，忙起身要坐起来，让方克寒按住了。

方克寒把带来的水果、糕点放到床头小柜上。

吕工激动地："方市长，您，这么忙……"

方克寒动情地："干猛了，是不？"

吕工痛楚地摇着头："我……病得不是时候啊，寸功未立……"

方克寒："谁说的？你来不多日子,你们厂就大变样了。吕工，你立了头功啊！"

这一说，吕工坐不住了："方市长，你还不知道，我们厂的产品，在国外市场上叫人家顶下来了。"

方克寒："我知道。类似的情况不止你们一个厂。人家的产品更新了，咱们还是老一套，十年一贯制。"

吕工难过地低下了头。

方克寒歉意地："噢！咱们不说这个。吕工,孩子都安排了？"

吕工感激地："安排好了，都安排好了！"

方克寒："房子呢？"

吕工："没说的。三大间,挺好的！"

方克寒点头。

吕工像忽然想起了什么，凑近方克寒低声说："⌐

有个想法。"

方克寒感兴趣地望着他。

吕工："咱们得成立个科技情报室呀！不及时了解世界工业发展动态，咱们就成了聋子、瞎子！"

方克寒腾地站了起来："吕工，你可真说到点子上了！"一把抓住了吕工的手，旋即又皱起眉头，"可是，没这方面的人才呀！"

三十五

江滨公园。

一湾池水，上边飘浮着浑浊的绿萍和白沫，水色如同墨染。

岸边。赵梦君拿着玻璃管在弯腰取样。她把水样对着阳光晃一晃，皱起眉头，把玻璃管放到一个提兜里。

公园栏杆外边的一条街上，冯志才走了过来。激愤、悲哀、失望、悔恨诸般情绪烧灼着他的心。

但是，生活毕竟是美好的。一队幼儿园的孩子唱着甜蜜的歌走过他的身边，路旁花圃中的娇花向他绽开了笑颜，龙须柳上的鸟儿向着他啼鸣。

冯志才的内心倒海翻江。他的脸色急剧地变化，脚步渐渐慢了下来。忽然，他自嘲地摇摇头，笑了起来。

一只小足球飞到他的脚下，他抬起脚把球踢上了天。

孩子们一齐仰脸看那球。

球，旋转着，落到了隔墙的公园里。

孩子们包围了冯志才："你给拣！你给拣……"

冯志才笑笑，向栏杆走来。

栏杆里，赵梦君走了过来。

远远地，冯志才没有看出是赵梦君，他喊道："同志，请把球给扔出来！"

赵梦君也没有认出冯志才，她弯腰捡起球，一步一步走过来。

冯志才抱歉地微笑着。

斑驳的光影里，赵梦君捧着球一步一步往前走。

冯志才脸上的微笑突然凝固住了。

赵梦君也突然停下脚步，就那么手捧球站着。

他们想说话，但只有目光在交流。四目相视，一里一外。

青年时代的他和她的面影——今日此时的他和她的面影，交替在他们的瞳仁里闪现。

踢球的孩子们叫着，翻过栏杆，从赵梦君手里抢走了球。

他们像浑然毫无感觉，只是在那里怔怔地对视着。

孩子们的叫声飘远了。

世界很静。只有亮晶晶的空气在他们的周围闪烁，好像缥缈的梦境。

他们到底开始说话了，说出的话也像梦里的声音。

冯志才："这些年，你都在哪儿？"

赵梦君："省城。"

冯志才："我不知道，你原来就在那儿，很远，又很近……"

赵梦君："我也不知道，你就在这儿，很近，又很远……"

起了一阵风，树叶沙沙响。

赵梦君："你离校以后，我给你写过几封信。"

冯志才："是吗，我没收到……也许，早失落了……"

赵梦君感慨万千地："……早失落了……"

他们两人的胸脯同时起伏——深深地、重重地一声叹息。

不知怎的，叹息声被放得很大，惊飞了树上的一群鸟。

他们同时抬头，目光追随着飞鸟远去，直到碧海一样的天空里没有了一点影子。

他们收回目光，又恢复了原先那种呆怔怔的对视。

赵梦君慢慢垂下了眼睑："这些年，你……好吧？"

冯志才又仰面望天："人海中沉浮，总算……游过来了，你呢？"

赵梦君凄楚地："……也游过来了，只是，喝了几口水！"

冯志才："你，也挺好吧！"

赵梦君痛苦中含着哀怨，哽咽着："我，好，好！"

冯志才热切地："梦君，咱们为什么这样说话呢？公园门开着呢，你等我，我进去！"

赵梦君："不，不必了！"

冯志才："你……"

赵梦君突然转过身，捂住脸，歪歪斜斜地跑了。

冯志才怅然地望着她的身影消失在绿树丛中。

三十六

赵梦君宿舍。

赵梦君推开门，慢慢走进来。她坐在床上，床头有一本书，题名是《论防治城市污染》。赵梦君抬眼望见了镜子里的自己。她好像第一次发现她那本来是秀气动人的脸上刻下了岁月和坎坷的人生给她带来的细微的皱纹。她抬起手，试图抚去那细纹。可惜，那是抚不去的，反而越看越真切了。

敲门声。

赵梦君开了门，来人却是王小星。

王小星："姐姐！"

赵梦君："小星，快进来！"

王小星却不进屋，就那么站着。

赵梦君预感到了什么："小星，你们……"

王小星不想进屋，向楼外瞅了瞅。

赵梦君："好吧，咱们出去走走。"

楼外，洁白的细沙铺成的甬道上，两个女人慢慢走着。

王小星忽然站住了。

王小星的语气又凄怆又气愤："大姐，我年轻，不懂事，我有几句话，想问问您。"

赵梦君注意地望着王小星，弄不清她和弟弟之间究竟发生了什么事。

王小星的胸脯起伏着，紧紧咬着嘴唇。显然，她在竭力控制着自己满心的委屈，满腹的愤怨。赵梦君意识到事情可能不是一般的生气吵嘴，她亲切地说着："小星，你有什么话，就跟姐姐说吧，是不是梦奇欺负你了？"

王小星使劲甩过头来，火山喷发似的说道："您说，是不是所有的高干子女都不是好孩子？都不孝顺亲人？都没有普通人的心肠？都是天生的纨绔子弟？都不配人爱？都……"她说不下去了，眼泪断线珍珠似的流下来。她不愿意在赵梦君面前表示自己的软弱，扭过了身子。

赵梦君看着这个引人怜爱的女孩子在伤心地落泪，眼圈也红了。她搂住小星的肩膀。

赵梦君："小星，姐姐明白了，姐姐理解你……"她的声音越来越轻，显然，眼前这个女孩子的忧伤，引起了她内心的共鸣。她深深地叹了口气，接着说："小星，在生活中要想找到一个真正知心的人是不容易的。你们俩既然真诚相爱，就要珍惜这种感情。姐姐除了盼你们好，没有别的，你……放心。"

王小星慢慢地转过了身子。这时，她猛地抱住了赵梦君，叫着："姐姐……"

两个不同年龄，不同阅历的女人，此时被一种相似的感情融汇着，相互紧紧地搂抱在一起，为艰难的人生、为不容易得到的幸福、为对这幸福的炽热的憧憬，尽情地流洒着她们的热泪……

三十七

江堤上。垂柳下。

赵梦奇和王小星对面走来。

王小星旁若无人似的走了过去。

赵梦奇追上了王小星："小星，你别生气了，都是我不好，姐姐批评我了！"

王小星仍不理睬他。

赵梦奇从兜里掏出一叠稿子："这个，我校对过了，可以拿出去了！"

王小星停了脚步，接过那稿子，见赵梦奇急得出了汗，又气，又怨，又心疼，抬手捶了他一拳："你呀！……"

三十八

夜，方克寒家。

方克寒正在灯下写着什么，王洁音轻轻走来。

方克寒回头关切地："洁音，你快去休息吧！"

王洁音没吱声，却在方克寒对面坐下了，忧心忡忡地瞅着丈夫。

方克寒："洁音，你有事儿？"

王洁音语气缓和，但坚决地："老方，招贤，适可而止吧！"

方克寒："为什么？"

王洁音："上上下下，都有反映。"

方克寒："什么反映？"

王洁音只好和盘端出："上级人事部门、劳动部门，还有公安部门多次来电话询问情况，有人说我们招贤违背了一些规章制度，还有人写了上告信，我都没告诉你！"

方克寒气哼哼地："别管那些！全党工作重点转移到四化建设上来了，过去的一些规章制度也应该做些调整。瞻前顾后的，步子也迈不动！自招贤以来，不少企业已经见成效了，我不能半途而废！"

王洁音急了："可是，出头的椽子先烂，你这是何苦呢！"

方克寒激动地："可没有出头的椽子，房盖谁顶着？唉！咱们的悲剧就在这儿，扯皮的多，干正经事儿的少！"

方克寒摔了笔，怒气冲冲地来回走着。

王洁音又急、又气，像要哭的样子："老方，你的脾气不好改改？"

方克寒："死以前，难改了！"

电话铃声响了，方克寒抓起话筒："是我，什么？这不是胡来吗！"

方克寒摔了耳机，怒气冲冲地："嘿，我的老团长啊，给他派个副厂长去，活活把人家气跑了！"

王洁音见方克寒发了火，再也不说什么，偷偷抹去了眼角的泪。

方克寒劝慰地："洁音，你去睡吧！哎？小星呢？"

王洁音："还没回来。"

方克寒烦躁地："这孩子，得管管了，天天到半夜，还了得？"说完"啪"地摔上了门。

王洁音叹了口气。

外边，铁门响，王小星回来了，人未到，声先到，欢乐的、兴奋的歌。

一阵风似的，门已经被推开。

王洁音迎到外屋，见女儿满脸喜色，又唱又跳，担心地望了一眼方克寒的门。

"妈——！"王小星早扑上去，抱住王洁音的脖子旋转起来了。

里间，方克寒放下手里的材料，想发作，又忍住了。

王洁音："小星，你爸爸工作呢。"

王小星像没听见妈妈的警告，仍旧笑着、跳着，碰掉了桌上的一个茶杯。

王洁音："小星，你疯了？"

王小星："妈，一会儿我告诉你一个爆炸性的消息。"

王洁音："好，好，进你屋睡去吧。"

王小星兴犹未尽，她打开了录音机，响起来波尔卡舞曲。

方克寒出来了，一脸怒气："小星，你还没闹够？"

王小星不理会，随着乐曲旋转起来。

方克寒："小星！"已经是怒不可遏。

王小星越发张狂："方市长，您看不惯吧，这就叫八十年代新一辈！"边说边舞到方克寒面前，围着她的父亲旋转。

方克寒盛怒的眼睛。

王小星嬉笑的脸。

方克寒颤抖的手。

王小星扭动的腰。

王洁音预感到了什么，着急地向前走去。

但是晚了，方克寒已经狠狠地给了女儿一记耳光。

王小星捂着脸，跌坐在地上，惊愕地看着爸爸。

王洁音呆住了。

方克寒的手慢慢垂了下来。

录音机仍播送着优美的舞曲，和室内的空气很不协调。

王小星撒开手，脸上现出五个清晰的指印。她从地上爬起来，跑出门去。

王小星的手提包遗落在地板上。

王洁音想去追女儿，被丈夫喝住了："别理她，她爱上哪儿，上哪儿去！"

王洁音关了录音机，坐到方克寒身边了，像是要和他分担着打了爱女的隐痛。

方克寒睁开眼，失神地望着打了女儿的手掌。

王洁音把自己的手轻轻地按在方克寒的手掌上。

方克寒和王洁音就这样坐着，坐了很久。

方克寒一眼看见了王小星遗落在地上的手提包，抬手指了指。

王洁音走过去，拉开手提包，从里边取出了一份手稿，惊诧得瞪大了眼睛。

王洁音："老方！"

方克寒没抬头。

王洁音把那手稿放到他的面前。

方克寒一看，猛地怔住了。那封面上写的是：《世界发达国家工业发展近况》。

方克寒如获至宝地翻看着。

王洁音也凑过去看。

方克寒："这……这资料太重要了，真是一颗原子弹呐！"

他急忙忙翻到最后一页，只见那里写着，编译：王小星。

老夫老妻惊呆了。

王洁音得了理，抽咽地哭了，埋怨道："你，你心太狠了！"

方克寒也抹抹眼睛，慢慢站起身："我，我找她去！"

三十九

马兴家。

王小星坐在沙发上，泪流不止。

马兴的脸已经不是颜色了。他一边系着衣扣一边去摘挂在墙上的帽子，气哼哼地："我找他去！这回我要饶了他，我不姓马！"敲门声。

马兴气哼哼地："谁？"

来人进来了，是方克寒。

马兴气不打一处来："你，你出去！我们这个家，容不下你这个大市长！"

方克寒尴尬地嘿嘿笑着，自己坐下了。

王小星的泪，流得更快了。

方克寒的手颤抖着，去摸暖壶要倒水喝。马兴一把夺过暖壶，没给方克寒倒水，却走向王小星，给她沏了一碗菊花晶，回头狠狠地瞪了一眼方克寒。

方克寒怯怯地："老团长，原谅我吧！"

"嘭"一声，马兴把暖瓶放到桌上："太不像话！打狗还得看主人呢，这么大孩子，你抬手就给我打？她是我干女儿！你知道不？"

王小星更委屈了，呜呜哭出声来。

方克寒无言以对。

室内是片刻的沉寂，只有王小星的呜咽声。

方克寒："老团长，我这不是赔礼道歉来了吗？"

马兴："用不着！你走吧，我们小星不回去了！"

方克寒："我，是请贤来了，老团长！"

马兴："请贤？"

方克寒："让小星明天到科技情报所报到。"

马兴："报到？我们不去！别给你这市长带来麻烦！"

方克寒："古人还讲举贤任能不避亲呢，人家小星考试本来就合格了。我，官僚了！这事儿，定了！"

马兴的脸上多云转晴了："这还差不多！我还得问问我干女儿愿不愿意去呢！小星，去科技情报所，愿意不？"

王小星点点头，面庞上带有泪痕。

方克寒放心地微笑了，转对马兴："老团长，我打孩子不对。可你，也不该把冯志才给气跑啊？"

马兴支吾地："我，我……"

四十

夜。雨淅淅沥沥地下着。

冯志才家。

冯母在灯下熨着冯志才那件中山装。

冯志才心绪烦乱地翻看着一本书。

有人轻轻敲门。

冯志才打开门，一愣：只见方克寒撑把雨伞站在门口。

冯志才意外地："啊，方市长？"

方克寒："你没想到吧？"

冯志才心中此刻有两股潮流在奔涌。一股是热潮，沸腾着他发挥聪明才智，献身"四化"的热望；一股是寒潮，那就是他感受到的难以冲破的艰难险阻。最后，寒潮终于占了上风，他的心冷了，说出的话也是冷冷的："我，我母亲病了，对不起！"

冯志才犹豫一下，但还是掩上了门。

雨伞倾斜了，雨点打在方克寒的脸上和肩上。

屋子里，冯志才的脸上现出不安的神情。

冯母走过来，问："志才，谁来了？咋不请人家进屋，外头下雨呢。"

冯志才趔趔趄趄地走到一把椅子跟前坐下了。

门外。方克寒淋着雨，一动不动。

胡同口上，小轿车短促地叫了两声，方克寒突然惊醒似的，转身踏着泥水走去了。

门呼地打开，冯母探出头来。她只看见了方克寒的一个背影。

冯母关好门，转身直视着儿子的眼睛，问："刚才，是不是方市长来了？"

冯志才不敢看他的母亲，点燃一根烟抽了起来。

冯母着急地："志才，你好不懂事呀！以前你怨人家不用你，一天到晚丢了魂似的，好岁数过去了，连媳妇都耽误了。妈心里着急不敢说，怕你伤心。眼下，政策好了，政府高看有才学的人，你咋还——"

冯志才："妈，你别说了，人家瞧不起咱们！"

冯母："谁瞧不起你了，连市长都来请你，你还端起来了？你呀，也不小了，咋这么不懂事儿呢？"

冯母伤心地流了泪。

冯志才叫了声，"妈！"转身拿过雨伞走出门外。

冯志才怔住了！

细密的雨丝中，他看见方克寒仍在泥泞的小胡同里往来蹀步。小轿车雪亮的前灯照出了他的身影，又瘦又小。

冯志才想喊，但嘴唇动了动，终于没有喊出声来。

小轿车的喇叭又在召唤它的市长。

方克寒朝胡同口摆了摆手，转身大步走进冯家小门，并不理会木桩一样立在那里的冯志才。

车前灯熄了。胡同里一片漆黑。

冯志才呆愣半晌，也回到屋里。

两个人站着，像两只对峙着的公鸡。

雨水顺着方克寒的裤脚往下流。

冯志才满脸歉疚的神色，忙搬过来一只凳子："方市长，您……坐。"

方克寒动也不动。

冯志才又忙扯过一条毛巾递过去。

方克寒眼皮也没抬，只是严厉地盯视着他。

冯志才没有了主张，扎撒着手站着不知如何是好。

过了一会儿。

窗外，划过了一道闪电。

方克寒突然厉声问道："冯副厂长，你为什么擅离职守？"

冯志才垂下眼皮，嗫嚅着："我……"

方克寒声若霹雳："我请问你，为什么擅离职守？"

"擅离职守"几个字，击中了冯志才的要害，但他心服口不服，无力地强辩着："我……我干不了。"

方克寒："是干不了，还是不想干？"

冯志才："干不了，也不想干了。"

方克寒："那你为什么不提出辞职？为什么不向市里打报告？你是市里正式任命的干部，我们是在搞事业，不是小孩过家家，高兴了就凑一块玩，翻脸了连个招呼也不打就散了。你连什么叫组织性、纪律性都不懂得吗，知识分子同志！"

冯志才被批评得哑口无言。

方克寒发了一通怒，这才脱下雨衣，坐下了。

冯母出来，给方克寒沏了一杯热茶，递过去，又悄悄地退出去了。

冯志才这才想起自己的擅离职守也是事出有因的："方市长，我人微言轻，实在是……"

方克寒："这事儿，马兴也有错！不过，今天，我就批评你，你打算怎么办？"

冯志才顿时硬气起来："我干不了，没那能力！"

方克寒拍案而起："胡说！"他大步走到冯志才的书桌前，拍着他的那些书籍、图纸、资料，接着说下去："我问你，这是什么？是什么？一堆废纸吗？同志，不要再自己欺骗自己了，别人，就更骗不了！遇点波折，就是这个熊样子，你不觉得脸红？好吧，我需要的是强者，不要懦夫！你不干，明天正式打报告！"

冯志才却蔫了，愧疚地低下头。

方克寒气哼哼地往外走去。

冯志才倒急了，上去一把拉住了方克寒："方市长！……"

方克寒回过头来："怎么？"

冯志才支吾着，竟说出了这么一句："挺晚了，煮点挂面吃吧！"

方克寒笑了："这还够意思，把司机老刘也叫来！"

四十一

砂纸砂布厂会议室里坐满了人，但会议气氛并不热烈，人们脸上是一副司空见惯的冷漠表情。

马兴叉着双腿："我就不信，小小砂纸砂布厂就能难倒我们这些大活人！外国那个资本家要求一级品达到百分之八十，我们给他来个百分之九十，百分之百！"他讲得兴奋起来，止不住眉飞色舞。

我们发现，冯志才也坐在会场的一个角落里。

马兴："我们要搞一个质量月，一个月内，消灭废品，为厂争光，为国争光，党团员要带头，干部要下车间，苦干实干加巧干！"

冯志才站起来，往前边走去。

会议参加者们不再嗡嗡，所有目光都投在冯志才身上了。

冯志才走到马兴旁边从容地：“马书记，我说几句。”

冯志才目光里含有自信的力量和少见的气魄，使马兴有点吃惊，他情不自禁地稍稍挪动了一下位置。

冯志才面向全场，语调和缓，但是态度坚定：“我很同意刚才马兴同志的意见，那就是要尽快地消灭废品。但是怎么样做到这点呢？我的意见，咱们要讲究一点科学，采取实际的措施，不能再用搞运动的办法搞生产了。”

马兴不满地插话：“这怎么是运动？”

会场里有人高声地：“我同意冯副厂长的意见！”

马兴有些恼火，循声望去。

这时，那个女政工干部走到马兴跟前，低声说：“马书记，市里来电话，催问冯厂长的任命宣布了没有？”

马兴支吾地：“啊，这事儿……”

女政工干部：“市里让马上就宣布。”

马兴咽了口唾沫，对女政工干部：“好吧，任命书呢？”

女政工干部把一页打字纸递给马兴。

马兴干咳了两声，抬起头，铁青着脸，面对全厂，并不看那张纸：“有件事，宣布一下，市里决定，任命冯志才同志为我们厂的厂长。以后，我只做书记了。”说完，也不同冯志才打招呼，愤愤地转身走了。

举座震惊，肃然无声。

冯志才目送着马兴走出门，然后，开始向大家说话，他的语气和缓，不亢不卑：“同志们，我们继续开会……”

四十二

锅勺叮当乱响，屋里烟气蒸腾，煤气炉长长的火苗簇拥着，像一盆盛开的兰花。

王洁音扎着围裙，忙着炒菜。

方克寒跑进来，高举着一把绿莹莹的东西，喊："新鲜物，蕨菜，来了！"

王洁音半嗔半笑地："看你这个张罗。也没请，一定能来？"

王小星一边梳着湿漉漉的头发一边插言："爸爸，你要请谁吃饭？"说着，挤进厨房，看着那些大盘小碗，咯咯笑起来，"我当预备了什么山珍海味，就这呀，一桌老土玩意儿！我知道了，爸，你今天请的这个神儿难伺候。"

方克寒："所以才打电话叫你回来呀。"

王洁音："这回呀，怕不灵。"

方克寒："准灵。忘了，小星小时候差点叫他抱去。"

王小星："你们怎么得罪了人家，吓成这样了？"

王洁音叹口气："唉，还不是他招贤招的！"

四十三

餐桌上已经摆满了酒菜。方家三口人正虚席而待。

王小星饿了，伸手到盘子里抓菜。

"啪！"方克寒轻轻拍了一下她的手背，示意叫她等着。

王小星噘起了嘴。

方克寒："今天，咱们全家人要全力以赴。小星，关键时刻你一定得帮爸爸一把。"

王小星调皮地："我才不管你们的事儿呢！"

方克寒举手示意："嘘——他来了。"

他的话音未落，门外响起了重重的脚步声。

脚步声近，门"嗵"地被推开了。

马兴叉开双腿，站在门口，怒目圆睁。

王洁音只好满脸堆笑地迎上去："老马大哥，你来了？快，快请进来！"

马兴铁着脸并不答话。

方克寒急忙走过去："老团长，就等你开席呢，来，你坐，坐……"

马兴的脸色绝不放晴。

方克寒和王洁音一看这样，急忙给王小星递眼色。

王小星跳舞似的跑过去，抱着马兴的一只胳膊，唱歌似的叫了一声："伯伯！"

奇迹出现了。马兴脸上积结的肌肉松动了，甚至现出了一点笑影。他温和地、慈爱地叫了一声："小星。"

王小星唱歌似的声音又响起来："伯伯，你怎么这些天不来呢？我爸总念叨你，今天，又做了这么些菜，全是你爱吃的。你可得多吃、多喝，然后，你就讲你怎么三炮就报销了敌人的大碉堡。我可爱听你讲当年怎么的了！"她一边说，一边连推带拽，拉着马兴入席。

一物降一物，卤水点豆腐，铁汉子马兴终于坐下了。

趁这机会，王洁音赶紧倒酒，方克寒急忙捧起酒杯送到马兴面前。

马兴看着方克寒，忽又瞪圆了眼睛，刚要发作，王小星早夹了一筷头子菜送到马兴嘴边，一面"伯伯、伯伯"不停地叫。

方克寒举着酒杯："老团长，喝，喝！"

马兴不理方克寒，却转身亲切地对王小星说："小星，好孩子，你先出去玩一会儿，伯伯和你爸说句话。"

方克寒又赶紧给王小星递眼色。

王小星憋住笑："不嘛！我要看着伯伯喝酒吃菜。伯伯，你吃菜呀！"

马兴无可奈何，叹口气，说："好，星星，伯伯吃你一口菜。"说着，从王小星手里接过筷子，把那一大口菜全放在嘴里，费好大劲儿，"咕噜"咽下去了。

王小星又要端酒，马兴已经转过身去对方克寒吼了起来。

马兴："方大市长，我问你一句话，你凭什么撤我的职？"

方克寒温和而委婉地："老团长，你不当厂长，还是党委书记呀！"

马兴："可我成了磨道的驴——要听人家的了！"

方克寒："老团长，不能这么说。"

马兴："那怎么说？你信不着我，要派人，你派个老干部啊，非得整个知识分子？"

方克寒笑了："是啊，知识分子有什么不好？"

马兴叹了一口气。"好是好哇，可也不能一下子就当厂长呀！"

方克寒："你不放心？当年，我从国统区跑到部队上，你怎么一下子就提我当指导员呢？"

马兴未加思索地："你是中学生，有文化嘛！"

方克寒："四化建设，更需要有文化、懂科学知识的干部，现在我才感到，人才危机，是最大的危机呀！像冯志才这样的干部，很难得呀！"

马兴一时语塞，随即伤感地："这么说，我，没用了？"

马兴抓起酒瓶，仰脖灌了起来。王小星忙抢过酒瓶子，喊着："伯伯，伯伯！"

马兴抚摸着王小星的头发，凄怆地自语着："伯伯成了老落后了。当年，我三炮就报销敌人一座碉堡，三个月，就在破烂摊子上建起了那个工厂，现在，怎么了？怎么了……"他又要去抓酒瓶子。

王小星："伯伯，您不能这么喝，您会醉倒的。"

马兴看着王小星："小星，好孩子，你说，伯伯老了吗？不中用了吗？成了绊脚石了吗？"说着，大滴的泪，沿着他粗糙的、饱经战火风霜的面颊流了下来。

见马兴这样悲痛，王小星也哭了。

王洁音也陪着拭泪。

方克寒深深地垂下了头，思忖有顷："老团长啊！过去咱们打鬼子，打蒋介石，是有功劳的。可现在，作为一个领导干部，需要有文化，有知识，要懂科学技术。咱们作为一名共产党员应该有这个胸怀，自己不行就退下去，让贤！"

"啪"的一声，马兴一拍桌子，脸色变得很可怕，站起身子，摇晃着，向门口走去。

王小星叫着："伯伯！"赶紧上去扶住了马兴。

方克寒也追上去，搀住了他。

四十四

砂纸砂布厂的一个车间里。

满脸油污，疲惫不堪的冯志才走来，发现一个岗位没了人，一愣，停住步。

不知他是过于疲乏还是过于愤怒，他摇晃一下，又勉强站稳了，问一位老工人："这人呢？"

老工人气愤地："看电视去了！"

冯志才的眼里像着了火，脸也不是颜色了，大步向外走去。

四十五

办公室里。

马兴正板着脸听汇报。

那个女政工干部和一个四十多岁的中年人正一人一句地攻击冯志才。

中年人："他说停产就停了产，设备也整修了，配料也调整了，还是出废品。这人，不是卖狗皮膏药的江湖骗子吗？应该向市里汇报！"

女政工干部："政治学习时间他坐不住，学习一下午，他到车间去了三趟。他是厂长，影响……"

两人注视着一直死板着脸的马兴，从他的表情上寻找着对他们的支持。

马兴："还有啥？"

两人同时地："没，没啥了。"

马兴忽地站起身来，眼里迸着火光："依我看，冯厂长比你们二位强百倍！他不顾死活地干着呢，已经三天三夜没合眼了！你俩呢，正常上下班儿，吃饱了，喝得了，睡够了，有的是精力，专门儿攻击别人！不干的整干的，这种风气不改，还有个好？"

二人瞠目结舌。

四十六

厂俱乐部里，彩色电视屏幕正播放着中日女排比赛实况。观众助威的声浪和解说员机智的措辞、激昂的声调在屋里回荡着。

俱乐部门口，站着怒火满腔的冯志才。

冯志才身旁的一个青年工人捅了捅一个长发青年："不好，冯厂长来了，走吧！"

长发青年架起二郎腿儿："怕他？马兴我都不理！"

冯志才心头的怒火更炽烈了，他想发作，又强抑制了。

屏幕上，比赛双方正在激烈争夺，那场面是惊心动魄的。

难道冯志才也被那惊心动魄的场面吸引了？他竟向身边的一个科室干部下了这样的指示："打铃，全厂看电视！"

四十七

全厂铃声大震。

马兴急匆匆走出门来，问一个工人："怎么回事？"

工人："冯厂长让去看电视！"

马兴皱起眉头，大步向俱乐部走去。

四十八

俱乐部里。

冯志才正和工人们坐在一起看电视。

马兴走到冯志才身边，刚想说什么，被冯志才拽着，坐下了。

马兴不知冯志才的葫芦里卖的什么药，迷惑不解地望着他。

屏幕上的球赛结束了，俱乐部里爆发出一阵热烈的掌声。

冯志才站了起来。

俱乐部里静得很，只有个别人的咳嗽声。

冯志才："同志们！我们厂子连续三年亏损了。我们 1732 名职工，每年给国家做多大的贡献呢？零？不，不是零！是负数。平均每年朝国家要 1200 万元人民币！三年就是 3600 万呐，同志们！"

冯志才说不下去了，泪水涌上眼角，也堵住了他的咽喉。

全场哑然。

马兴激动地望着冯志才。

冯志才："这里边除了技术问题以外，还有管理上的混乱，劳动纪律的涣散！刚才大家都看到了，中国女排用自己的血汗给中华民族争得的是荣誉，而不是亏损、赔款！同志们，这不值得想一想吗？今天，打铃以后来的不算，凡擅离职守来看电视的，一律扣发半月工资！"

全场哗然。

马兴腾地跳了起来。

场内又渐渐平静了。

马兴仍是两手叉腰，两腿叉开，声若洪钟："我，马兴，这个厂的党委书记，我坚决支持冯厂长的这个决定！"

俱乐部里，爆发出一阵热烈的掌声！

冯志才感动得眼圈微红——他终于被人理解，得到马兴这样的老同志的支持了。这预示着他今后工作的顺利，事业的成功，他心里有一股暖流在沸腾！

四十九

朝阳初上，城市沐浴着丽日霞光。

远处，一根拔地而起的大烟囱吐出一股黑烟，像条辫子似的拖向天边，把瑰丽的黎明涂抹得一塌糊涂。

市政府大楼走廊的一扇窗子前边，站着冯志才。他望着那条大黑辫子在想心事。

方克寒走上楼梯。

方克寒："小冯，这么早，你怎么来了？听说试验成功了，合格率百分之百，报喜来了？"

冯志才："我不会报喜，只会报忧。"

方克寒。"噢，什么事儿？"

冯志才手指那一大溜黑烟："您看，每个月我得向环保局交 2000 元罚款呐。"

方克寒："这你找我干什么？"

冯志才："给我请个环保工程师吧，给我剪掉这条大辫子。"

方克寒意味深长地微笑着："人，倒是有一个，我给你个地址，你自己去请吧，事成之后，怎么谢我呢？"

冯志才不解地："谢你？"

五十

赵梦君居室。

赵梦君正看一本书，正是那本《论防治城市污染》。

敲门声。

赵梦君放下书，走去开门。

门口站着的是冯志才。

这样的出人意料，激动得赵梦君脸色发白："志才，你——"

冯志才也感到吃惊，他往后退了一步，看看房间号，他的表情说明："没错。"

赵梦君："你，请进吧！"

冯志才跨进门来："……方市长，让我到这儿来请一位环保工程师。"

赵梦君笑了："他让我等一位厂长。"

他们同时恍然大悟了。

赵梦君像一个少女似的，幸福而羞涩地低下了头。

冯志才激动得手足无措。

他们抬起头，互相望着。在这一瞬间他们感到，在漫长的岁月里，他们刻骨铭心追求着的那最可宝贵的东西有可能失而复得了。

他们同时向对方伸出了手。

手就要在互相接触的一刹那间停住了，又慢慢缩了回去。

窗外起了一阵风，雪白的窗帘飘飞起来。

五十一

雪白的窗帘化作蓝天上飘飞的云絮。

一行大雁嘎嘎叫着，告别身后的夏天，去寻找新的夏天。

落叶飘零，金黄的、火红的、淡紫的……落叶不是无情物，它是新的生命——种子成熟的象征。

两双脚踏着落叶走过来。

赵梦君的声音："你看，这树上的叶子全落光了……"

冯志才："明年春天，还会绿的！"

赵梦君和冯志才走过一片白桦林。他们一前一后，保持一定的距离。

赵梦君："可惜，我，再不是过去的我了！"

冯志才："不，在我眼里，你还是你。"

赵梦君回过头来，审视地望着冯志才，他说的是心里话吗？

冯志才诚挚地望着她。

他们迎着秋天下午的依然炽烈的阳光，向着草地上望去……

那里，一个胖胖的孩子正在蹒跚着学步。

孩子跌倒了。

年轻的母亲跑过去，扶起他来。

孩子用亮亮的圆眼睛巡视了世界一遭，然后，忽然奔跑起来。

他跑进一个很大的光圈里边，并且与光圈融为一体。

赵梦君："你说，一切都会重新开始吗？"

冯志才深沉地："会的，梦君！你的不幸，我都知道了。让一切，重新开始吧！"

赵梦君脸上那层迷蒙的云翳散去了，焕发出只有青年恋人才会有的那种媚人的光彩。

他们深情地对望着，目光里满含着对未来的憧憬和献身的热望。

一行大雁，在蓝天上飞翔。

大地，是那样秀丽。

蓝天，是那样高远。

五十二

高远的蓝天下，绿毯般的草地上躺着赵梦奇和王小星。

王小星："哎，你说姐姐他们为什么还不结婚。"

赵梦奇欲言又止。

王小星："没房子吧？"

赵梦奇："让你说着了！……"

五十三

市政府大院里，停着几台装满家具杂物的卡车。

几个人，看来是外地应招来的人围着方克寒和科委徐主任。

应招者一："方市长，不是说好了给房子吗？要不然，我们就不搬家来，这是咋说的呢！"

方克寒头上冒着汗，脸上赔着笑："这……，我们，尽力解决，尽力解决！"

应招者二："方市长，把家安顿下来，我好投入工作呀！哪管有个地震棚也中哇！"

方克寒、徐主任连连点头，神色尴尬。

应招者三："这，这不是骗人嘛！早知道这样我还不来呢！"

方克寒恼羞成怒，转对徐主任："今晚上，开办公会！"

五十四

夜。市政府会议室里坐满了人。

市长秘书进来了。

秘书："方市长说，今晚的会议在柳条路新建住宅楼前开，请大家到那里去。"大家愕然。

五十五

柳条路大楼前。

方克寒脸色阴沉。好像为了排解胸中的闷气，他仰起头来，深深地呼了一口气。

天上，一澄如碧。雄伟的牧夫座里，大角星灿烂地闪烁着橙色的光芒。

方克寒迟迟不开口，越发使周围的人心神不定。

"我们的城市是很美的！"方克寒终于说话了，"前几天我陪几位外宾登上友谊宾馆的最高层，俯瞰市容。外国朋友说，我们这座城市足以与欧洲最负盛名的大城市媲美。"

这样悠闲的话题使不少人松了口气，也使另一些人更加发毛。

方克寒转身问房产局长："这座楼的分配原则是怎么定的？"

房产局长底气不足地："分配给工程师以上的科技人员。"

方克寒："那好，咱们进去看看吧！"

大家疑惑地跟着方克寒走去。

他们走进大楼，登上一级级楼阶。

一级又一级。有人走不动了，大口喘着气。

但方克寒仍在健步攀登。

"第五层了。"有人说。

方克寒率众向楼道尽头走去。

方克寒去敲最边上的一个房间的门。

开门的是吕工程师。他鼻梁上架着的那个破眼镜，不知怎么搞的，断了一条腿，用一根细绳拴住了。

吕工惊喜地："方市长，您来了？"

方克寒："你住在这儿，吕工？我们来串个门儿。"

吕工热情地："快请进来！"

他们进屋，方克寒看墙，墙上尽是水印子。

方克寒："吕工，你千里迢迢来到我们这儿，分给你的是这种房子，楼层又高，又是冷山，我……官僚了……"

吕工诚恳地："不，不，这就蛮好，这就蛮好！"

方克寒见桌上铺着图纸，又见吕工两眼熬得通红，他的眉头拧紧了，抬头摘掉了吕工那副破眼镜。

吕工眼前的一切都模糊了起来。

吕工："方市长，哎，哎……"

方克寒揣起眼镜，深沉地："你这样工作，不行啊！马上休息，明天，我还你一副新眼镜。"

他们走出吕家，往下走，停在中间一层楼上。

猜拳行令声从一间屋里传出来。方克寒迎着这声音走去。

方克寒敲门。

室内传来粗暴的声音："谁？"

方克寒："我！"

室内："你是谁？"

方克寒也拔高了嗓门："我是方克寒！"

门开了，露出了一张长发青年的脸，正是砂纸砂布厂擅离职守看电视那个青工。

室内。十几个青年男女在饮酒。

长发青年好像认识方克寒："方伯伯，是您？"

方克寒等人进了屋。

方克寒："这个房间还可以。三层楼，不高不矮、不漏雨、不透风。这房，是你的？"

长发青年："不，是我爸要来的。给我了，留着结婚用。"

方克寒："你什么时候结婚呢？"

长发青年："我，我，正找对象呢……"

人们"哄"的一声笑了。方克寒没有笑，心里感到一阵绞痛，追问道："你爸爸是谁？"

长发青年："外贸局的，姓王。"

方克寒："王副局长，对吧？"

长发青年点点头。

方克寒愤愤地走出门去，与会者紧紧跟随着他。

在走廊上，方克寒停了脚步，极力压住火气："怎么样？要不要再走几家？凡是不属于分配范围，开后门儿，搞特权住进来的，不管是谁，一律搬出！"

五十六

夜。方克寒家。

王洁音在看一些信件，神色焦虑。

室外，响起汽车刹车声。

王洁音抬起头来，忙收起那些信件。

敲门声。

王洁音："请进！"

进来的是市长秘书，像有急事的样子："方市长，在家吗？"

王洁音："小丁，你请坐，有急事儿？"

王洁音忙给客人倒水。

秘书也不接杯子，焦急地："省政府来电话，让方市长马上到省委去汇报！"

王洁音担心地："什么事儿？"

秘书："可能是招贤的事儿，上级人事部门下来人了，让他去汇报！"

王洁音手中的杯子突然一抖，水，溢了出来。

五十七

砂纸砂布厂的一个车间里。

一挂鞭炮响了，又一挂鞭炮响了……

工人们簇拥着新郎新娘——冯志才和赵梦君迎着镜头走来。

赵梦君穿着还整齐，冯志才却还穿着一身油污的工作服，很不协调。

马兴举着一个纸包挤上来了，还是两腿叉开，高腔大嗓："同志们，告诉大家一个好消息！刚才外商拍来了电报，感谢咱们厂，他们对产品质量十分满意呀！"

工人们欢呼起来。

马兴："这都是冯厂长的功劳。看来，搞四化，得靠科学头脑啊！现在，我搞点儿不正之风，我送给新娘新郎一套礼服！"

工人们更活跃了，抢过马兴手中的纸包，抖开礼服，就去给新郎新娘穿。

马兴："这个婚礼，应该请方市长主持，方市长是他们的大媒呢！哎。他人呢？"

方克寒正在人堆里和工人们唠着什么，听马兴叫他，笑吟吟地走上前来："同志们，刚才马兴同志说得不全面，不光是你们一个厂出现了新面貌，现在，由于各方贤才会聚，全市百分之八十的厂子都已经扭亏为盈了！今天，这个婚礼，咱们得好好热闹热闹！"

工人们更加欢腾了。

马兴、李师傅、徐主任、赵梦奇、王小星等人忙给新郎新娘换穿礼服。

王洁音挤到方克寒身边，低声说着什么。

方克寒感到事情严重，忙挤出人群。

人们愣了，拥出车间，瞅着方克寒钻进轿车。

人们的议论：

"怎么回事儿，方市长怎么走了？"

"必是有急事儿！"

"我看他脸色不大好……"

方克寒的车子启动了，驶出了厂区。

王洁音忧虑地望着渐渐远去的"上海"轿车。

马兴、冯志才、王小星、赵梦君、赵梦奇等迷惑不解地望着。

五十八

刘师傅把车子开得飞快。

方克寒陷入深沉的思索。

刘师傅关切地瞅了方克寒一眼：“方市长，省里，叫你去啥事儿？”

方克寒轻描淡写地：“汇报。”

刘师傅摇摇头：“汇报？怕不那么简单。”

方克寒胸有成竹地：“不，我是要去汇报。汇报一下我们下一步的打算，如何把兰江市建设成为一个现代化的新型城市！”

方克寒的“上海”轿车箭一样驰向远方……

推出字幕：再见。